Sylvia Madsack Enriettas Vermächtnis

Sylvia Madsack

Enriettas Vermächtnis

PENDRAGON

Prolog

Es war sehr kalt in dieser fremden Stadt, doch er spürte es kaum. Dabei hatte er einen langen Flug hinter sich und kam von einem anderen Kontinent. Im Hotel hatte er sich einen Stadtplan geben lassen und war drauflosgegangen. Das Hotel lag in der Altstadt, sehr gediegen, wie man hier sagte, mit mehreren Sternen ausgezeichnet. Er legte Wert auf gepflegtes Wohnen und guten Service, und er konnte es sich leisten.

Dort, wo er zu Hause war, galt er als angesehener Bürger. Als langjähriger Chef einer Privatklinik, die sich auf plastische Chirurgie spezialisiert hatte, konnte er im Alter von Mitte fünfzig auf eine respektable Karriere zurückblicken. Er verhalf den Frauen der Oberschicht seines Landes zu einem neuen Gesicht und operierte ebenso unentgeltlich Unfallopfer, die sich einen Eingriff nicht leisten konnten. Er hielt sich für einen guten Menschen.

Inzwischen besaß er nicht nur finanzielle Mittel, von denen er und seine Frau sehr komfortabel leben konnten, sondern auch ein verlässliches Netzwerk aus fachlichen und sozialen Kontakten. In der Frau, mit der er seit Langem verheiratet war, einer Spezialistin für Orthopädie, hatte er eine ideale Partnerin gefunden. Beide waren engagierte Mediziner, schon deshalb ging ihnen selten der Gesprächsstoff aus. Ansonsten betrachtete er seine Ehe als geglücktes Arrangement, bei dem seine gelegentlichen Affären von seiner Frau diskret toleriert wurden. Er konnte sich glücklich schätzen, fand er, ein besseres Leben erschien ihm kaum vorstellbar. Bis die Nachricht gekommen war, die ihn in diese Stadt geführt hatte. Der Mail war ein eingeschriebener Brief gefolgt, alles Weitere hatte sich telefonisch ergeben. Wenige Tage später war er in ein Flugzeug gestiegen.

Jetzt stand er vor dem Schaufenster einer großen Buchhandlung mitten in Zürich und starrte auf ein Foto. Er nahm nicht wahr, wie die Menschen in ihrer Winterkleidung mit zusammengezogenen Schultern an ihm vorbeihasteten, um sich vor der eisigen Temperatur zu schützen. In dem Land, aus dem er stammte, gab es so etwas nicht. Als ihn eine Passantin versehentlich anrempelte und sich dafür entschuldigte, erwachte er aus seiner Versenkung. Wie lange stand er schon hier? Er konnte nicht aufhören, das Porträt der Autorin zu betrachten. Es zeigte eine Frau, die mindestens achtzig Jahre alt war und die niemals einen plastischen Chirurgen wie ihn aufgesucht hatte. Das Gesicht, frontal auf den Betrachter gerichtet, las sich wie eine zerfurchte Landschaft, wie das Ergebnis eines besonderen Lebens, von dem Menschen wie er und vermutlich auch die meisten Menschen um ihn herum niemals eine Ahnung haben würden.

Er kannte sich nicht aus mit Literatur, doch natürlich hatte er gewusst, dass sie eine sehr bekannte und sehr erfolgreiche Schriftstellerin geworden war. Entsprechend wurde ihr letztes Werk in diesem Schaufenster präsentiert, es war kurze Zeit vor ihrem Tod veröffentlicht worden.

Er wandte sich ab. Endlich erreichte ihn die Kälte, drang durch das robuste Tuch des Mantels tief in seine Knochen und ließ ihn erschaudern. Den Rückweg zum Hotel auf der anderen Seite der Altstadt nahm er über die große Brücke, die nach dem General Guisan benannt war. Er wurde als Nationalheld gefeiert, weil er als gewiefter Stratege im Zweiten Weltkrieg den Deutschen getrotzt hatte. Achtlos ging er an dessen Denkmal vorbei, tief in Gedanken über das, was der nächste Tag bringen würde, und ohne einen Blick für die Schönheiten der Stadt, die sonst kaum einen Touristen unberührt ließen. Das morgige Treffen mit Dr. Leuthard war für den frühen Nachmittag angesetzt. Er überlegte, wie er die Zeit bis dahin verbringen konnte, bis er endlich die durch die Zeitverschiebung bedingte Müdigkeit verspürte, die nach einem Interkontinentalflug jeden irgendwann einholte.

Er schaffte es gerade noch in sein Hotelbett, hängte das „Nicht Stören"-Schild an die Zimmertür und schlief bis in den nächsten Vormittag hinein. Als er erwachte, wusste er zunächst nicht, wo er war, doch dann sah er ganz deutlich das Gesicht der berühmten Autorin vor sich, und alles kehrte zurück.

1

Es war eine Adresse seitlich der Bahnhofstraße in der Nähe des Sees, ein gut erhaltenes mehrstöckiges Gebäude mit Türmchen und Giebeln, das wie die gesamte Häuserzeile der letzten Hälfte des 19. Jahrhunderts zu entstammen schien. Emilio Volpe wusste nicht viel über europäische Baustile, dieser war wohl als klassizistisch zu bezeichnen und stand für die Epoche einer Stadt, die es während der Industrialisierung zu großem Wohlstand gebracht hatte.

Er ging in den zweiten Stock hinauf. *Dr. Andreas Leuthard & Partner, Rechtsanwälte,* las er auf dem Schild. Er wartete, bis sich sein Atem beruhigt hatte, bevor er auf die Klingel drückte. Die Tür schwang auf, und eine junge Frau in einem dunklen Kostüm lächelte ihn an. Sie begrüßte ihn auf Englisch und bat ihn herein. Nachdem sie ihm den Mantel abgenommen hatte, sagte sie mit dem gleichen Lächeln, Dr. Leuthard werde gleich bei ihm sein. Ob er Platz nehmen wolle? Und ob sie schon ein Getränk vorbereiten dürfe?

Er bedankte sich, später vielleicht. Während sie hinter einer Tür verschwand, blickte er sich um. Es gab einiges zu sehen. Die Anwaltspraxis war weitläufig, sehr modern eingerichtet und mit Repliken bekannter Designermöbel ausgestattet. Zeitgenössische Kunst hing an den Wänden, sehr gute Stücke, wie er bei näherer Betrachtung entdeckte, davon verstand er etwas, er war selbst Sammler.

Ein hochgewachsener, sehr schmaler Mann mit spitzen Gesichtszügen eilte auf ihn zu und reichte ihm die Hand.

„Grüezi, Herr Doktor, ich bin Andreas Leuthard. Willkommen in Zürich. Verzeihung, vielleicht ist es Ihnen lieber, wenn wir uns auf Englisch unterhalten?"

„Ja, mein Deutsch ist nicht gut genug für eine solche … Angelegenheit."

„Selbstverständlich." Leuthard machte eine einladende Geste und ging voraus in sein Büro, in dem Kunst nicht nur an den Wänden zu finden war, sondern auch auf dem Schreibtisch, verspielt angeordnete kleinere Objekte und ein Mobile von Calder. Er deutete auf den Sessel gegenüber. „Bitte."

Die Assistentin schwebte herein, beide Männer baten nun um Espresso und Wasser. Sie rührten in ihren Tassen, bis Leuthard den Blick hob, sich räusperte und begann: „Herr Dr. Volpe, dürfte ich zunächst um Ihren Pass bitten, damit wir eine Kopie für unsere Unterlagen machen können? Nur eine Formalität natürlich", sagte er in fehlerlosem Englisch und mit gewinnendem Lächeln. Wortlos wurde das Dokument überreicht. Leuthard warf einen Blick darauf. „Ja, alles bestens. Dr. Emilio Volpe, geboren 1962, wohnhaft in Buenos Aires, Argentinien, Beruf Arzt." Er stutzte einen Moment. „Volpe klingt für mich nach einem italienischen Namen."

„Ein Teil meiner Familie stammte aus Norditalien, aus dem Friaul, das ist mehrere Generationen her."

„Ich verstehe", murmelte Leuthard. Er zog eine Mappe mit Papieren hervor, legte sie auf den Schreibtisch und sah seinem Gegenüber ins Gesicht.

Aus der Nähe erschien der Anwalt weniger jugendlich,

als sein Auftreten es vermuten ließ, ein Experte wie Emilio Volpe wusste die Zeichen zu deuten, er erkannte in jedem Gesicht das erbarmungslose Wirken der Schwerkraft. Zu seiner Verblüffung stand Leuthard jetzt auf und trat ans Fenster.

„Verzeihen Sie mein Zögern“, sagte der Anwalts leise, „aber dieser Fall wirft Fragen auf, und ich weiß noch nicht, wie ich einige Aspekte einschätzen soll. Deshalb hoffe ich, dass Sie ein paar Antworten für mich haben.“ Er wandte sich um und setzte sich wieder hinter seinen Schreibtisch. „Wie Sie bereits informiert worden sind, vertrete ich die Interessen der kürzlich verstorbenen Enrietta da Silva. Vor vielen Jahren haben wir sie in einer Urheberrechtsfrage beraten, und daraus entstand eine langjährige Geschäftsbeziehung. Meine Mandantin ist vor Kurzem im Alter von fünfundachtzig Jahren friedlich eingeschlafen, und sie hat ihre letztwilligen Dinge in meine Hände gelegt.“

Leuthard nahm eines der Objekte auf seinem Schreibtisch in die Hand und bewegte es zwischen den Fingern, die kleine, rundlich geformte Skulptur eines Elefanten aus geschwärztem Eisen.

„Sie hat ein Testament hinterlassen. Darin sind Sie als einer der Erben eingesetzt. Ich verstehe allerdings bisher nicht, warum, um ehrlich zu sein, denn sie hat Sie mir gegenüber nie erwähnt. Als sie das Testament bei mir aufgesetzt hat, war sie aber trotz unserer vertrauensvollen Beziehung nicht bereit, nähere Angaben zu Ihrer Person zu machen und mir die Gründe für diese Erbeinsetzung zu erläutern.“ Leuthard legte die Fingerspitzen gegeneinander und richtete seine Aufmerksamkeit auf ein Bild an der Wand neben der Tür.

Volpe, der bei den letzten Worten des Anwalts reglos in seinem Stuhl gesessen hatte, drehte sich um. Es war ein abstraktes Gemälde, in aggressiven Rot- und Gelbtönen gehalten, sehr unruhig, mit kräftigem Strich. Er mochte es nicht.

„Ich bin als Testamentsvollstrecker eingesetzt", fuhr Leuthard fort. Er hüstelte. „Bei einem Nachlass dieser Größenordnung muss geklärt sein, in welcher Beziehung Sie beide zueinander standen, Sie verstehen sicher."

Er misstraut mir, dachte Volpe, als er in Leuthards schmale graue Augen blickte. „Wie ich schon in meiner Antwort auf Ihre Mail geschrieben habe, bin ich äußerst überrascht", sagte er nach kurzem Überlegen. „Sie erwähnten, dass es sich um ein bedeutendes Erbe handelt. Darf ich fragen, um wie viel?"

„Natürlich", erwiderte Leuthard geschmeidig. „Es geht zunächst um einen Betrag von etwa fünfzehn Millionen Schweizerfranken an Barvermögen. Dazu kommen Sachwerte, die aus Immobilien, Kunstgegenständen und Schmuck bestehen. Insgesamt dürfte es sich um ein Volumen von mehr als zwanzig Millionen handeln."

„So viel …?"

„Ja, sie hat mit ihren Büchern sehr gut verdient."

„Nur mit ihren Büchern?" Volpe versuchte erst gar nicht, seine Skepsis zu verbergen.

„Auch wenn Sie sich das vielleicht kaum vorstellen können, war es so." Leuthard gestattete sich ein schmales Lächeln. „Ihre Romane haben sich über einen langen

Zeitraum weltweit verkauft, dazu kamen die Filmrechte. Außerdem hat sie ihr Vermögen sehr geschickt angelegt."

Volpe blinzelte, er begriff immer weniger. „Sie sagten, ich sei einer der Erben. Wie darf ich das verstehen?"

„Es gibt einen Miterben. Das Vermögen von Frau da Silva wird zwischen Ihnen beiden aufgrund des Testaments zu gleichen Teilen aufgeteilt."

Volpe war vorerst verstummt.

„Jetzt bitte ich Sie", meldete sich Leuthard wieder, „mich darüber aufzuklären, welcher Art die Beziehung zwischen meiner verstorbenen Mandantin und Ihnen gewesen ist."

Und als der Arzt immer noch nicht reagierte: „Lieber Herr Dr. Volpe, Sie leben in einem sehr fernen Land, und von hier aus ist es für uns schwierig, die Fakten zu eruieren. Deshalb ist im Interesse einer raschen Abwicklung Ihre Kooperation erforderlich."

Volpe hob die Hände und ließ sie sinken. „Was erwarten Sie von mir, was soll ich tun?"

„Da Sie in erheblichem Maße begünstigt sind, ist ja wohl davon auszugehen, dass Sie mir eine Erklärung dafür liefern können." Leuthards eben noch so verbindliche Gesichtszüge verschlossen sich wieder.

„Es tut mir leid, das kommt alles so plötzlich", murmelte Volpe. Seine Großeltern waren gleich nach dem ersten Weltkrieg aus Deutschland nach Argentinien ausgewandert, der Großvater war Lehrer gewesen und ein großer Liebhaber hispanischer Geschichte und Kultur. Bevor er eine Anstellung an einer deutschen Schule in Buenos Aires gefunden hatte, schlug er sich mit Privatstunden für die

Sprösslinge der begüterten Familien durch, die er in spanischer Geschichte und in Englisch unterwies. Emilio Volpes Vater Ernesto wurde 1925 geboren und heiratete Ende der Fünfzigerjahre eine viel jüngere Frau. Ernesto war Universitätsprofessor gewesen und hatte einen Lehrstuhl für spanische Literatur in Buenos Aires. Seine Frau war die Tochter eines Kollegen. Die Ehe verlief glücklich, doch der 1962 geborene Emilio blieb das einzige Kind, seine Mutter starb früh bei einem Verkehrsunfall.

Der heranwachsende Emilio zeigte zwar andere Interessen, als sein Vater es sich gewünscht hätte, denn er interessierte sich nicht für die intellektuelle Welt, in der sein Vater zu Hause war. Doch als er sich für ein Medizinstudium entschied, gab es darüber keine Diskussionen. Vor dreizehn Jahren war Emilios Vater gestorben, er hatte dem Sohn eine umfangreiche Bibliothek hinterlassen und einige persönliche Dokumente, darunter einen Briefwechsel zwischen Emilios Großeltern kurz vor deren Heirat, in dem es um die bevorstehende, gemeinsam geplante Auswanderung gegangen war. Ein berührendes Zeugnis über die Ängste und Hoffnungen, die mit einem solchen Schritt verbunden gewesen waren. Für die Großeltern hatte demnach die desaströse politische Lage im Europa jener Zeit eine entscheidende Rolle gespielt.

All das erzählte Emilio Volpe in verkürzter Form dem Zürcher Anwalt, dessen Gesichtszüge sich während dieses Berichts etwas entspannten. „Ich danke Ihnen sehr, Herr Dr. Volpe“, sagte er, „zumindest verstehe ich Ihren familiären Hintergrund jetzt besser. Aber …“, seine Miene verdüsterte sich erneut, „… aus dieser Familiengeschichte erklärt sich noch immer nicht Ihre Verbindung zu Enrietta da Silva." Er zog die Brauen zusammen und starrte auf seine Schreibtischplatte. „Da die Erblasserin unseres Wissens ja keine leiblichen Abkömmlinge hat, ist die Situation nicht kompliziert. Sie und die andere begünstigte Person bilden eine Erbengemeinschaft."

Volpe spürte einen leichten Schweißfilm im Rücken. Nein, Enrietta würde nicht wollen, dass er irgendetwas sagt. Leuthard schwieg. Der Schweißfilm in Volpes Rücken verdichtete sich zu einem dünnen Rinnsal und landete in seinem Hosenbund.

„Missverstehen Sie meine Frage nicht, ich möchte keineswegs in Angelegenheiten Ihrer Familie dringen, die womöglich intimerer Natur sind. Aber wir müssen doch weiterkommen", fuhr der Anwalt fort, „deshalb muss ich verschiedene Möglichkeiten in Betracht ziehen."

In seinem Blick mischte sich nüchterne Erwartung mit einer, wie Volpe fand, aufgesetzten Treuherzigkeit, die ihn wider Willen amüsierte. Er trank einen Schluck Wasser, lehnte sich zurück und sah aus dem Fenster. Dort draußen lag der See, der nach der Stadt benannt war und der trotz der Kälte nicht zugefroren war. Er wäre in diesem Moment gern am Ufer entlanggelaufen.

„Vielleicht gibt es eine solche Verbindung, Herr Dr. Leuthard", hörte er sich sagen, „es gäbe aber noch eine andere Möglichkeit."

Leuthard legte wie schon einmal während ihrer Begegnung die Fingerspitzen gegeneinander.

„Ich könnte das Erbe auch ausschlagen." Und bevor der Anwalt die Gelegenheit zur Erwiderung bekam: „Ich bin in meinem Beruf sehr erfolgreich und verdiene genug, um mir und meiner Familie ein sehr angenehmes Leben zu ermöglichen. Meine Frau, die ebenfalls Ärztin ist, steht wirtschaftlich ähnlich gut da. Weshalb sollte ich mich mit Dingen aus der Vergangenheit beschäftigen, die für mein aktuelles Leben keinerlei Bedeutung haben?"

Diesmal blieb Leuthard eine ganze Weile stumm. Falls er sich darüber wunderte, dass jemand bereit war, ein so großes Erbe auszuschlagen, ließ er es sich nicht anmerken.

„Ich glaube zu verstehen, was Sie meinen", sagte er dann, wovon Volpe keineswegs überzeugt war.

Der Arzt beugte sich vor: „Um wen handelt es sich bei der weiteren Person, die Sie erwähnten? Oder dürfen Sie noch nicht darüber sprechen?"

„Nun", jetzt zeigte sich wieder ein Lächeln im Gesicht des Anwalts, „Sie werden es sehr bald erfahren."

Volpe verabredete mit Leuthard ein weiteres Treffen für den nächsten Morgen und verabschiedete sich.

Auf dem Weg zur Tür hielt Leuthard ihn auf: „Der Verlag der Verstorbenen veranstaltet heute Abend ihr zu Ehren eine posthume Lesung aus ihrem letzten Buch. Das wird eine hochkarätige Veranstaltung." Leuthard nannte den Namen eines, wie er sagte, im deutschsprachigen Raum sehr bekannten Schauspielers, der für die Lesung gewonnen werden konnte, von dem Emilio Volpe jedoch noch nie etwas gehört hatte. „Wenn Sie mehr über diese großartige Schriftstellerin erfahren möchten, sollten Sie kommen.

Meine Frau und ich werden Sie in unsere Mitte nehmen, einverstanden?“

Natürlich akzeptierte Volpe die Einladung, eine Absage wäre sehr unhöflich gewesen. Außerdem, wie könnte er es leugnen, war er viel zu neugierig. Auf die Lesung aus Enriettas letztem Buch. Und auf den weiteren Erben, der sicher ebenfalls zu dieser Veranstaltung eingeladen war.

2

Während er sich auf den Rückweg ins Hotel machte, überlegte er, dass er seine Frau anrufen sollte, der er nach seiner Ankunft nur eine kurze SMS geschickt hatte, sie würde sich inzwischen Sorgen machen. Doch sie war nicht erreichbar, dabei hätte er gerade jetzt gern mit ihr geredet, sich mit ihr beraten. Vor seiner Abreise nach Zürich hatte er sich ihr anvertraut und zum ersten Mal nach vielen Jahren Ehe mehr von seiner Familie erzählt, als sie bis dahin gewusst hatte. Elena hatte gelächelt, gütig, wie ihm schien, denn so war sie meist, gütig.

Als er ihr das Schreiben des Zürcher Anwalts gezeigt hatte, war sie zunächst stumm geblieben. „Du musst hinfliegen", hatte sie dann gesagt, „falls du das Erbe nicht ausschlagen willst. Aber das kannst nur du entscheiden. Du und ich, wir beide sind wohlhabend genug, um auf etwas verzichten zu können, was wir uns nicht selbst verdient haben. Es sei denn", auf ihrer Stirn hatte sich eine steile Falte gebildet, die nach seiner Einschätzung bald einer neuen Botoxbehandlung bedurfte, „es sei denn", wiederholte sie, „es geht noch um etwas ganz anderes. Vielleicht lohnt es sich, das herauszufinden."

Bis zur verabredeten Zeit am Abend blieben ihm noch ein paar Stunden. Unschlüssig blieb er auf der Straße stehen und sah sich um. Er kannte niemanden in dieser Stadt, und er verspürte keine Lust, sich näher auf sie einzulassen. Er war aus einem klar definierten Grund hier, er hatte eine

Aufgabe zu erfüllen, und sobald das erledigt wäre, würde er zurückkehren in die Welt, die er kannte, in das Leben, das zu ihm gehörte. Als jemand, der feste Strukturen brauchte, war ihm jede Abweichung davon zuwider, und was er seit seiner Ankunft in Zürich erlebt hatte, verwirrte ihn nicht nur, es verstörte ihn auch mehr, als ihm lieb war.

Eine Gruppe junger Frauen überholte ihn auf seinem Weg, sie schwatzten, kicherten und waren mit ihren Smartphones beschäftigt. Er sah ihnen nach, bis sie in einem Lokal verschwanden. *Pur,* las er, als er davor stand, *Café, Bar.* Er hatte nichts Besseres zu tun und ging hinein. Man empfing ihn freundlich, wohin er sich setzen wolle? Er entschied sich für einen Tisch im Erdgeschoss, bestellte ein Bier und beobachtete das Kommen und Gehen anderer Gäste, ohne viel zu denken, froh über jede Ablenkung.

„Sir", sagt die junge Frau vom Service und stupste ihn sachte an der Schulter, „are you okay?"

Er war eingenickt. „It's the jetlag, I am so sorry", stammelte er, „I came from Argentina yesterday."

„Kein Problem, no problem", sagte sie, „how about a real strong coffee?"

„That would be great", lächelte er.

Das Getränk wurde serviert, heiß und angenehm duftend, und in Volpe kehrten die Lebensgeister zurück. Er würde jetzt noch einen Spaziergang durch die Altstadt unternehmen und ein paar Fotos machen, um sie später zu Hause zeigen zu können. Während er bezahlte, wurde die Tür geöffnet. Er hätte nicht weiter darauf geachtet, doch die Frau, die das Lokal betrat, erregte sofort seine Aufmerksamkeit.

Er schätzte sie auf Ende dreißig, vielleicht etwas älter, und sie hatte ein Gesicht, in dem sein geschulter Blick alles an Perfektion fand, was er als plastischer Chirurg seinen Patientinnen bei der Korrektur von Unvollkommenheit zu ermöglichen versuchte. Diesem Werk der Natur würde er nichts Besseres entgegensetzen können. Die Frau hielt sich am Geländer fest, und dann sah er es. Sie zog ein Bein nach. Eine angeborene Deformation? Kinderlähmung? Ein Unfall? Schicksal also oder doch wieder die Unvollkommenheit der Natur?

Volpe wartete, bis sie sich einen Platz in seiner Nähe gesucht hatte, er konnte nicht anders, als sie weiter verstohlen zu beobachten. Falls sie es bemerkte, gab sie es nicht zu erkennen. Ihm fiel auf, dass sie nicht das war, was man heutzutage gestylt nannte, das gelockte dunkelblonde Haar war hinten locker zusammengebunden, und außer Lippenstift trug sie kaum Make-up. Ihre Kleidung verriet ebenso wenig Eitelkeit, sie trug Jeans, eine helle Bluse und einen schwarzen Blazer. Geschmackvoll, aber ohne Anspruch.

Abrupt stand er auf, er musste an die Luft. Beim Hinausgehen kreuzten sich einen Wimpernschlag lang ihre Blicke, rasch senkte er die Augen.

Draußen spürte er trotz der Kälte erneut einen leichten Schweißfilm unter dem maßgefertigten Baumwollhemd. Er ging los, ohne Richtung, ohne Ziel, er wollte nur in Bewegung bleiben, um einer Bedrängnis zu entkommen, die er nicht kannte. Und er wollte das Bild dieser Frau mit den ebenmäßigen, klassisch anmutenden Gesichtszügen und dem hinkenden Bein loswerden. All das passte nicht in seine Welt, er fühlte sich fremd, verloren und einsam, beinahe wäre er in Tränen ausgebrochen, als er in die Storchengasse einbog, in der sein Hotel lag. In der Hotelbar genehmigte er sich, bestürzt über die unbekannte Regung, einen großen Whisky. Es half, aber nur ein wenig.

Die Lesung fand in einem weitläufigen Gebäude statt, das sich *Kaufleuten* nannte, mitten in der Zürcher City. Es handelte sich offenbar um das, was man einen Hotspot nannte, vermutete Volpe, als ihn das Taxi vor dem Eingang absetzte. Er war etwas zu früh gekommen und blieb draußen stehen, um das Eintreffen der Gäste zu beobachten. Die übliche Kulturschickeria, wie bei solchen Anlässen üblich. So etwas gab es natürlich auch in Buenos Aires, hier aber sahen die Leute anders aus, und sie benahmen sich auch ganz anders. Viele gut gekleidete Menschen, manche eher unkonventionell, aber keineswegs schrill, interessant wirkende Köpfe, die Frauen überwiegend nicht operiert, ein intellektuelles Publikum. Er war in Europa, erinnerte er sich.

Viele schienen sich zu kennen und begrüßten sich mit dreifachen Wangenküssen, offenbar eine der Schweizer Spezialitäten, die er noch nicht verstand. Und es ging sehr ruhig zu, außer den Wangenküssen gab es keinerlei Gefühlsäußerungen. Ohne zu drängeln, stellten sich die Besucher in einer Reihe an, bis sie eingelassen wurden, ein diszipliniertes Verhalten, das er bisher nur von berufsbedingten Aufenthalten in England kannte.

„Lieber Herr Dr. Volpe“, sprach ihn Andreas Leuthard von der Seite an und deutete auf eine schmale, blondgelockte Frau an seinem Arm, „ich möchte Ihnen meine Frau vorstellen.“

Volpe hatte sich rasch gefasst. Er nahm die ausgestreckte Hand, murmelte eine höfliche Begrüßung und wandte den Blick ab. Frau Leuthard war so schlecht operiert, dass er sie kaum ansehen konnte. Zum Glück übernahm Leuthard die Führung, und sie konnten an den Wartenden vorbeigehen, was niemand übelzunehmen schien. Volpe, der noch nie an einer Lesung teilgenommen hatte, sah sich um, verblüfft, neugierig und auch etwas aufgeregt. Er fand sich in einem weitläufigen, abgedunkelten Saal wieder, vor den Zuschauerreihen war eine Bühne aufgebaut, die in rotes und blaues Licht getaucht war. Die Bühne war sparsam möbliert, ein Tisch, ein Stuhl, im Hintergrund ein rot gepolstertes Sofa.

Leuthard ging voraus und dirigierte seine kleine Gruppe zur ersten Reihe. „Hier sind unsere Plätze, aber wir haben noch etwas Zeit. Wollen wir etwas trinken?“ Er deutete auf die Bar an der Seite.

Volpe und die Frau des Advokaten nickten. Sie bestellten Weißwein und stellten sich mit dem Rücken zur Bar, um das Geschehen zu verfolgen. „Heute Abend ist ein sehr sachkundiges Publikum versammelt“, sagte Leuthard, während er ein paar Bekannten zuwinkte, „Presse und Fernsehen sind natürlich auch anwesend.“

Erst jetzt bemerkte Volpe die Geräte der Kameraleute, die das Ereignis aufzeichnen würden. Fotografen begannen, sich vor der Bühne in Stellung zu bringen. „War sie wirklich so ..." Er wusste nicht, wie er den Satz vollenden sollte.

„Ja, das war sie."

In den Gesichtszügen des Anwalts las Volpe etwas, was er nicht deuten konnte. Er spähte in den Saal, der sich füllte.

Leuthard bat darum auszutrinken, es werde bald losgehen. Die drei nahmen ihre Plätze ein. Mit gesenkter Stimme sagte der Anwalt: „Nach der Lesung habe ich noch eine Überraschung für Sie. Und der Verlag gibt für handverlesene Gäste nebenan ein Abendessen, ich hoffe, Sie kommen mit."

Bevor Volpe etwas erwidern konnte, wurde das Licht abgedunkelt, und erwartungsvolle Stille kehrte ein. Im letzten Moment näherte sich eine Gestalt und setzte sich auf den äußersten Platz in ihrer Reihe. Das Gesicht konnte Volpe bei der schwachen Beleuchtung nicht sehen, den schleppenden Gang hatte er jedoch sofort erkannt.

Der Verleger, ein Mann mittleren Alters in einem gut sitzenden Anzug, erschien auf der Bühne. In berührenden Worten, denen man die Betroffenheit glaubte, würdigte er das Werk Enriettas. „Vor Jahrzehnten hat sie Argentinien verlassen", sagte er zuletzt, „und in der deutschen Schweiz nicht nur ein neues sprachliches Zuhause gefunden, sondern, wie sie oft sagte, auch eine neue Heimat. Dass unser Verlag über lange Zeit ein Teil dieser neuen Heimat sein durfte, erfüllt uns mit Stolz. Danke, Enrietta."

Der berühmte Schauspieler, bei dem es sich offenbar um ein Nationalheiligtum der Schweizer Kulturszene handelte, las mehrere Passagen aus dem letzten Werk der Verstorbenen. Der Roman hieß *Dunkler Kontinent*, ein Titel, der, wie Volpe erfuhr, als Metapher gemeint war, er bezog sich auf die Abgründe der menschlichen Psyche, insbesondere der weiblichen. Zunächst hörte er aufmerksam zu, der kompakte Stil und die bildhafte Sprache gefielen ihm. Mit dem Inhalt konnte er weniger anfangen, es schien um die Geschichte einer jungen Frau zu gehen, die sich in ein fremdes Land aufmacht, um dort ihr Glück zu suchen und bei diesem Versuch grandios scheitert, was sowohl eigener Schwäche als auch schicksalhaften Verstrickungen geschuldet war.

Volpe verstand die deutsche Sprache besser, als er bei Leuthard zu erkennen gegeben hatte. Seine Großeltern und sein Vater hatten sie auch nach vielen Jahren in Argentinien weiterhin gepflegt, und so war er zweisprachig aufgewachsen, auch wenn er im Deutschen längst nicht mehr wirklich heimisch war. Die Lesung zog sich hin, und Volpe begann, seinen eigenen Gedanken nachzugehen. Er wurde schläfrig, dachte an die Frau mit der Beinverletzung und kämpfte dagegen an, dass ihm die Augen zufielen. Bis ihn ein Satz aus dem Mund des Schauspielers wieder hellwach machte. „Ich verließ Südamerika, als ich glaubte, alles verloren zu haben, mein Ansehen, meine Visionen, meine Liebe. Heute weiß ich, dass nichts von dem, was damals geschah und mir so wichtig erschien, meine eigentliche Bestimmung verhindern konnte …“

Damit endete die Lesung. Applaus brandete auf. Der Verleger bedankte sich beim Schauspieler und beim Publikum. Als der Beifall verebbte und die Veranstaltung sich aufzulösen begann, hörte Volpe Leuthards Stimme neben sich wie durch einen Nebel. „… und deshalb möchte Sie jetzt mit jemand bekannt machen."

Wovon sprach der Anwalt? Benommen wandte Volpe sich um und sah der Frau entgegen, die sich wegen ihrer Behinderung nur langsam näherte. Sie nickte Leuthard und dessen Frau zu und blickte Volpe in die Augen. „Wir sind uns heute schon einmal begegnet, in diesem Lokal, erinnern Sie sich?"

Was für eine Frage, sie wusste genau, welchen Eindruck sie hinterlassen hatte. Und dann lächelte sie ihn an.

Volpe erwiderte dieses Lächeln, als sei es das Bezauberndste und Bedeutendste, das ihm seit der Ankunft in dieser Stadt begegnet war, wo ihm bisher so viel Verwirrendes widerfahren war. Für sich selbst dachte er, dass es sich allein dafür gelohnt haben konnte, so weit gereist zu sein, von Buenos Aires in Argentinien nach Zürich in der Schweiz.

Leuthard sah zwischen ihnen hin und her und zupfte an seinem Hemdkragen. „Jana, das ist Dr. Emilio Volpe." Und zu Volpe: „Ich möchte Ihnen Jana Horwarth vorstellen." Der Anwalt zwinkerte ihm bedeutungsvoll zu.

Der in Zürich ansässige Verlag der Autorin hatte das Restaurant des *Kaufleuten* komplett gemietet, und ein Mitarbeiter bat die geladenen Gäste, sich dort zügig einzufinden. Volpe musste nicht mehr überredet werden, daran teilzunehmen, er folgte dem Ehepaar Leuthard, und vor allem folgte er dieser Frau, auf deren Lächeln er nicht vorbereitet gewesen war. Nach ein paar Schritten bot er ihr seinen Arm an, was sie ablehnte. „Gehen Sie bitte voraus, es ist mir lieber so." Er verstand und wartete vor einem der langen, weiß eingedeckten Tische, an dem er zwei freie Plätze entdeckt hatte, auf ihr Erscheinen. Leuthard saß mit seiner Frau bereits an einem anderen Tisch und winkte heftig in seine Richtung. Volpe machte eine entschuldigende Geste, und in dem Moment kam sie an seine Seite. Sie winkte ebenfalls und bedeutete Leuthard mit einer ebenso liebenswürdigen wie unmissverständlichen Bewegung, dass sie sich an diesen Tisch mit den beiden freien Plätzen neben Volpe setzen würde.

„Und was … was genau haben Sie mit Leuthard zu tun?" Er spürte seinen Herzschlag, ihm wurde etwas flau im Magen. „Sind Sie womöglich diejenige, die …„

„Kein Grund zur Aufregung, Herr Dr. Volpe, ich dachte bisher, südamerikanische Männer seien etwas …", stirnrunzelnd betrachtete sie ihn von der Seite, „… etwas anders eben, als man das von den Europäern so kennt."

Wein wurde eingeschenkt, geistesabwesend griff Volpe nach seinem Glas. „Wie meinen Sie das?"

Die Frau neben ihm zeigte ihm erneut ihr bezauberndes Lächeln. „Sie sollten das nicht zu ernst nehmen. Meine Vorstellung von Südamerikanern entspricht dem üblichen Klischee, in das Sie aber eher nicht hineinzupassen scheinen." Sie musterte ihn jetzt ungeniert. „Äußerlich schon, so wie Sie aussehen, könnten Sie einer dieser überaus eleganten und schneidigen Polospieler sein, von denen man manchmal liest."

„In Argentinien sehen viele Männer so aus", sagte er achselzuckend, „daran ist nichts Besonderes."

„Mag sein, aber ich finde Ihre Erscheinung für hiesige Verhältnisse sehr ungewöhnlich. Und sehr anziehend. Abgesehen davon, dass Sie für meinen Geschmack etwas zu viel Pommade in Ihrem wirklich prachtvollen schwarzen Haar verwenden."

Noch nie hatte Emilio Volpe ein Kompliment dieser Art von einer Frau entgegengenommen, die so wenig an einem Flirt interessiert wirkte. „Und um Ihre vorherige Frage klar zu beantworten", fügte sie hinzu: „Ja, ich bin diejenige."

Eine Hand legte sich von hinten auf seine Schulter. Volpe fuhr herum und blickte in Leuthards lächelndes Gesicht, aus dem die vorherige Irritation gewichen war.

„So war es eigentlich nicht gedacht gewesen, aber vielleicht ist es ganz gut, dass Sie sich erst mal allein etwas kennenlernen. Sie werden sich viel zu erzählen haben. Also, genießen Sie den Abend und bis morgen bei mir im Büro." Und zu Jana gewandt: „Gib gut acht auf unseren Gast." Er beugte sich herab und deutete die üblichen Wangenküsse an.

3

Sie hielten es nicht lange in dem Restaurant aus, es war ihnen zu laut, zu voll, und sie gehörten beide nicht zu dieser Gästeschar, die einer geschlossenen Gesellschaft gleichkam. Schon vor dem Dessert schlug Jana Horwarth einen Ortswechsel vor. „Leuthard sagte, dass Sie im *Hotel Storchen* wohnen, wir hätten es dort etwas ruhiger. Danach müssen Sie nur noch in Ihr Bett fallen, und ich nehme mir ein Taxi zu der Wohnung meiner Freundin, bei der ich in Zürich wohne."

Volpe war mit allem einverstanden, erleichtert, dass sich jemand um ihn kümmerte, noch dazu jemand wie diese Frau, die es offenbar gut mit ihm meinte, das und manches andere glaubte er in ihrem Lächeln entdeckt zu haben. In seinem momentanen Zustand, verwirrt durch all das, was auf ihn eingestürmt war, und nach wie vor angeschlagen aufgrund der Zeitverschiebung, war er nicht nur für Zuwendung dankbar, er brauchte auch einen Gesprächspartner.

In der Bar fanden sie eine ruhige Ecke. „Sie sind dran", sagte sie, es klang behutsam.

Und Volpe begann zu erzählen. Von den Anfängen seiner deutschen Großeltern in dem fremden Land, die unauffällige, rechtschaffene Leute gewesen seien und die als Einwanderer der ersten Generation mit vielen Schwierigkeiten zu kämpfen gehabt hatten, bis ein bescheidener Wohlstand möglich geworden sei. Von seiner früh verstorbenen argentinischen Mutter, deren hitziges Temperament er als Kind oft gefürchtet hatte, von seinem Vater, diesem in sich gekehrten Intellektuellen, dessen Welt er nie wirklich verstanden hatte und mit dem er trotzdem so eng verbunden gewesen war.

Jana Horwarth hörte ihm zu, ohne ihn zu unterbrechen, erst als er von seinem Vater sprach, meinte sie: „Sie müssen ihn sehr geliebt haben, so wie Sie ihn beschreiben."

„Er ist seit zehn Jahren tot, und ich habe mich noch immer nicht daran gewöhnt, dass ich nicht mehr mit ihm reden kann. Manche hielten ihn für weltfremd, aber für mich war er ein Mensch von großer Klugheit. Vielleicht war es sein zurückgezogenes Naturell, das ihm tiefere Erkenntnisse ermöglichte." Volpe hielt inne, zog die Schultern hoch und senkte den Blick. Er fasste sich rasch. „Verzeihen Sie, da kommen so viele Erinnerungen hoch, und dann diese unerwartete Situation hier, das ist im Moment alles etwas viel für mich." Er nahm einen Schluck von seinem Brandy. „Jetzt sind Sie an der Reihe."

Sie nickte. „Vermutlich möchten Sie als Erstes wissen, in welcher Beziehung ich zu der Verstorbenen stand. Enrietta da Silva und ich, wir sind nicht verwandt, aber ich war so etwas wie eine Ziehtochter für sie." Sie warf ihm einen kurzen Blick zu, doch er starrte in sein Glas. „Vor ungefähr zwanzig Jahren lernten wir uns kennen, ich war Schauspielschülerin am Salzburger Mozarteum, ich stamme aus dieser Stadt, bin dort geboren und aufgewachsen. Mein Vater war Dramaturg am Landestheater und lud mich eines Tages in die Premiere eines neuen Stücks ein, es war während der Festspiele. Zur anschließenden Feier kamen viele wichtige Leute, und ich war ziemlich aufgeregt, weil ich dabei sein durfte. Die Party löste sich bereits auf, als mein Vater plötzlich mit einer Frau vor mir stand, die ich noch nie gesehen hatte, sie gehörte nicht zu jenen Prominenten, die alljährlich die Festspiele besuchten. Aber so jung und unerfahren ich war, begriff ich sofort, wie ungewöhnlich sie war. Inmitten all dieser Leute, von denen viele sich nur wichtigmachen wollten, strahlte sie eine Gelassenheit aus, die sie von Grund auf von allen anderen unterschied. ‚Ich möchte Ihnen meine Tochter Jana vorstellen, Frau da Silva', sagte mein Vater, und wir sahen uns in die Augen, Enrietta und ich." Jana holte Luft, winkte dem Barkeeper und bestellte noch ein Glas Wein.

„Ich wäre gern dabei gewesen", murmelte Volpe. „Und wie sah sie aus, wie würden Sie die Enrietta von damals beschreiben?"

„Sie war für mich wie eine Erscheinung aus einer anderen Welt, was letztlich ja auch stimmte. Sie war zu der Zeit Mitte sechzig und tat nichts, um ihre Jahre zu kaschieren, trotzdem hatte sie für mich etwas Altersloses an sich. Ich sah eine große, sehr schlanke Frau mit kräftigem grauem Haar vor mir, die halblange Pagenfrisur umrahmte ein kaum geschminktes Gesicht, in dem man verweilen wollte. Ich zumindest empfand das damals so. Obwohl", Jana zog die Brauen zusammen, und Volpe betrachtete sie gespannt, „obwohl von ihr etwas Kühles ausging, etwas Distanziertes. Ich glaube, sie gehörte zu den Menschen, denen man auch deshalb nahezukommen versucht, weil man ihr Geheimnis ergründen will."

„Und", fragte er, „ist es Ihnen gelungen?"

Die Art, wie sie den Kopf schüttelte, hatte etwas Entschiedenes. „Ich glaube nicht. Trotz der langen Zeit, die wir uns kannten. Zwischen Enrietta und mir schien es von Anfang an ein unausgesprochenes Einverständnis zu geben", erzählte sie weiter. „An jenem Abend in Salzburg erkundigte sie sich, was ich mache, und als ich sagte, dass ich Schauspiel studiere, lud sie mich ein, sie am nächsten Tag in ihrem Hotel zu besuchen, sie würde gern mehr darüber erfahren. Erst auf dem Nachhauseweg erfuhr ich von meinem Vater, mit wem ich es zu tun gehabt hatte. Bevor wir uns dann auf der Hotelterrasse trafen, es war ein sehr schwüler Nachmittag, ging ich in die Buchhandlung und fragte nach ihren Werken. Wahllos schlug ich eines auf und las auf der Innenseite des Schutzumschlags, dass sie in Buenos Aires geboren worden war. Was in der Vorstellungswelt einer Einundzwanzigjährigen, die bis dahin kaum aus ihrer Heimatstadt hinausgekommen war, sofort exotisch anmutende Bilder hervorrief, verwegen aussehende Gauchos mit langen Lederschürzen am Lagerfeuer, Herden von schnaubenden Rindern in Staubwolken, dazu die Lieder von Carlos Gardel …"

„Den kannten Sie damals schon?", unterbrach er sie verwundert.

„Ja, mein Vater liebte seine Musik, sie wurde bei uns zu Hause oft gespielt."

„Was geschah dann auf der Hotelterrasse zwischen Ihnen und Enrietta?"

„Die Begegnung verlief anders, als von mir erwartet",

Jana lächelte versonnen. „Ich hatte ihr letztes Buch gekauft und wollte sie bitten, es zu signieren. Außerdem war ich begierig, sie über Argentinien auszufragen. Damals gab es noch kein Internet, sonst hätte ich gewusst, dass sie sich zu Fragen, die ihr Herkunftsland betrafen, nicht äußern wollte. Sie sei schon viel zu lange fort, hatte sie in Zeitungsinterviews ihre Haltung begründet, sie habe dort keine Wurzeln mehr, ihr Zuhause sei jetzt in Europa."

Volpe nahm einen Schluck von seinem Brandy.

„Von all dem wusste ich nichts, als ich mich an jenem Nachmittag zu ihr setzte. Sie schien in heiterer Stimmung zu sein, und ich hatte sogar den Eindruck, dass sie sich über mein Kommen freute. Ich beantwortete ihre Fragen nach dem Schauspielstudium, das schien sie wirklich zu interessieren, und mir kam der Gedanke, dass sie vielleicht für einen neuen Roman recherchierte, der im Theatermilieu angesiedelt sein würde. Schließlich fand ich den Moment gekommen, Enrietta da Silva um eine Signatur des Buches zu bitten. Sehr gern, sagte sie. Und während sie ein paar freundliche Worte für mich in das Vorblatt schrieb, begann ich sie schwärmerisch über Argentinien auszufragen, genauer gesagt, war es nur das Schwafeln eines jungen und dummen Dinges, das dieses Land nie gesehen hatte. Was ich zu wissen glaubte, hatte ich von meinem Vater übernommen, der sich durch den Gesang von Carlos Gardel inspiriert fühlte."

Jana blickte ins Leere. „Enrietta schraubte die Kappe auf den Füllfederhalter, legte ihn zur Seite und klappte das Buch zu, ich werde diese Szene nie vergessen. Sie sagte nichts, sah mich nur an aus diesen unglaublichen Augen. Als ich begriff, was da vor sich ging, war sie schon aufgestanden. Alles Gute, Jana, und danke für die Informationen, hörte ich noch, bevor sie die Terrasse verließ. Ich saß da mit dem signierten Buch, benommen und ratlos."

„Was für eine Geschichte", Volpe schüttelte den Kopf. „Was passierte dann?"

„Ich sah sie zunächst nicht wieder. Ich beendete mein Studium und erhielt nach einigen Anfangsschwierigkeiten eine Filmrolle. Meine eigentliche Liebe gehörte der Bühne, aber wenn man als Schauspielerin in diesem Metier überleben will, darf man nicht zu zimperlich sein. Trotzdem möchte ich die Erfahrungen dieser ersten Jahre an den privaten Theatern nicht missen, man kann dort viel lernen. Die Filmrolle war für mich etwas Besonderes, ich hatte erstmals eine Agentin, die sich darum gekümmert hatte, und es war ja nicht irgendein Film, es war die Verfilmung eines Romans von Enrietta da Silva."

Er musste sie nicht bitten, weiterzusprechen, sie war tief in ihre eigene Geschichte eingetaucht. „Ich hatte den Roman natürlich vorher gelesen, ehrlich gesagt, gefiel er mir nicht besonders, es ging um eine Geschwisterproblematik, und ich fand das Ganze etwas überspannt, aber das war komplett egal." Jana hob die Hände und zog die Schultern nach hinten, „ich würde in diesem Film mitspielen, nur das zählte für mich. Ich sollte die Rolle der Schwester des Protagonisten übernehmen, eine bedeutende Nebenrolle, mehr konnte ich mir damals nicht erträumen. Enrietta kam nach München, wo der Film gedreht wurde, und ich sah unserem Wiedersehen mit sehr unterschiedlichen Gefühlen entgegen, wie Sie sich denken können. Meine Ängste waren unbegründet, nach der Vorstellung nahm Enrietta mich in den Arm und gratulierte mir zu meiner Leistung. Auf die verunglückte Begegnung in Salzburg kam sie nie mehr zurück, auch nicht in all den Jahren danach. Von da an hatten wir regelmäßig Kontakt, der bald intensiver wurde. Wir telefonierten oder schrieben uns, und wir trafen uns, wann immer sie konnte, sie hatte damals noch einen sehr straff organisierten Zeitplan. Selten Lesungen, dazu hatte sie immer weniger Lust, aber Interviews, Beiträge in den Feuilletons, Besprechungen mit ihrem Verlag, all das."

„Die Nähe zwischen Ihnen, wodurch war die entstanden, was glauben Sie?"

Jana sah ihn an, die gefühlte Temperatur zwischen ihnen war unvermittelt um einige Grade kühler geworden. „Sie meinen, was die weltbekannte Autorin mit der kleinen Schauspielerin verband?"

„Aber ich wollte doch keineswegs … Bitte entschuldigen Sie, habe ich Sie verletzt?"

Statt einer Antwort sagte Jana: „Ich habe Ihnen vieles erzählt, von Ihnen habe ich bisher nur eine vage Geschichte über Ihre Vorfahren gehört, aber nichts davon, in welchem Verhältnis Sie zu Enrietta standen."

Übergangslos begann Volpe: „Enrietta da Silva war eine Studentin meines Vaters, er unterrichtete Literatur an der Universität von Buenos Aires. Er hielt sie für besonders begabt und förderte sie entsprechend. Eines Tages verschwand sie. Wie sich herausstellte, war sie mit einem bekannten Tangosänger durchgebrannt. Der allerdings nicht das Format eines Carlos Gardel hatte."

Jana hatte sich vorgebeugt und hörte aufmerksam zu.

„Dessen Ehefrau unternahm einen Selbstmordversuch", fuhr er fort, „der Sänger kehrte zu ihr zurück, und in der Presse gab es einen großen Wirbel. Enrietta suchte Zuflucht bei ihrer Familie. Es waren vermögende Großgrundbesitzer, die Mutter streng katholisch, man wollte nach diesem Skandal nichts mehr mit ihr zu tun haben." Und als Jana sich auf die Lippen biss: „Das alles geschah Ende der Sechzigerjahre, in einer Zeit, die damals noch viel mehr als heute vom Machismo dieser Gesellschaft geprägt war und von einem sehr autoritären Klerus. In ihrer Verzweiflung wandte sich Enrietta an meinen Vater und …"

„Er half ihr?"

„Ja, das tat er." Volpe, der sich nicht sicher war, wie weit er gehen sollte, leerte sein Glas. „Können wir uns darauf einigen, dass Leuthard diese Einzelheiten zunächst nicht erfährt? Ich wollte mir zuerst ein Bild von ihm machen."

„Einverstanden, aber", Jana beugte sich noch weiter vor, „in welcher Weise hat Ihr Vater Enrietta geholfen?"

„Sie wissen es nicht? Sie hat Ihnen nie etwas darüber erzählt?"

Erst später wurde Volpe klar, wie ungeschickt er vorgegangen war, aber in diesem Moment verstand er Janas Reaktion nicht.

Der Barkeeper erschien, ob sie noch etwas bestellen wollten?

Jana stand auf. „Es ist spät, wir sehen uns morgen. Leuthard hat auch mich zu diesem Treffen gebeten. Gute Nacht, Dr. Emilio Volpe.“

Schon war sie fort.

4

Am anderen Morgen rief Volpe in Argentinien an. Er erzählte seiner Frau von der bisherigen Entwicklung, und sie waren sich einig, dass er vorerst in Zürich bleiben sollte. Seine Klinik informierte er entsprechend. Vor seiner Abreise hatte er seinen Stellvertreter instruiert, er musste sich daher keine Sorgen machen.

Volpe fühlte sich bereit für die nächste Runde beim Advokaten Leuthard, den Weg zur Kanzlei kannte er inzwischen. Es war ein klarer Tag, die Luft weniger schneidend als bei seiner Ankunft. Konzentriert atmete er im Rhythmus seiner Schritte tief ein und aus. Das Gehen entspannte ihn, und er dachte an Jana Horwarth. Sie war gekränkt, denn er hatte sie unabsichtlich damit konfrontiert, dass sie über wichtige Fakten in Enriettas Biografie nichts wusste. Trotz der engen Bindung zwischen ihnen hatte Janas langjährige Vertraute und Mentorin ihr nicht alles erzählt.

Enrietta. Schon damals, in den Siebzigerjahren, war sie die klügste und talentierteste Studentin seines Vaters gewesen. Emilio Volpe war noch ein Kind gewesen, als sein Vater zum ersten Mal von ihr gesprochen hatte, sie besuchte ihn manchmal, um sich Bücher aus seiner Bibliothek auszuleihen, dann steckten sie die Köpfe zusammen und unterhielten sich über Dinge, die der junge Emilio nicht verstand und die ihn auch nicht interessierten. Beim Hinausgehen strich sie ihm jedes Mal wortlos über den Kopf, sie schien dann ganz woanders zu sein.

Als sie nicht mehr kam, fragte Emilio nicht nach, und auch sein Vater erwähnte sie nicht. Monate später tauchte sie wieder auf, sie war sehr blass, ihr Bauch wölbte sich, und diesmal strich sie ihm nicht über den Kopf. Sein Vater kündigte an, sie werde jetzt bei ihnen wohnen, Emilio sagte, er habe nichts dagegen. Während der letzten Wochen ihrer Schwangerschaft verbrachte Emilio viel Zeit mit ihr, wenn sein Vater in der Universität war. Er massierte ihr die geschwollenen Füße, brachte ihr Fruchtsäfte und besorgte Zeitungen; die Zeitungen waren ihr besonders wichtig gewesen.

Sie sprach nicht viel, und manchmal, wenn sie sich unbeobachtet glaubte, weinte sie still. In solchen Momenten kündigte er sein Erscheinen lautstark an, bis sie sich gefasst hatte. Eines Tages strich sie ihm wieder über den Kopf und sah ihn dabei direkt an. Seit diesem Tag liebte er sie.

Bald darauf brachte sein Vater sie in die Klinik, und als die beiden zurückkehrten, hielt Enrietta ein Bündel im Arm, aus dem ein winziges, sehr verschrumpeltes Gesicht hervorschaute. Doch so sehr Emilio sie liebte, so sehr lehnte er ihr Neugeborenes von Anfang an ab. Er war alt genug, um in seiner Kinderseele zu spüren, dass durch dieses Wesen Unheil über Enrietta gekommen war.

Das Leben veränderte sich jetzt im Hause seines Vaters. Enrietta war mit der Betreuung des Säuglings beschäftigt und hatte wenig Zeit für den inzwischen zehnjährigen Knaben, der die Momente stiller Intimität mit ihr vermisste. Sein Vater, das spürte Emilio ebenso deutlich, fühlte sich durch das Geschrei des Kindes oft gestört, verlor jedoch kein Wort darüber. Armando, so hatte man den Kleinen getauft, war ein unruhiges Baby, das nachts oft weinte, und wenn Emilio dadurch aufwachte und hörte, wie Enrietta es vergeblich in den Schlaf zu wiegen versuchte, konnte auch er lange nicht mehr einschlafen.

Enriettas Schatten unter den Augen wurden tiefer, sie aß kaum, und als sie Armando nach drei Monaten nicht mehr stillte, begann sie, dünne, stark riechende Zigarillos zu rauchen. Wenn Armando schlief und sie etwas Ruhe fand, traf Emilio sie meist im Garten an, wo sie in ein Buch vertieft saß oder mit einem Glas Brandy vor sich ins Leere blickte. Eines Tages brachte Ernesto eine rundliche Frau mittleren Alters mit und sagte, sie werde sich jetzt um den Kleinen kümmern. Sie hieß Consuelo, und von da an veränderte sich erneut alles. Ernesto fand die Muße für seine wissenschaftliche Arbeit wieder, Enrietta fand Appetit und Lebensfreude wieder. Und er, Emilio, fand endlich seine Enrietta wieder.

Wie lange war das alles her?, überlegte er. Er stand jetzt vor dem Gebäude, in dem Leuthard seine Praxis hatte. Und in dem er Jana treffen würde. Er verstand, dass Leuthard als Testamentsvollstrecker auf eine baldige Erledigung der Angelegenheit drängte, eine Ausschlagung des Erbes würde die Dinge vermutlich beschleunigen. Emilio Volpe könnte beruhigt nach Argentinien zurückkehren und das Vergangene endgültig hinter sich lassen. Wollte er das? Enrietta hatte es offensichtlich anders gewollt.

Ein Taxi hielt vor dem Eingang, der Fahrer stieg aus, um Jana zu helfen, die mit einer freundlichen Geste ablehnte.

Volpe sah ihr entgegen; als sie vor ihm stand, begrüßte sie ihn knapp. Sie nahm den Aufzug, er ging zu Fuß hinauf.

Leuthard stutzte einen Moment, als sie gemeinsam in sein Büro traten.

„Wir sind uns zufällig draußen begegnet." Janas Stimme klang unbeteiligt.

„Nun, da Sie jetzt beide anwesend sind", sagte Leuthard in geschäftsmäßigen Ton, sobald sie Platz genommen hatten, „möchte ich Sie über das weitere Prozedere informieren." Er sah Volpe an, er sah Jana an, die angespannte Stimmung zwischen den beiden entging ihm nicht.

„Eine Testamentseröffnung verläuft anders, als man das aus manchen Filmen kennt. Dort finden sich die Hinterbliebenen in den altehrwürdigen Räumen des langjährigen Familienanwalts ein, sind alle in mehr oder weniger elegantes Schwarz gekleidet, versammeln sich um einen großen blank polierten Holztisch und warten begierig darauf, dass der Advokat die vor ihm liegenden Papiere in die Hand nimmt und den Inhalt verliest. Tatsächlich", fuhr er fort, „wird das Testament den Erben vom Nachlassgericht schriftlich zugestellt. Als Vollstrecker der letztwilligen Verfügungen von Enrietta da Silva kenne ich natürlich dessen Inhalt."

Er machte eine Pause. „Wir haben es hier mit einer besonderen Situation zu tun, und in Anbetracht der Tatsache, dass Sie, lieber Herr Dr. Volpe, in Argentinien leben und sicher bald in Ihre Heimat zurückkehren wollen, halte ich es für sinnvoll, bereits vor der Zustellung durch das Gericht ein paar Dinge zu erläutern."

Emilio Volpe und Jana Horwarth nickten.

Wie Leuthard ihnen erklärte, seien sie zu gleichen Teilen Erben eines Nachlasses von insgesamt etwa zwanzig Millionen Schweizerfranken. Dieser bestehe überwiegend aus Barvermögen bei zwei Schweizer Banken, des Weiteren aus Immobilien und Kunstgegenständen, die nach dem Willen der Erblasserin veräußert werden sollten. Ein paar Vermächtnisse zugunsten langjähriger Angestellter würden das Gesamtvolumen nur geringfügig schmälern.

Der Anwalt nahm die Lesebrille ab, niemand sagte etwas. Leuthard räusperte sich, doch es blieb still in seinem Büro.

Jana saß reglos da, die Augen gesenkt, Emilio Volpe starrte auf die Schreibtischplatte mit den Sammlerobjekten. Im selben Moment hoben sie den Kopf, vermieden es aber, sich anzusehen. Bevor Jana sich äußern konnte, fragte Volpe: „Innerhalb welcher Frist kann das Erbe ausgeschlagen werden?" Er vernahm ein Geräusch neben sich, ein heiseres Hüsteln, es kam von Jana.

„Innerhalb von drei Monaten ab dem Zeitpunkt, in dem der Erbe offiziell durch das Nachlassgericht informiert wurde, so wird es im Kanton Zürich gehandhabt."

„Ich werde diese Frist in Anspruch nehmen."

Jana Horwarth setzte sich sehr gerade in ihrem Stuhl auf und wandte sich an Leuthard. „Die letzte Entscheidung möchte ich mir ebenfalls vorbehalten." Sie vermied es, Volpe anzusehen.

Volpe erlebte es zum ersten Mal, wie Leuthards Gesichtszüge verrutschten. Es währte nur einen Moment, dann hatte der Anwalt sich wieder unter Kontrolle, nahm seine Dokumente an sich und legte sie in einen Ordner. „In Ihrem Fall, Herr Dr. Volpe, wundert mich das nicht. Sie sind mir viele Antworten schuldig geblieben." Und zu Jana: „Bei dir, liebe Jana, liegt der Fall anders. Ich weiß seit Längerem von der besonderen Beziehung zwischen dir und der Verstorbenen. So wie ich es verstanden habe, warst du wie eine Tochter für sie, um die sie sich sorgte und die sie abgesichert sehen wollte. Das waren ihre Worte. Ich kann daher deine Bedenken schwer nachvollziehen."

Volpe sah Jana von der Seite an, doch sie blickte auf ihre Hände, die sie im Schoß gefaltet hielt wie zu einem stummen Gebet. Ihm war klar, dass Leuthard nach wie vor nicht wusste, was er von ihm halten sollte. Seine Andeutung, womöglich auf das Erbe verzichten zu wollen, änderte daran nichts, eher im Gegenteil. Für diesen Schweizer Advokaten war er offenbar eine dubiose Figur aus einem dubiosen Land, schwer einzuschätzen und schon dadurch wenig zuverlässig.

Volpe erhob seine Stimme: „Herr Dr. Leuthard, danke zunächst für diese Informationen. Ich nehme an, dass Sie sich mittlerweile über mich erkundigt haben, in Zeiten des Internets ist das nicht schwierig, und sollten Ihnen diese Auskünfte nicht genügt haben, stehen Ihnen sicher noch andere Quellen zur Verfügung."

Leuthard wollte etwas sagen, doch Volpe ließ ihn nicht zu Wort kommen. „Ihre Recherchen werden ergeben haben, dass ich ein Mann von untadeligem Ruf bin, dass ich mir fachlich niemals etwas habe zuschulden kommen lassen, und dass ich aufgrund meiner Vermögensverhältnisse auf dieses Erbe gut verzichten kann, zumal meine Frau und ich keine Nachkommen haben. Ich hatte Ihnen das bereits angedeutet und möchte es hier nochmals bestätigen."

Schweigend hörten Jana und Leuthard zu.

„Meine Person ist komplett unverdächtig, mein Verhalten wohl weniger. Vorausgesetzt, man setzt sich schon dadurch einem Verdacht aus, dass man andere Prioritäten hat als materiellen Gewinn. Wenn ich über die Art der Beziehung von Frau da Silva zu meiner Familie bisher geschwiegen habe, so hat das gute Gründe."

„Welche?", kam es wie aus einem Mund. Jana klammerte sich an die Stuhllehnen, Leuthard spielte wieder mit dem kleinen Elefanten.

Volpe ließ sich Zeit mit der Antwort. Obwohl er nicht wirklich darüber nachdenken musste. „Es geht mir darum, Enrietta da Silvas Andenken zu schützen."

Jana und Leuthard wechselten einen ratlosen Blick. Jana stand auf und murmelte, sie wolle sich die Hände waschen, Leuthard stellte betont gewissenhaft den Elefanten an seinen Platz zurück.

„Was wissen Sie denn über Frau da Silvas Vorleben, Herr Dr. Leuthard, bevor sie nach Europa kam?", sagte Volpe. „Das ist inzwischen fast so lange her wie das Zeitmaß von zwei Generationen, bald vierzig Jahre. Und das Internet weiß zum Glück nicht alles über einen Menschen. Vor allem dann nicht, wenn dieser Mensch früher geschickt genug darin war, einige seiner Spuren zu verwischen."

Leuthard schluckte trocken. „Sie meinen, sie hat …"

Volpe hob abwehrend die Hand, Jana war ins Büro zurückgekehrt und nahm ihren Platz wieder ein. Ihre Miene war verschlossen.

„Wie soll es jetzt weitergehen?“, fragte sie an Leuthard gewandt. „Was schlägst du vor, Andreas?“

Der Jurist stand auf und ging zum Fenster, das macht er wohl immer so, wenn er nicht weiterweiß, dachte Volpe. Fast tat der Mann ihm ein bisschen leid, er hatte keinen dankbaren Job.

Leuthard drehte sich um. „Wir haben die Worte von Herrn Dr. Volpe gehört. Er will sich noch nicht festlegen. Und du, Jana, stellst inzwischen auch infrage, was ich bisher für geklärt hielt.“

“Ja, das dachte ich, und anders als im Fall von Herrn Dr. Volpe wäre mir das Vermögen aus diesem Erbe sehr willkommen. Aber inzwischen gibt es zu viele offene Fragen, auf die ich eine Antwort bekommen möchte, bevor ich das Erbe annehme.“

„Wenn einer von uns ausschlägt“, fragte Volpe, „was geschieht dann mit dessen Anteil?“

„Da es keine sonstigen Erben gibt und Frau da Silva diesbezüglich nichts verfügt hat, dürfte der Anteil des ausschlagenden Erben dem anderen Erben zufallen.“

„Und was passiert, wenn wir beide ausschlagen?“

Leuthard sah Volpe an, als zweifle er an dessen Verstand und blieb ihm vorerst die Antwort schuldig. „Darf ich fragen“, fragte er stattdessen, „wie lange Sie beide in Zürich bleiben wollen?“

„Ich weiß es noch nicht“, erwiderte Volpe kurzangebunden.

„Bis Anfang nächster Woche, so hatte ich es bisher geplant“, erklärte Jana.

„Dann hoffe ich, dass Sie beide bis dahin zu einer Entscheidung kommen. Und dass Sie jeweils das Richtige für sich entscheiden werden.“ Leuthard klang förmlich. „Für Informationen stehe ich natürlich weiter zu Ihrer Verfügung.“

„Danke, Andreas.“ Jana war aufgestanden und nickte den beiden Männern zu. Volpe verstand, dass sie nicht gemeinsam mit ihm das Büro verlassen wollte. Sie rauschte aus dem Zimmer, soweit ihre Beinverletzung es erlaubte.

5

Volpe wartete ein paar Minuten, bis er auf die Straße hinaustrat.

Jana stand draußen gegen die Mauer gelehnt und rauchte eine Zigarette. „Passiert mir nur noch selten", sagte sie verlegen, als sie seinen Blick bemerkte, und drückte den Stummel sorgfältig aus, bevor sie ihn in das halb volle Päckchen schob. „Was ist, höre ich jetzt die Fortsetzung Ihrer Geschichte?"

Der aggressive Ton passte nicht zu dem Bild, das er sich von ihr gemacht hatte. Als er es ihr sagte, zuckte sie nur die Achseln und starrte auf die Straße. „Jana, so geht das doch nicht. Natürlich haben Sie ein Recht darauf, mehr über all das zu erfahren, aber es fällt mir schwer, davon zu sprechen, denn es ist …"

„… eine schwierige Geschichte, soviel habe ich inzwischen verstanden."

Es hatte leicht zu schneien begonnen, filigrane Gebilde, die auf Janas dunkelblonden Locken geräuschlos zerfielen. Volpe kannte Schnee, den gab es auch in den Bergen Argentiniens, die Städter fuhren zum Skifahren dorthin, aber dieser Schnee war anders, er hatte etwas Zartes und wurde zu einem durchsichtigen Schleier.

„Wo ist der nächste Taxistand? Kommen Sie, wir machen einen kleinen Ausflug", rief er und wartete, bis sie ihm langsam folgte.

Vor dem *Hotel Savoy* hielt er einen Wagen an. Der Fahrer

öffnete die Türen. „Zum See bitte“, sagte Volpe, als sie auf der Rückbank saßen.

Der Fahrer drehte sich zu ihnen um. „Der See ist groß, meine Herrschaften, wohin soll es denn genau gehen?“

Auch Jana sah Volpe fragend an. „Ich hatte mir seit meiner Ankunft in dieser Stadt gewünscht, einmal am Seeufer zu stehen“, er lächelte und sah in ihren Augen, dass sie verstand.

„Setzen Sie uns beim Zürichhorn ab“, bat Jana, „zwischen dem Casino und dem *Hotel Fischstube.*“

Der Fahrer nickte und fuhr sie bis zum dortigen Parkplatz. Weiter gehe es nicht, erklärte er mit einem Blick auf ihr Bein. Inzwischen kamen dichtere Flocken vom Himmel, und als sie die kurze Strecke bis zum Ufer geschafft hatten, war die gegenüberliegende Seeseite kaum noch zu erkennen. „Undurchdringlich“, murmelte Volpe, „und so weiß, wie in einem Kokon.“

Jana hatte die Kapuze ihres Mantels hochgezogen und stand schweigend neben ihm.

„Ist Ihnen kalt?“, fragte er.

Sie schüttelte den Kopf. „Es tut mir leid“, sagte sie.

Er drehte sich zu ihr um. „Was tut Ihnen leid?“

„Ich war zuletzt nicht sehr nett zu Ihnen. Ihre Geschichte mit Enrietta … dahinter muss sich etwas verbergen, das Sie in echte Schwierigkeiten bringen kann.“

Volpe hörte aus ihren unerwartet versöhnlich klingenden Worten keine versteckte Aufforderung heraus, sich ihr anzuvertrauen, es klang eher nach einem Friedensangebot, das sie jederzeit zurückziehen könne.

Als er nichts erwiderte, fragte sie: „Wollen wir noch ein Stück gehen?“ Jana deutete auf ihr Bein. „Es macht mir nichts aus, Bewegung tut mir gut, solange ich es nicht übertreibe.“

Er nickte und überließ ihr die Führung. Sie schien sich auszukennen und ging ein paar Schritte voraus, bis sie zu einer überdimensionierten Eisenskulptur gelangten, eine Plakette wies Jean Tinguely als Künstler aus. Volpe blieb stehen und ließ sich Zeit, das Werk zu betrachten.

„Gefällt es Ihnen?“

„Ich weiß nicht, mit dieser Art von abstrakter Kunst kann ich nicht viel anfangen, aber es passt an diesen Ort.“

„Dann hat der Künstler ja schon mal etwas richtig gemacht.“

Schweigend folgte er Jana, sie ging in mäßigem Tempo vorwärts, zielstrebig, aber mit der lange trainierten, intuitiven Achtsamkeit eines Menschen, für den ein falscher Tritt gefährlich sein konnte.

„Wissen Sie wirklich noch nicht, wie lange Sie bleiben werden, Emilio?

Er stutzte, er hatte sich noch keine Gedanken darüber gemacht. „Nein“, sagte er leichthin. Jana ging nicht darauf ein und bedeutete mit einer Handbewegung, sie wolle zur Straße zurückkehren. Dort hielt er ein Taxi an, und bevor sie einstieg, tauschten sie ihre Mobilnummern aus, sie würden telefonieren. Volpe ging zu Fuß in die Innenstadt zurück. Unterwegs kam Volpe am *Hotel Baur au Lac* vorbei. Er mochte diese alten Kästen mit Tradition und Geschichte. Es war früher Nachmittag, in der geräumigen

Halle gab es um diese Zeit wenig Betrieb. Er fand einen Platz in einer der Sofaecken, bestellte Tee und ließ sich eine Zeitung kommen.

Er wusste nicht, wie lange er schon auf diesem Platz saß, es war ihm einfach wohl in dieser Insel unbeschwerten, satten Behagens mit den dicken, weichen Teppichen, der gedämpften Beleuchtung und dem aufmerksamen Personal. Als er nicht nur diese, sondern weitere Zeitungen durchgelesen hatte, drangen Laute zu ihm, Stimmen und manchmal leises Lachen, die Halle war inzwischen mit Leben erfüllt. Volpe sah sich um. Happy hour, das gab es wohl überall auf der Welt. Als einer der Angestellten fragte, ob er noch einen Wunsch habe, bat er ihn darum, ihm ein großes weißes Blatt Papier zu bringen. Sobald es vor ihm lag, begann Emilio Volpe zu zeichnen.

Er musste nicht lange überlegen, Modelle waren reichlich vorhanden, er hatte alles Material, das er brauchte. In jedes Gesicht, das er hier fand, zeichnete er ein, was getan werden müsste, grundlegende Veränderungen oder ein paar Korrekturen hier und da. Er erledigte seine Arbeit so diskret wie möglich, sah zwischendurch auf und tat, als skizziere er Details der Einrichtung, doch als eine der Frauen einen Angestellten herbeirief und in seine Richtung blickte, bezahlte er rasch.

Draußen war es dunkel geworden. Volpe wandte sich zum See, wo jetzt an beiden Uferseiten Lichter aufblinkten, wieder spürte er leichten Schnee im Gesicht. Ein Glücksgefühl stieg in ihm auf, von dem er nicht wusste, woher es kam. Ohne zu überlegen, nahm er den Weg über die Quaibrücke auf die andere Seite der Stadt. Er ließ sich treiben, es tat gut, kein Ziel zu haben.

Vor einem Lokal namens *Odeon* blieb er stehen. Was er durch die Fenster sah, gefiel ihm, er trat ein. Es war laut und voll, das Publikum sehr gemischt, die Einrichtung aus einer anderen Zeit, vielleicht Jugendstil. Nachdem er ein Glas Wein bestellt hatte, sah er genauer hin, verblüfft über die Vielfalt menschlicher Physiognomien, die sich hier zusammengefunden hatte. Er zog das gefaltete Blatt mit den Skizzen aus der Hotelhalle hervor, legte es auf den Tisch, strich es glatt und drehte es um. Erneut begann er zu zeichnen.

Niemand nahm Notiz davon, bis auf einen jungen Mann am Nebentisch, der den Hals drehte und ungeniert zu ihm herübersah. „Was tun Sie da?“, fragte er. „Sind Sie Künstler?“

Ohne seine Arbeit zu unterbrechen, verneinte Volpe, er zeichne nur, was er sehe, sagte er auf Deutsch.

„Sie machen das wirklich gut für jemanden, der kein Künstler ist.“

Volpe hob den Blick.

Der junge Mann lächelte. „Ich verstehe nicht viel davon, ich bin Barkeeper von Beruf.“

Volpe ließ den Stift sinken. „Dann verstehen Sie etwas von Gesichtern.“

Sein Tischnachbar zuckte die Achseln, nickte dann. „Auf die Kunst“, sagte er und prostete ihm zu.

Volpe erwiderte den Toast. Statt weiter zu zeichnen, lehnte er sich zurück, streckte die Beine unter dem Tisch aus und betrachtete das Kommen und Gehen der Gäste.

Endlich beschloss er, ins Hotel zurückzukehren, dort eine Kleinigkeit zu essen und sich in der Raucherlounge eine Zigarre zu gönnen, eine von den ganz feinen, die er im Gepäck hatte. Sein Handy läutete, das Geräusch war ihm unangenehm, er fühlte sich gestört. Rasch nahm er es aus der Tasche und sah auf die Nummer. Es war die von Jana, die er vor ein paar Stunden eingespeichert hatte.

„Volpe", meldete er sich, ihr Anruf wunderte ihn.

„Hier ist Jana", ihre Stimme klang gepresst, „entschuldigen Sie, aber ich wusste nicht, wen ich sonst anrufen könnte … Ich …", sie verstummte, gleich darauf hörte er unterdrücktes Schluchzen.

„Ganz ruhig, Jana", jetzt sprach der Arzt aus ihm, „was ist passiert?"

„Ich bin gestürzt, auf dem Eis vor der Wohnung meiner Freundin, Passanten haben die Rettung gerufen und …"

„Wo sind Sie jetzt?"

Sie nannte den Namen eines Krankenhauses. „Meine Freundin, bei der ich hier wohne, ist momentan verreist, und Leuthard konnte ich nicht erreichen … und da wusste ich mir nicht anders zu helfen, als Sie anzurufen …"

Volpe bedeutete dem Kellner, er wolle zahlen, und sagte zu Jana: „Ich bin schon unterwegs. Wie lange brauche ich mit dem Taxi?"

„Vielleicht eine Viertelstunde. Ich bin noch in der Notaufnahme." Ihre Stimme klang jetzt etwas gefasster. „Danke." Sie hatte aufgelegt.

Volpe war froh, dass er genügend Deutsch beherrschte, um sich durchzufragen.

Im Krankenhaus zeigte man sich entgegenkommender, nachdem er sich als Arzt ausgewiesen hatte. Der Kollege in der Notaufnahme betrachtete ihn interessiert, ein plastischer Chirurg aus Buenos Aires kam hier nicht alle Tage vor. Bereitwillig besprach er mit ihm den vorläufigen Befund. Der Sturz sei weniger gravierend als zunächst angenommen, und zum Glück sei die Patientin nicht auf die Seite des verletzten Beins gefallen. Bisher könne man nur starke Prellungen vermuten, was, das wisse er ja, äußerst schmerzhaft sei. Ob er es für ratsam halte, zur Sicherheit zu röntgen? Die Patientin klage auch über starke Schmerzen im Rippenbereich, da könne etwas gebrochen sein.

Schon aufgrund der Vorgeschichte der Patientin empfehle sich das, erwiderte Volpe. Was denn genau zu der Beinverletzung geführt habe?, wollte der Kollege wissen. Volpe musste improvisieren. Frau Horwarth sei eine alte Freundin von ihm, doch durch die räumliche Distanz sähen sie sich nur selten. Sie sei Schauspielerin gewesen, die Beinverletzung stamme von einem Unfall auf der Bühne, sie spreche nicht gern darüber. Der Schweizer Arzt nickte verstehend.

Jana lag hinter einem Vorhang, die Züge ihres ebenmäßigen Gesichts wirkten klein und eingefallen. Angstvoll blickte sie ihm entgegen, als er an die Liege trat, auf die man sie gebettet hatte.

Er setzte sich auf die Kante und nahm ihre Hand. „Hast du Schmerzen?“ Ihm war nicht bewusst, dass er sie duzte.

„Es geht“, sagte sie leise, „man hat mir etwas gegeben. Ist es … ist es schlimm?“ Sie sprach mit einer Kinderstimme, und er antwortete, wie er mit einem kranken Kind geredet hätte.

„Nicht so schlimm, wie es aussieht", er lächelte und strich über ihre Finger. „Du bist hier bestens aufgehoben, mach dir keine Sorgen. Zur Sicherheit wird man dich noch röntgen."

Eine Krankenschwester kam und schob Jana zu einer Tür, die sich automatisch öffnete. „Bis gleich, Jana", rief er ihr hinterher. Sie hob zögernd die Hand und drehte das Gesicht zur Seite.

Der Kollege bot Volpe Kaffee an. „In jedem Fall wird Ihre Freundin die nächsten Tage Betreuung brauchen." Er werde sich darum kümmern, versicherte Volpe, der in diesem Moment keine Ahnung hatte, wie er das organisieren sollte.

Nach einer halben Stunde war der Befund da. Tatsächlich war eine Rippe gebrochen, dazu kam eine sehr starke Prellung, und in Anbetracht von Janas bereits vorhandener Behinderung bedeutete das eine weitere Einschränkung ihrer Bewegungsfreiheit, die eine Weile andauern konnte.

Der Arzt in der Notaufnahme wandte sich an Jana: „Wir geben Ihnen Schmerzmittel mit, die Heilung braucht aber Zeit. Sollen wir Sie mit dem Krankenwagen nach Hause bringen lassen?" Er deutete auf Volpe. „Ihr Freund ist Arzt, wir wissen Sie also in guten Händen. Falls Sie es sich zutrauen, könnten Sie auch gemeinsam mit einem Taxi fahren, denn Sie müssen nicht unbedingt liegen."

Jana, die erleichtert wirkte, blickte zwischen dem Arzt und Emilio Volpe hin und her. „Wenn Sie meinen, dass ich es auch mit dem Taxi zurückschaffe, ist mir das lieber."

Während die Krankenschwester ihr beim Anziehen half, was von kleinen Schmerzenslauten begleitet wurde, nahm Volpe seinen Kollegen beiseite. „Sagen Sie, kann ich den Befund mitnehmen?"

„Er ist Eigentum der Patientin, aber Sie können mit ihrer Zustimmung einen Blick darauf werfen. Wir haben das gesamte Becken röntgen lassen, ziemlich interessant."

Und als Jana, gestützt auf die Schwester, vor ihnen stand: „Es war mir ein Vergnügen, Herr Kollege, auch wenn die Umstände nicht so erfreulich waren. Alles Gute für Sie, Frau Horwarth, und baldige Genesung."

Während der Fahrt zur Wohnung von Janas Freundin versuchte Volpe, einen Plan zu entwerfen. In Janas Zustand brauchte sie jemanden, der bei ihr blieb, zumindest ein paar Tage lang, bis sie allein wieder einigermaßen zurechtkam. Sie war in eine halb liegende Haltung auf die Rückbank des Wagens gebettet worden, er sah, dass sie sich bemühte, tapfer zu sein und sich nicht anmerken zu lassen, wie sehr jede Erschütterung des Wagens durch die Unebenheiten der Straße und durch das unvermeidliche Anhalten und Wiederstarten des Fahrzeugs sie quälten. Der Chauffeur tat sein Bestes, ein Blick auf die verletzte Frau hatte genügt, um seinen Beschützerinstinkt zu wecken. Behutsam half er Volpe, sie ins Haus zu tragen, als sie ihr Ziel erreicht hatten.

Die Wohnung lag im Parterre eines renovierten Altbaus, sehr großzügig geschnitten mit einem Gästezimmer, in dem Jana momentan untergebracht war. Volpe half ihr ins

Bett, dabei um Diskretion bemüht. Dann rief er in seinem Hotel an, erklärte, er wolle sein Zimmer behalten und werde es auch bezahlen, er könne aber wegen eines medizinischen Notfalls die nächsten zwei bis drei Tage nicht darin übernachten. Er komme am nächsten Tag, um ein paar Sachen von sich zu holen.

Nachdem er das erledigt hatte, schlief Jana bereits fest, der Schock durch den Sturz, die Schmerzen, die Angst, es war alles zu viel für sie gewesen. Er breitete die Bettdecke über sie, öffnete das Fenster einen Spalt und zog die Vorhänge zu. Im Wohnzimmer fand er eine Wolldecke auf der Couch, legte sich hin, und sofort war auch er eingeschlafen.

6

Sein Handy weckte ihn, es war acht Uhr morgens. Volpe fand sich in einer fremden Umgebung wieder. Er lag angezogen auf einer Couch, sein Rücken schmerzte. Im Halbdunkel des winterlichen Morgens nahm er die Umrisse eines sehr modern eingerichteten Raums wahr. In dem Moment, wo er sich erinnerte, brach das Läuten ab, die Mailbox schaltete sich ein. Seine Frau Elena hatte versucht, ihn zu erreichen. Er richtete sich auf, fuhr sich durch das verstrubbelte Haar und wünschte sich eine Dusche, eine Zahnbürste und einen Rasierapparat. Jana. Er musste nach ihr sehen.

Vorsichtig klopfte er an die angelehnte Tür des Gästezimmers. „Jana, bist du wach?“, fragte er mit verhaltener Stimme, er würde sie weiter schlafen lassen, falls sie nicht reagierte.

„Komm rein“, hörte er von innen. Sie lag auf dem Rücken, im Halbdunkel konnte er nur die Konturen eines steif ausgestreckten Körpers erkennen.

„Wenn ich mich ganz still verhalte, tut es weniger weh.“

Ob er die Vorhänge öffnen dürfe. Sie müsse ihre Schmerzmittel nehmen, aber nicht auf nüchternen Magen, er werde für ein Frühstück sorgen.

„Bist du immer so fürsorglich?“

„Ich bin Arzt, Jana, ich weiß, was in einer solchen Situation zu tun ist.“

Volpe spürte ihre Augen im Rücken, als er den Tag hereinließ.

„Es schneit wohl schon wieder“, murmelte sie, „alles ist so still.“ Und nach kurzem Innehalten: „Im Bad findest du im Schrank eine unbenutzte Zahnbürste und frische Handtücher, bedien dich bitte.“

Überrascht von dieser plötzlichen Hinwendung zu praktischen Dingen wandte er sich zum Gehen.

„Du hast mich gerettet“, sagte sie.

„Ja“, erwiderte er nur.

In der Küche war alles so funktional und durchdacht, dass er sich schnell zurechtfand. Im Freundeskreis Volpes und seiner Frau gab es ein paar Männer, die sich als ehrgeizige Hobbyköche versuchten, er selbst begnügte sich damit, ein Steak und ein paar Eierspeisen zubereiten zu können. Jana brauchte jetzt etwas Kräftigendes, er würde eine Tortilla machen. Während die Eier in der Pfanne stockten, rief er durch den Flur: „Tee oder Kaffee?“

„Schwarzen Tee bitte, mit einem Löffel Honig.“ Das klang schon etwas energischer.

Volpe brachte ihr das Frühstück auf einem Tablett ans Bett. „Was ist mir dir, willst du nichts essen?“ Sie sah ihn aus großen Augen an.

„Ich habe mir schon etwas in der Küche hergerichtet, und gleich fahre ich ins Hotel, um ein paar Sachen zu holen.“

Jana versuchte, sich aufzusetzen, mit schmerzverzerrtem Gesicht glitt sie ins Kissen zurück. „Emilio Volpe, soll das heißen, dass du dich hier vorerst häuslich einrichten willst?“

„Genau das. Du kommst nicht allein zurecht, jedenfalls

nicht die nächsten Tage. Wann kehrt deine Freundin zurück?"

„Ende der Woche, das ist ja bald."

„Wann genau?"

„In vier Tagen."

„Dann schlage ich vor, dass du sie anrufst, sie über die Lage informierst und sie fragst, ob sie mit meiner vorübergehenden Anwesenheit in ihrer Wohnung einverstanden ist. Am besten machst du das, bevor ich ins Hotel fahre. Sonst müsste ich mir etwas anderes einfallen lassen. Deine Freundin, wer ist sie überhaupt, kennt ihr euch gut?"

Ja, sagte Jana, die durch Volpes pragmatische Art etwas verunsichert wirkte, ihre Freundin Cornelia sei Kostümbildnerin, sie hätten sich am Theater kennengelernt, damals, als sie, Jana, noch auf der Bühne gestanden habe. Cornelia habe dann einen Schweizer geheiratet und sei zu ihm nach Zürich gezogen. Bei der Scheidung habe er ihr als Abfindung diese Wohnung überlassen. Das Verhältnis zu Cornelia sei sehr herzlich, sagte Jana, wann immer sie in Zürich sei, wohne sie bei ihr. Jetzt sei die Freundin auf einer Flussfahrt in Frankreich unterwegs, es sei geplant gewesen, dass sie und Jana danach noch gemeinsam das Wochenende in Zürich verbringen.

„Bitte ruf sie an", drängte Volpe, und als Jana zögerte: „Versteh doch, ich fühle mich hier sehr unbehaglich, solange das nicht geklärt ist."

„Zuerst frühstücke ich zu Ende, dann versuche ich, sie zu erreichen. Diese Eierspeise ist übrigens ganz köstlich." Sie warf ihm von unten einen schrägen Blick zu und aß mit

Appetit. „Was ist mit Leuthard", fragte sie zwischen zwei Bissen, „soll ich ihn verständigen, oder machst du das?"

„Wie du willst, er sollte nur bald Bescheid wissen."

Sie einigten sich darauf, dass Volpe das übernehmen würde, als Arzt könne er ihm die Dinge besser erklären. Jana rief ihre Freundin Cornelia an, die über die Nachricht von Janas Unfall zunächst sehr bestürzt und nach einigen Erklärungen erleichtert war, dass ein Mann wie Emilio Volpe in dieser schwierigen Lage helfen konnte.

„Ich bin so froh, Herr Dr. Volpe", sprudelte es aus Cornelia heraus, nachdem ihm der Hörer übergeben worden war, „dass Sie meiner Freundin beistehen, ohne Sie wäre das ein Desaster geworden. Vielen Dank, bitte bleiben Sie bei ihr so lange wie nötig und fühlen Sie sich in meinen Räumen wie zu Hause."

Volpe bedankte sich seinerseits für das in ihn gesetzte Vertrauen und versicherte zum wiederholten Mal, er werde sich um alles kümmern. Erst als er aufgelegt hatte, wurde ihm bewusst, worauf er sich da einließ. Als Nächstes stand ihm der Anruf bei Leuthard bevor und dann der Rückruf bei Elena. Er würde ihr sagen müssen, was passiert war, und konnte nur hoffen, dass sie ihm glaubte. Ausflüchte waren bei ihr vergeblich, in der langen Geschichte ihrer Ehe hatte sie all seine Varianten kennengelernt und von Fall zu Fall entschieden, wie sie damit umging. Mal tat sie, als glaubte sie daran, mal ließ sie durchblicken, dass sie es besser wusste, die Angelegenheit aber nicht ernstnahm.

Elena war eine tapfere, kluge Frau, und er bewunderte sie für ihre Haltung. Sie war ein paar Jahre älter als er und sah noch immer gut aus, aber sein Begehren war erloschen, vielleicht lag es nicht nur an den natürlichen Abnutzungserscheinungen einer eingefahrenen Beziehung, sondern auch daran, dass sie so stark war.

Volpe ging ins Bad, unter der Dusche beschloss er, Elena sehr bald zurückzurufen, aber er wollte das vom Hotel aus tun, ohne Jana nebenan zu wissen. Auch das Telefonat mit Leuthard wollte er lieber von dort aus führen, er sah den Gesichtsausdruck des Anwalts vor sich, wenn er ihm von den Geschehnissen erzählte.

Als Volpe fertig angezogen war, hörte er Jana rufen, sie wolle ins Bad und sie brauche auch eine Dusche, ob er ihr helfen könne? Daran hatte er bei all seiner Umsicht nicht gedacht, die erzwungene Intimität der Situation wurde zur Belastungsprobe. Er trat an ihr Bett, in ihren Zügen, die sich nach der Einnahme des Schmerzmittels entspannt hatten, zeigte sich keinerlei Verlegenheit.

„Jana, ich bin zwar Arzt, aber wir kennen uns kaum, und ich weiß nicht, ob …"

Er konnte in ihrem Blick nicht lesen, als sie erwiderte: „Du hast mich doch gerettet, da darfst du jetzt nicht so zimperlich sein. Bitte bring mich ins Badezimmer und lass mich dort allein. Ich versuche erst mal, selbst zurechtzukommen, wäre aber froh, wenn du in der Nähe bleibst, falls ich es nicht schaffe."

Volpe hob sie hoch, sie war schwerer, als er es von gestern in Erinnerung hatte. Im Bad stellte er sie vorsichtig auf die Füße. Jana lächelte angestrengt, während sie sich am Waschbecken festhielt. Er sah, wie schwer es ihr fiel, sich aufrecht zu halten, und wie sehr es ihr widerstrebte, auf fremde Hilfe angewiesen zu sein. Sie hatte es zwar gelernt, mit ihrer Behinderung zu leben, der Unfall war jetzt aber für sie eine neue Herausforderung.

„Ich kann mir die Zähne auch im Sitzen putzen, nur beim Duschen könnte es schwierig werden …"

„Natürlich", murmelte er, „ruf mich, wenn du soweit bist."

Er ging in die Küche und räumte auf. Ihren unbekleideten Körper hatte er sich bisher nicht vorgestellt, aber er würde ihn sehen und berühren, wenn er ihr in die Duschkabine half, und es würde anders sein als die vielen Male, in denen er mit der Nacktheit einer Frau konfrontiert worden war, ob es sich um Patientinnen handelte oder um eine Geliebte.

Eine Weile verging, dann hörte Volpe das Geplätscher des Wasserhahns und das Summen einer elektrischen Zahnbürste, bis es still wurde. Bürstete sie ihr Haar, legte sie etwas Make-up auf? „Ist alles in Ordnung, Jana?", fragte er durch die Tür.

„Ja, alles gut, ich gebe dir Bescheid, wenn ich bereit bin für die Dusche." Sie klang unbefangen, und er verspürte leisen Ärger darüber, dass er sich um etwas sorgte, was sie selbst offenbar nicht ernstnahm.

„Komm rein", rief sie nach ein paar Minuten, „ich bin soweit."

Jana trug noch ihren Bademantel, erst als er vor ihr stand und die Brause anstellte, ließ sie ihn sinken und blickte ihn auffordernd an. „Was ist? Du wirst genügend nackte

Frauen gesehen haben und musst jetzt nicht in Ohnmacht fallen."

Sie war schlank und durchtrainiert, soviel nahm er aus den Augenwinkeln wahr. In der Duschkabine drehte sie sich sofort um und stellte sich unter den Wasserstrahl, sodass er ihre Verletzung betrachten konnte. Ab der Taille war durch die Prellungen ein Hämatom entstanden, das sich bis zu den Oberschenkeln durchzog, es schimmerte bläulich durch die Haut und würde in den nächsten Wochen mehrmals die Farben wechseln. Durch den Sturz auf blankes Eis hatte es sie schlimm erwischt, auch die nächsten Tage musste sie bei jeder Bewegung mit starken Schmerzen rechnen. Es war Dienstag, am Samstag wollte Janas Freundin zurückkommen, das waren noch vier lange Tage. Und vier Nächte.

Es ging dann leichter, als befürchtet. Nach der Dusche half er Jana beim Anziehen, bemüht um einen sachlichen Ton, auf ihr spöttisches Lächeln reagierte er nicht, er wollte es nur hinter sich bringen. Ob er ihr etwas mitbringen solle, etwas zum Lesen vielleicht?, fragte er an der Tür. Nein, sie brauche nichts, aber er solle den Hausschlüssel mitnehmen, falls sie wieder einschlafe, das Medikament mache sie müde. Wenn er zurück sei, würden sie das weitere Vorgehen besprechen, sagte er. Sie nickte. „Danke, Emilio", sagte sie.

Auf dem Weg zum Hotel fiel ihm auf, wie fremd es sich für ihn angehört hatte, als sie ihn bei seinem Vornamen genannt hatte.

Er war erleichtert, etwas Zeit für sich allein zu haben,

und als er in seinem Hotelzimmer ankam, wurde ihm bewusst, wie absurd diese neue Situation für ihn war. Jetzt drängte es ihn, Elenas Stimme zu hören, um sich einer Normalität zu vergewissern, die ihm momentan abhandengekommen war. Sie war sofort am Apparat, sie schien auf seinen Anruf gewartet zu haben.

Volpe erzählte ihr alles, Elena hörte schweigend zu. Eine solche Geschichte könne nicht mal er sich ausdenken, erwiderte sie schließlich. Wie es jetzt weitergehen solle?

Keine Ahnung, sagte er, er habe keinen Plan. Was sie denn vorschlage?

„Gefällt sie dir?“, fragte sie.

„Ich weiß nicht“, antwortete er, es war die Wahrheit.

„Willst du es herausfinden?“

Er kannte die Nuancen in ihrer Stimme, das leise Zittern war ihm nicht entgangen. „Ich glaube nicht.“

Erneut schwieg sie. „Du solltest dich um sie kümmern, bis die Freundin eintrifft. Natürlich könntet ihr einen privaten Pflegedienst beauftragen, aber diese Konstellation ist auch eine Gelegenheit, die Erbschaftsfragen unter euch zu klären. Enrietta da Silva wird sich etwas dabei gedacht haben, ihr Erbe unter euch aufzuteilen. Alles Weitere, Emilio, liegt bei dir.“

„Sie ist auf dem Eis ausgerutscht und gestürzt? Oh, mein Gott, wie schrecklich.“ Leuthard wirkte ehrlich erschrocken. „Ich war gestern Abend in einem Konzert und hatte das Handy auf lautlos gestellt. Später sah ich, dass sie versucht hatte, mich zu erreichen, dachte aber, dass es nichts

Dringendes sein könne, sonst hätte sie eine Nachricht hinterlassen." Und nach kurzer Pause: „Glück im Unglück, dass Sie so schnell zur Stelle waren."

Volpe berichtete, dass Janas Freundin momentan verreist sei, er habe aber mit ihr vereinbart, dass er bis zu ihrer Rückkehr am Wochenende für Jana da sein werde. Leuthard wollte wissen, wie er sich das praktisch vorstelle.

„Ich bin jetzt in meinem Hotelzimmer, das ich auch behalten werde, und wenn ich nachher zu Jana zurückkehre, bespreche ich mit ihr, wie es weitergehen soll. Vielleicht ist es ihr lieber, dass für die paar Tage ein privater Pflegedienst engagiert wird."

„Das wäre sicher die beste Lösung, es ist doch eine ziemlich heikle Situation. Sie sind zwar Arzt, nur denke ich, verstehen Sie das bitte nicht falsch, ich meine, in Anbetracht der Umstände, durch die Sie sich kennengelernt haben …"

„Sie haben vollkommen recht, Herr Dr. Leuthard, ich werde Jana vorschlagen, die Betreuung in andere Hände zu legen, bis ihre Freundin am Wochenende zurück ist. Ich halte Sie natürlich informiert über die weitere Entwicklung. Jana hat sich mir gegenüber nicht darüber geäußert, aber nach meinem Eindruck gibt es so etwas wie eine freundschaftliche Verbindung zwischen Ihnen beiden."

Der Anwalt räusperte sich. „Das ist richtig, Frau da Silva hatte uns vor längerer Zeit miteinander bekanntgemacht. Sie legte Wert auf ein gutes Einvernehmen zwischen Frau Horwarth und mir und betonte mehrmals, wie wichtig ihr deren finanzielle Versorgung sei. Womit sie wohl auch auf eine rasche und reibungslose Abwicklung des Erbes hoffte."

„Ich verstehe“, sagte Volpe, ohne auf die unausgesprochene Ermahnung einzugehen, die seiner Person galt. „Sie werden wissen wollen, wie meine Pläne sind. Ich bin mir darüber selbst noch nicht ganz im Klaren, nach diesem Unfall fühle ich mich irgendwie verantwortlich für Frau Horwarth.“

„Ja, natürlich, aber werden Sie nicht wieder in Ihrer Klinik erwartet?“

„Dessen bin ich mir nicht so sicher. Mein Stellvertreter wird froh sein, wenn er zeigen kann, dass ich ersetzbar bin, er rechnet ohnehin damit, mich in absehbarer Zeit ablösen zu können. Womit ich grundsätzlich kein Problem hätte. Den Zeitpunkt dafür möchte ich allerdings selbst bestimmen.“

„Danke für Ihre Offenheit, Herr Dr. Volpe, wir bleiben also in Kontakt, bis sich Weiteres ergibt.“

Was er mit diesem Weiteren meinte, wurde nicht näher definiert. Er werde sich jetzt bei Jana, Frau Horwarth, melden und ihr seine Unterstützung anbieten. Sie verabschiedeten sich, und Volpe legte den Hörer auf. Er überlegte kurz, dann rief er Janas Nummer an. Nach mehrmaligem Läuten nahm sie ab. „Ich war kurz eingedöst.“

„Ich habe mit Leuthard gesprochen, er scheint sich Sorgen um dich zu machen, du wirst bald von ihm hören. Wie fühlst du dich?“

„Die Schmerzen sind erträglich, aber dieses Medikament scheint mein Hirn auszuschalten, vorhin habe ich im Fernsehen die Welt der Telenovelas entdeckt und mich ganz wohl darin gefühlt.“

„Ich bin am Mittag zurück, die Hotelküche bereitet mir gerade ein paar Salate und Sandwiches vor, die ich mitbringen werde."

„Hört sich gut an, bis nachher."

An Janas kurzangebundene Art musste er sich erst gewöhnen, auch an den Sarkasmus, der manchmal durchschien. Argentinische Frauen waren anders, Latinas eben, emotional und gesprächig. Elenas Verschlossenheit war da die Ausnahme.

7

Volpe öffnete die Wohnungstür und spürte sofort, dass sich etwas verändert hatte, etwas Atmosphärisches. Jana saß auf der Couch, die Beine hoch gelegt, ein Glas Wasser neben sich. Sie sah ihn nicht an, als er vor ihr stand.

„Leuthard hat angerufen, ihr seid euch also einig, dass ich professionelle Betreuung brauche. Wessen Idee war das? Deine oder die von Leuthard?"

Er stellte die Papiertasche aus dem Hotel ab, die den von ihm bestellten Proviant enthielt. „Es war … Also eigentlich fanden wir das beide richtig, es würde dir und mir die Dinge leichter machen, dachten wir. Leuthard und ich, wir wollen dir nur helfen." Nach kurzer Pause fügte er hinzu: „Es ist für uns beide eine delikate Situation." Hilflos zuckte er mit den Schultern. Er suchte ihren Blick, doch sie wich ihm aus.

„Warum sagst du nicht gleich, dass ich dir lästig bin?" Sie klang bitter.

„Es geht dir nicht gut, da reagiert man empfindlicher, ich verstehe das. Trotzdem bitte ich dich, dass du dich auch in meine Lage versetzt, ich bin in einer fremden Stadt, in der ich mich nicht auskenne, ich bewege mich in einer fremden Wohnung, wo ich tagelang auf der Couch schlafen soll, ich muss jeden Weg, wenn es zu Fuß nicht möglich ist, mit dem Taxi fahren, ich muss für Verpflegung sorgen und weiß nicht, wo die Geschäfte sind." Von anderen Dingen ganz zu schweigen, setzte er in Gedanken hinzu.

Jana blieb einen Moment still. „Dann schlage ich dir eine Alternative vor“, erwiderte sie, es hörte sich sanfter an. „Wir brauchen keinen Pflegedienst einzuschalten. Du schläfst im Hotel und schaust einmal am Tag nach mir. Heute Nacht bitte ich dich noch hier zu bleiben, ab morgen machen wir es so. Mein Zustand müsste sich jeden Tag etwas bessern, und schließlich bin ich ja gewohnt, mit einer Behinderung umzugehen.“

Volpe war zunächst skeptisch, doch bei näherem Überlegen erschien dieses Arrangement praktikabel. „Einverstanden, danke für dein Entgegenkommen.“

Sie nickte. „Fürs Frühstück morgen reichen die Vorräte noch, vielleicht kannst du Nachschub liefern, wenn du das nächste Mal kommst.“

„Natürlich“, sagte er hastig, er hoffte, dass sie ihm die Erleichterung nicht zu sehr anmerkte. „Möchtest du jetzt etwas von dem, was ich mitgebracht habe?“

„Nein, danke, ich bin nicht hungrig, das hebe ich mir für den Abend auf. Ich bin müde und werde versuchen zu schlafen. Bring mir bitte eine Decke, ich bleibe auf der Couch.“

Und nachdem er sie zugedeckt hatte: „Was machst du bis dahin?“

„Ich werde einen Spaziergang machen, mir ein nettes Café suchen und nachdenken.“

Sie hob den Kopf. „Worüber? Über deine Zukunft? Über Enrietta?“

„Über beides.“ Er wandte sich ab und schloss leise die Tür hinter sich.

Es hatte aufgeklart, seit Stunden schneite es nicht mehr.

Erst als er auf der Straße unterwegs war, spürte Volpe seine Anspannung und wie sehr er es genoss, jetzt mit sich allein sein zu können. Janas Vorschlag war vernünftig, die paar Tage bis zur Rückkehr ihrer Freundin würden sie das schaffen. Sie waren eine Schicksalsgemeinschaft geworden, durch Enriettas Verfügung und zuletzt durch den unglücklichen Sturz. Sonst, dachte er, verbindet uns nichts. Elena hatte gefragt, ob Jana ihm gefalle, seine Antwort, er wisse es nicht, war aufrichtig gewesen. Weniger deutlich war seine Antwort auf die Frage ausgefallen, ob er es herausfinden wolle. Er glaube nicht, hatte er gesagt. Hatte er Elena damit nur beruhigen wollen, oder wollte er es wirklich nicht?

Volpe wurde aus sich selbst nicht klug. Einer Frau wie Jana war er nie zuvor begegnet, sie stammte aus einer anderen Welt. Grund genug, eine Distanz zu wahren, die durch Janas Unfall vorübergehend aufgehoben worden war.

Er dachte an die Szene, als er ihr in die Duschkabine geholfen hatte, an ihren leisen Spott angesichts seiner Verlegenheit, an ihren nackten Körper, vor dem er sofort die Augen geschlossen hatte, an ihre plötzliche Scheu, während sie ihm ihre Rückseite zugewandt hatte. An das tiefe Hämatom, das ihr gesamtes Becken überzog und ihr jetzt diese starken Schmerzen bereitete. Die Mischung aus Verletzlichkeit und jäher Schroffheit kannte er von Patienten beiderlei Geschlechts, wenn sie durch einen Unfall verletzt worden waren. Durch seine chirurgischen Fähigkeiten etwas von ihrem früheren Aussehen wiederherstellen zu können, das waren die Momente, die ihm als Arzt die größte Befriedigung bereiteten.

Die Schönheitschirurgie war später dazu gekommen, sie hatte ihm viel Geld eingebracht und den Künstler in ihm geweckt, obwohl er sich nicht als solchen bezeichnen würde. Volpe dachte an den Nachmittag im *Hotel Baur au Lac,* an den kurzen Aufenthalt im *Café Odeon,* bevor Janas Anruf gekommen war, und an all die Gesichter, die er gezeichnet hatte. Für kurze Momente war er glücklich gewesen wie nie zuvor in seiner bis dahin so wenig beschwerten Existenz mit den immer gleichen Abläufen, ein Glücksgefühl ungekannter Art.

Seltsam, dachte Volpe, während er durch stille Seitenstraßen des Seefeldviertels ging, wie er jetzt durch Janas Unfall gezwungen war, sich mehr auf die Stadt einzulassen, von der er zunächst nichts hatte wissen wollen. Er betrat einen Blumenladen und kaufte einen bunten Strauß kurzstieliger Rosen für Jana. Die Floristin wickelte die Blumen in angefeuchtetes Papier, das halte noch für mindestens eine Stunde, bevor der Strauß übergeben würde. Beim Bezahlen fragte er nach einem Café in der Nähe. Gleich nebenan, hieß es. Er bedankte sich und fand ein Lokal, das von engagierten jungen Leuten betrieben wurde, wie auch die übrige Gegend mit den vielen kleinen Geschäften, Bars und Restaurants auf ihn sehr lebendig wirkte.

Als ein Espresso vor ihm stand, wie er ihn mochte, heiß, mit schöner Crema und dem richtigen Aroma, würzig, aber nicht bitter, war für Volpe die Welt in Ordnung. Bedächtig schlürfte er den ersten Schluck, als sein Handy in der Innentasche seiner Jacke vibrierte. Widerstrebend zog er es hervor, es könnte ja etwas mit Jana sein, dachte er. Im Display sah er eine unbekannte Nummer. Und obwohl Emilio Volpe sonst selten Anrufe unbekannter Personen entgegennahm, drückte er auf die grüne Taste. Später fragte er sich, was ihn in dem Moment geritten hatte. Ungeachtet seiner Skepsis gegenüber allem Irrationalen, dachte er, es könne sich nur um dunkle Mächte gehandelt haben.

Er meldete sich mit seinem Nachnamen, Volpe, sagte er leise, als ahnte er bereits, dass diese Kommunikation besser im Verborgenen bliebe.

„Sei gegrüßt, Emilio, es war nicht so leicht, deine Handynummer herauszufinden, aber du weißt ja, dass ich nicht so schnell aufgebe, wenn ich mir etwas vorgenommen habe."

Es war lange her, dass er diese Stimme zuletzt gehört hatte, sie hatte sich verändert, klang jetzt tiefer und ein wenig rau, aber sie hatte noch immer dieses melodiöse Timbre, das er jederzeit wiedererkannt hätte.

Und als Volpe nichts erwiderte: „Du atmest so schnell, Emilio, der Anruf kommt wohl sehr überraschend für dich."

„Ja", sagte Volpe schließlich. „Was hast du erwartet, Armando? Dass ich sage, schön, dass du dich mal wieder meldest? Also, was willst du?"

„Das ist keine gute Frage, Emilio, du solltest es besser wissen, nachdem unsere liebe Enrietta sich in den Literatenhimmel verabschiedet hat. Da sind doch einige Dinge zu klären, zunächst mit dem Herrn Dr. Leuthard, nicht wahr? Du stehst ja bereits in engem Kontakt zu ihm."

Volpe gehörte zu denen, die eine kalte Ruhe zeigen konnten, wenn sie in Bedrängnis gerieten. „Ich verstehe", sagte er langsam, „was schlägst du vor? Und wo bist du gerade?" Aber er glaubte, die Antwort schon zu kennen.

„Ich bin hier. In Zürich. Genau wie du." Und als Volpe nicht reagierte: „Wir sollten uns treffen. So bald wie möglich."

„Morgen Mittag, im *Hotel Storchen,* ich wohne dort. Aber das weißt du wahrscheinlich auch schon."

Sie verabredeten sich für dreizehn Uhr in der Halle.

Volpe bezahlte den Espresso und wandte sich zum Ausgang.

„Sie haben die Blumen vergessen", die junge Frau vom Service eilte ihm hinterher.

„Die Blumen?" Volpe blieb stehen. „Danke", er nahm ihr den Strauß ab und trat auf die Straße. Ohne Schwierigkeiten fand er den Rückweg zur Wohnung von Janas Freundin. Er schloss auf, ging in die Küche und stellte die Rosen in eine Vase.

Als er sah, dass Jana auf der Couch fest schlief, hinterließ er ihr ein paar Zeilen. Er sei jetzt nochmals unterwegs, komme aber nicht zu spät am Abend zurück.

8

Volpe überquerte die Bellerivestraße und fand die Stelle, an der das Taxi ihn und Jana am Tag zuvor abgesetzt hatte. *Zürichhorn,* las er auf einem Schild, von hier aus waren sie zum See hinuntergegangen. Er erkannte den schmalen Weg, der am Ufer entlangführte. Als er dort ankam, war es fast dunkel. Stille umfing ihn, nur ein paar Möwen flogen auf, deren Schrei über der Wasseroberfläche verhallte. Endlich war er wirklich allein, kein Autoverkehr, keine Menschen, aus der Ferne war nur ein kollektives Summen und Rauschen zu vernehmen, die Geräusche einer größeren Stadt. Er ging los, zunächst gemächlich, dann immer schneller, ein Gejagter, der sich nicht eingestehen wollte, dass Flüchten in seiner Situation nichts half. Bis er stehen blieb.

Er würde sich der Begegnung mit Armando stellen müssen, er hatte keine Wahl. Volpe besaß genügend Fantasie, um sich vorstellen zu können, wozu jemand wie Enriettas Sohn Armando in der Lage wäre. Jemand, der wusste, dass die eigene Mutter ihn von Anfang an abgelehnt hatte, schon, als sie seine ersten Bewegungen in ihrem anschwellenden Leib gespürt hatte. Er, Emilio Volpe, hatte es ebenfalls gewusst, damals, in dieser alten Villa mit dem verwilderten Garten in einem Vorort von Buenos Aires.

Armando, den Namen hatte Volpes Vater Ernesto für das Neugeborene vorgeschlagen, er bedeutete so etwas wie kriegerischer Kämpfer. Enrietta, der das ohnehin ziemlich egal gewesen war, stimmte sofort zu. An der Taufe hatten außer Enrietta nur Ernesto, Emilio und die inzwischen für die Betreuung des Säuglings engagierte Consuelo teilgenommen. Der Täufling, erinnerte sich Volpe jetzt, verhielt sich ungewöhnlich ruhig, vielleicht hatte Consuelo ihm etwas gegeben, das war zu der Zeit bei südamerikanischen Kindermädchen nicht unüblich.

Weitere Bilder stiegen in ihm auf, Enrietta, die jedes Mal, wenn Armando schrie, das Bündel an Consuelo weiterreichte, erleichtert, sich in den Garten retten zu können. Sie hatte schon damals geschrieben, anfangs waren es nur ein paar Notizen gewesen. Später füllte sie mit ihrer klaren, energischen Schrift eine Seite nach der anderen, bis sie eines Tages ihren Stift beiseitelegte und Ernesto Volpe und Emilio mit einem Ausdruck ansah, in dem nichts anderes als Triumph zu erkennen war. Es war ihre erste Erzählung gewesen, Emilio las sie viele Jahre danach.

Ernesto gab sie einem befreundeten Literaturkritiker, der von diesem Text so beeindruckt war, dass er ihn an einen Verlag schickte. Bald darauf wurde die Erzählung veröffentlicht. In einer der Rezensionen hieß es, die junge Autorin zeige vielversprechendes Talent, es bleibe aber abzuwarten, ob sie diese Erwartungen auch bei einem nächsten Werk erfüllen werde und es sich nicht nur um einen kurzfristigen Erfolg handle.

Enrietta legte in kurzer Zeit nach, diesmal mit einem Roman, mit dem sie sich als ernsthafte Schriftstellerin in der Buchbranche etablieren konnte. Emilio war zu der Zeit ein Knabe von zwölf Jahren, kurz vor der Pubertät. Erneut veränderte sich vieles im Haus der Volpes, Ernesto und Enrietta empfingen jetzt öfter Leute aus der Literaturszene, es gab Zusammenkünfte, bei denen lautstark diskutiert und gelacht wurde, die unentbehrliche Consuelo kochte für große Tafelrunden, manchmal fand spontan eine Lesung statt, und im Garten saß man später bei einem letzten Glas Wein zusammen. Von Ernestos früherer Schwermütigkeit in den Jahren nach dem Tod seiner Frau war nichts mehr zu spüren gewesen, mit dem wachsenden Erfolg von Enrietta blühte auch er auf, er hatte einen neuen Lebenssinn gefunden. Und der heranwachsende Emilio genoss dieses Treiben, mit dem so viel Lebendigkeit in sein Zuhause eingekehrt war.

Einmal entdeckte er in einer Zeitung, die jemand liegen gelassen hatte, ein Interview mit Enrietta. Der Reporter, der für ein weit verbreitetes Boulevardblatt arbeitete, stellte die üblichen Fragen nach ihrem neuen Roman, die sie inzwischen gelassen zu beantworten wusste. Bis er sagte, sie habe doch einen kleinen Sohn aus einer früheren Verbindung, wie sich denn jetzt das Familienleben im Haus von Professor Volpe gestalte, der ja auch einen Sohn aus der Ehe mit seiner verstorbenen Frau habe.

Professor Volpe habe sie damals aus einer schwierigen Situation gerettet, erwiderte Enrietta, er sei für sie väterlicher Freund und Mentor, und für seinen Sohn Emilio, der so früh die Mutter verloren habe, empfinde sie tiefe Zuneigung. Das höre sich nach einem sehr harmonischen Miteinander an, fand der Journalist, obwohl diese Konstellation ja nicht dem klassischen Familienmodell entspreche.

An dieser Stelle lief Enrietta zu großer Form auf, Emilio Volpe erinnerte sich noch genau daran. „In dem, was Sie klassisches Familienmodell nennen", sagte sie dem Journalisten, „passieren jeden Tag Dinge, die wir beide nicht wirklich wissen wollen, sonst müsste Ihre Zeitung darüber mehr berichten."

Als Teenager bekam Emilio schon Einiges davon mit, was in der Welt der Großen geschah, und das Aufwachsen in einem so außergewöhnlichen Haushalt schärfte zusätzlich seinen Verstand. Enriettas Antworten auf die provozierend gemeinten Fragen jenes Journalisten hatten scharfe Kritik von konservativen Politikern und kirchlichen Vertretern zufolge, aber erstmals wurde man auch im Ausland auf sie aufmerksam.

Es war die Zeit, in der neue Stimmen laut wurden, für gesellschaftliche Veränderungen und auch für die Rechte der Frauen, einem Anliegen, das in Südamerika bis dahin höchstens von einzelnen Intellektuellen diskutiert worden war. Und Enrietta, seine Enrietta, die sie für Emilio damals endlich wieder war, nachdem Consuelo sich um Armando kümmerte, sie wurde zur Heldin seiner jugendlichen Gedankenwelt. Es war nichts Erotisches, sie machte für ihn nur ohne Anstrengung und ohne bewusstes Wollen alles richtig, sie war für ihn eine Mischung aus Ersatzmutter und großer Schwester. Mag sein, dass ich sie damals zu stark idealisierte, dachte Emilio, während er auf die Quaibrücke mit den vielen Lichtern zuging, aber sein Bild von ihr war in jener Zeit geprägt worden, und nichts von dem, was später geschah, hatte daran etwas ändern können.

Das gemeinsame Aufwachsen mit Armando war für Emilio nicht einfach gewesen. Armando entwickelte sich zu einem aufsässigen Jungen, der bei jeder Gelegenheit Streit anfing. Enrietta kümmerte sich nicht darum, sie war ohnehin oft abwesend, ging auf Lesereisen, gab Interviews und traf sich mit Leuten aus ihrer Branche. Ernesto erschien ziemlich hilflos in dieser Situation, doch zumindest zeigte Armando gegenüber dem Mann, der auch ihm ein Zuhause gegeben hatte, einen gewissen Respekt. Consuelo war die Einzige, die mit Armando fertigwurde, was er an Erziehung erhielt, kam von ihr. Die beiden hatten ein starkes Band, sie bildeten eine verschworene Gemeinschaft.

Nach dem Abitur ging Emilio in die USA, um dort Medizin zu studieren, erleichtert, der häuslichen Situation zu entkommen, nur die Trennung von Enrietta schmerzte ihn. Sie schrieb ihm, sie würde sich gern eine eigene Wohnung nehmen, aber das wolle sie seinem Vater nicht zumuten, er sei doch so sehr an ihre Anwesenheit gewöhnt. Wenig später rief Ernesto seinen Sohn an und teilte ihm mit, man habe sich darauf geeinigt, dass Enrietta auszog, Consuelo würde sich weiterhin um ihn und um Armando kümmern. Emilio hielt das für eine gute Lösung. Als er das nächste Mal aus den Semesterferien nach Hause kam, um seinen Vater zu besuchen, nahm Consuelo ihn beiseite. Vor Enriettas Auszug habe es eine heftige Auseinandersetzung zwischen ihr und Armando gegeben, aber sie dürfe nichts Näheres darüber erzählen, das habe sie seinem Vater versprechen müssen. Emilio versuchte, von Enrietta mehr zu erfahren, die sich ebenso weigerte.

Von Armando, der inzwischen in der Pubertät war, hörte und sah er zum Glück nicht viel. Er habe gute Noten in der Schule, sei aber nur selten zu Hause, hieß es. Consuelo wirkte bedrückt, einmal deutete sie an, der Junge sei in schlechte Gesellschaft geraten, sie mache sich Sorgen. Das verwunderte Emilio nicht, damit hat man rechnen müssen, dachte er bei sich.

Am Ende brach alles auseinander. Sobald Armando volljährig war, verließ er das Haus von Ernesto Volpe, seinen Schulabschluss hatte er nur geschafft, weil er zwar faul, aber hochintelligent war. Niemand wusste, was er vorhatte und wohin er ging, zu Consuelo hatte er gesagt, er wolle etwas von der Welt sehen. Ernesto gab ihm im Rahmen seiner Möglichkeiten ein Startkapital mit. Consuelo erkrankte bald darauf an Krebs und starb innerhalb weniger Monate. Armando erschien zur Beerdigung, sprach mit keinem ein Wort und verschwand sofort nach der Trauerfeier wieder.

Emilio, der sich gerade als junger Arzt niedergelassen hatte, überredete Ernesto, das Haus zu verkaufen und in eine Seniorenresidenz überzusiedeln. Wo er sich überraschend wohlfühlte und noch viele Jahre zufrieden lebte. Und Enrietta, seine wunderbare, geliebte Enrietta, kündigte Emilio an, sie werde nach Europa auswandern.

Jetzt schien es, als ob Enrietta über ihren Tod hinaus die Karten neu mischte. Ihn als Erben einzusetzen, noch dazu gemeinsam mit einer Frau, die er nicht kannte und von der er nie zuvor gehört hatte, was hatte sie damit bezweckt? Sie musste gewusst haben, dass sein beruflicher Erfolg zu großem Wohlstand geführt hatte und dass er ein solches Erbe nicht wirklich brauchte. An Armando, der für ihn immer nur ‚der Andere' gewesen war, hatte er seit Langem nicht mehr gedacht. Bis jetzt.

Müdigkeit überfiel ihn, in diesem Moment wünschte er sich weit weg von Leuthard, von Jana und vor allem von Armando. Er wollte irgendwo sein, wo er in Ruhe seine Gedanken sortieren konnte.

Kurz vor der Brücke hielt er ein Taxi an. „Bitte bringen Sie mich auf die andere Seeseite", sagte er dem Fahrer, „ich bin fremd hier und kenne mich nicht aus. Ein nettes, gemütliches Restaurant wäre mir recht."

Mit der deutschen Sprache tat sich Volpe inzwischen etwas leichter, obwohl viele Bewohner dieser Stadt sofort ins Englische wechselten, sobald sie ungeachtet seiner Bemühungen den Ausländer in ihm erkannten. Leuthard hatte ihm erklärt, dass Schweizerdeutsch und das sogenannte Schriftdeutsch zwei deutlich verschiedene Sprachen seien, was Volpe zunächst verwirrt hatte. Auch der Taxifahrer antwortete sofort auf Englisch. Ja, er kenne ein solches Lokal, es werde ihm bestimmt gefallen, sagte er beflissen.

Die Straße führte am See entlang, und in der Dunkelheit war von der Umgebung wenig zu erkennen, aber Volpe hätte dafür ohnehin keinen Blick gehabt.

Nach einer Viertelstunde hielt der Wagen vor einem gepflegt wirkenden, ländlichen Gebäude. Volpe trat ein, äußerte seine Wünsche und wurde zu einem Tisch geführt, der ihm sofort behagte, in einem Erker gelegen und in genügender Entfernung von den anderen Gästen. Er bestellte den empfohlenen Rotwein von einheimischen Reben und

Zürcher Geschnetzeltes, das einzige regionale Gericht, das er kannte. Er aß mit Appetit, und auch der hiesige Wein schmeckte ihm. Endlich löste sich in ihm etwas von der der Anspannung, die seit Armandos Anruf von ihm Besitz genommen hatte.

Armando. Wie ein Phantom war er aus einer versunkenen Vergangenheit aufgetaucht, wie sollte Volpe das Leuthard erklären? Und Jana? Jetzt, wo Armando hier war, würde er seinen Anspruch auf Enriettas Erbe geltend machen. Der aus Volpes Sicht natürlich nur ein Pflichtteilsanspruch in geringer Höhe sein konnte, aber für diese Fragen war Leuthard zuständig. Gerichtsstand war Zürich, im Streitfall würde nach Schweizer Recht entschieden.

Volpes Blick glitt über den See, dort drüben lag Jana jetzt vielleicht auf der Couch, verspeiste etwas von dem, was er mitgebracht hatte, und sah sich eine Sendung im Fernsehen an. Oder sie schlief wieder, das Schmerzmittel mache sie sehr müde, hatte sie gesagt.

Eine halbe Stunde später war er bei ihr. In der Wohnung war es dunkel, nur in der Küche brannte ein wenig Licht. Leise öffnete er ihre Schlafzimmertür und schloss sie gleich wieder, erleichtert über ihre regelmäßigen Atemzüge.

Janas Freundin hatte ihn aufgefordert, sich in ihren Räumen zu Hause zu fühlen, deshalb schenkte sich Volpe ohne Scheu ein Glas Brandy ein, das nicht zu knapp bemessen war. Er genoss es in bedächtigen Schlucken, ging ins Bad und bereitete sich auf der Couch sein Lager wie in der Nacht zuvor. Er war erschöpft, konnte aber lange nicht einschlafen. Immer wieder kreisten seine Gedanken um die morgige Begegnung mit Armando. Er hatte ihn seit mindestens zwanzig Jahren nicht mehr gesehen, ein langer Zeitraum, in dem Volpe konsequent seinen Lebensplan realisiert hatte. Während der Weg von Enriettas Sohn seitdem ebenso konsequent nach unten geführt hatte. Armando hatte zwei Jahre im Gefängnis verbracht, und einmal war Volpe auf einen Zeitungsbericht gestoßen, in dem Armando da Silva Verbindungen zur Drogenmafia nachgesagt worden waren. Ob das vor oder nach dessen Inhaftierung gewesen war, wusste er nicht mehr, letztlich spielte es keine Rolle.

Volpe hatte sich damals gefragt, ob diese Entwicklung unausweichlich gewesen war. Er hatte keine Antwort gefunden. Vielleicht war einfach nur zu akzeptieren, dass Menschen stets nach ihrer eigenen inneren Logik handelten, und dass der Grat zwischen Gut und Böse ein sehr schmaler sein konnte.

Plötzlich stand Jana vor ihm. Er war ein wenig eingedöst und hatte ihr Kommen nicht bemerkt.

„Was ist? Hast du Schmerzen?", murmelte er benommen.

„Nein, aber ich kann nicht schlafen."

Er griff nach dem Lichtschalter. In ihrem kurzen Nachthemd, mit den zerzausten Haaren, wirkte sie wie ein verletzliches Kind, der Anblick rührte ihn unerwartet. Sonst hätte er wohl anders reagiert, als sie sagte: „Kannst du dich nicht einen Moment zu mir legen, bis ich wieder eingeschlafen bin?"

„Also gut“, mühsam rappelte er sich von der unbequemen Couch hoch, die Aussicht, sich eine Weile in einem richtigen Bett ausstrecken zu können, war Einladung genug.

„Danke“, flüsterte Jana, als er neben ihr lag. Sie drehte sich zur Seite. „Du hast viele Probleme durch mich“, hörte er noch, „das tut mir leid.“ Danach hörte er nichts mehr, er war auf der Stelle eingeschlafen.

Als er erwachte, war es noch dunkel. Sein Arm lag über Janas zusammengerolltem Körper und hielt ihn fest, ein paarmal seufzte sie im Schlaf. Behutsam zog er seinen Arm zurück und stieg aus dem Bett. Er deckte sie gut zu, durch das gekippte Fenster drang ein scharfer Luftzug. Bevor er sich wieder auf die Couch legte, sah er auf die Uhr. Halb fünf Uhr früh, bis zur Morgendämmerung blieben ihm noch ein paar Stunden Erholung.

9

Zur vereinbarten Zeit betrat Volpe das Hotel. Aus einiger Entfernung sah er Armando an der Rezeption stehen und mit dem Portier sprechen. Volpe hielt inne, wandte sich zur Seite und tat, als betrachte er die Schaukästen der Läden, die dort ihre Modelle ausstellten.

Aus den Augenwinkeln nahm er Armandos Erscheinung in sich auf, sie hatte sich nicht verändert. Er rechnete nach, Armando musste jetzt Ende vierzig sein, und was immer er erlebt hatte, er wirkte nicht wie ein gebrochener, vom Schicksal gezeichneter Mann. Beim Näherkommen entdeckte Volpe, wie sehr Enriettas Sohn dessen Vater ähnelte, er hatte die gleichen scharf geschnittenen Züge wie der Mann, dem einst fast eine ganze Nation zu Füßen gelegen hatte. Bis ihn die Affäre mit dieser jungen Studentin die Karriere gekostet hatte, denn eine außereheliche Liebschaft verzieh man zwar damals in diesem erzkatholischen Land, nicht aber das Auseinanderbrechen einer Familie. Die Radiosender spielten die Lieder des Sängers kaum noch, sein Plattenvertrag wurde nicht verlängert. Und die Ehefrau, zu der er reumütig zurückgekehrt war, tröstete sich bald darauf mit einem anderen.

Langsam ging Emilio auf Armando zu. Der musterte ihn unverhohlen und streckte ihm zur Begrüßung die Hand entgegen, die Emilio widerstrebend ergriff und gleich wieder losließ.

„Ich habe in der Halle weiter hinten einen Tisch reservieren lassen", sagte Armando mit einer Handbewegung und ging voraus.

Volpe biss sich auf die Lippen. Während er Enriettas Sohn folgte, fiel ihm auf, wie geschmeidig der sich in seinem perfekt geschnittenen Anzug bewegte und welche Wirkung er auf die weiblichen Gäste hatte. Obwohl Armandos bisheriges Leben in seinem Gesicht Spuren hinterlassen hatte, machte ihn das keineswegs weniger anziehend, jemand wie Volpe, der sich so eingehend mit Physiognomien beschäftigt hatte, wusste das.

Um seinem Gegenüber nicht länger das Feld zu überlassen, setzte Volpe zu seiner ersten Frage an, als eine junge Frau vom Service an ihrem Tisch erschien und sich nach ihren Wünschen erkundigte. Scheinbar gut gelaunt bestellte Armando Weißwein und Lachskanapees, Volpe begnügte sich mit einem Kännchen Tee.

„Wie ich hörte, bist du mit deiner Klinik sehr erfolgreich", sagte Armando leichthin und lehnte sich zurück, „was mich nicht überrascht, du warst ja schon immer ehrgeizig und wusstest, was du wolltest."

„Und du wolltest mich jetzt sicher nicht treffen, um mit mir über mein Berufsleben zu plaudern."

Ein Schatten glitt über Armandos Züge und verschwand sofort wieder. „Ganz recht, Emilio, wir haben Wichtigeres zu besprechen."

„Wie hast du von Enriettas Tod erfahren?"

„Durch die Medien", erwiderte Armando achselzuckend, „außerdem bin ich gut vernetzt, Emilio, auch bezüglich dessen, was in Europa passiert."

Sie schwiegen einen Moment. Ihre Bestellung wurde serviert, und Volpe hantierte umständlich mit der Teekanne, um etwas Zeit zu gewinnen. Armando biss in ein Lachsbrötchen, auch er schien es nicht eilig zu haben.

„Aber", fuhr er fort, nachdem er einen Schluck Wein getrunken hatte, „als einziger leiblicher Abkömmling bin ich natürlich erbberechtigt, doch unsere liebe Enrietta hat meine Existenz sogar vor ihrem Testamentsvollstrecker verheimlicht."

Jetzt war er da, der Moment, vor dem Emilio Volpe sich gefürchtet hatte, seitdem er Zürcher Boden betreten hatte. Vergeblich rang er um Fassung, unfähig, etwas zu erwidern, unfähig, Armando in die Augen zu sehen.

„Was hat sich die alte Hexe nur dabei gedacht?" Armandos zuvor so gelassene Stimme durchschnitt die Luft wie kalter Stahl. „Dass sie mit dieser Nummer durchkommt? Weil du ihr dabei hilfst?"

„Du wirst es mir nicht glauben", sagte Volpe tonlos, „aber ich wusste nicht, dass sie mich als Erben eingesetzt hat." Er zwang sich, dem Blick seines Gegenübers zu begegnen, der ihn eine quälende Weile lang fixierte.

„Doch, Emilio, dir glaube ich das sogar, du bist ja jemand mit einem Ehrenkodex. Nur reichte der nicht so weit, dass du Leuthard gegenüber Enriettas Lüge aufgedeckt hast."

Worin Volpe ihm recht geben musste. In seinem Bestreben, Enriettas Ansehen zu bewahren und ihren Willen als Erblasserin zu respektieren, hatte er sich auf sehr dünnes Eis gewagt. „Und was ist mit dieser kleinen Jana? Hat die auch für Enrietta gelogen? Um ihren eigenen Erbanteil zu sichern?"

„Nein", erwiderte Volpe hastig, „Jana weiß nichts von dir. Aber Enrietta hat sie noch zu ihren Lebzeiten mit Leuthard bekannt gemacht und sie als Miterbin bei ihm eingeführt."

Armando griff nach seinem Glas, verzehrte gemächlich das zweite Brötchen und betupfte sich die Lippen mit der weißen Stoffserviette, während Volpe den Blick auf die träge dahinfließende Limmat gerichtet hielt. Erst, nachdem Armando noch immer nichts sagte, versuchte Volpe, sich vorzutasten: „Du hast also schon mit Leuthard gesprochen, wenn ich das richtig verstehe."

Diesmal kam die Antwort sofort: „Ja, ich war heute Morgen bei ihm. Ich kannte die Rechtslage im Kanton Zürich bereits, Leuthard hat sie mir nur bestätigt. Tüchtiger Jurist übrigens, wie mir scheint."

„Die Rechtslage …", wiederholte Volpe benommen. Er hatte sich bis dahin nicht dafür interessiert, denn er hatte nicht wahrhaben wollen, in welches Gespinst aus Vergangenem und Gegenwärtigem er sich verstrickt hatte.

„Du wirst das natürlich wissen, Emilio, worüber reden wir hier denn sonst!"

Volpe gab sich nicht die Blöße, sich unkundig zu zeigen und nickte vage. „Wie soll es jetzt weitergehen?"

„Leuthard hat angeregt, dass wir uns demnächst alle zu einem Gespräch bei ihm treffen. Aber ich schlage vor, dass wir uns erst mal zu dritt zusammensetzen, du, Jana und ich. Und das sehr bald." Das hatte unerwartet sachlich geklungen. Bis Armando in anzüglicherem Ton hinzusetzte: „Du scheinst die Dame inzwischen ja schon ganz gut zu kennen."

In Volpes Kopf überschlugen sich die Gedanken. Er musste sofort Leuthard kontaktieren. Und dann Jana vorwarnen. Ohne auf die Provokation einzugehen, sagte er: „Ich weiß nicht, ob das so eine gute Idee ist, ein Treffen nur unter uns dreien. Leuthard hat sicher auch eine klare Haltung."

„Wie du meinst", sagte Armando in gleichmütigem Ton, „dann sehen wir uns also in Leuthards Büro wieder."

Mit einer Geste bat er um die Rechnung. Bei Volpes Versuch, seinen Tee zu bezahlen, winkte er ab. „Lass nur, ich setze ihn auf meine Zimmerrechnung."

Volpe protestierte nicht und stand auf, er wollte nur noch weg von diesem Ort.

Am verwunderten Blick des Portiers vorbei eilte er ins Freie. Erst nachdem er die Storchengasse bis zum Münsterhof gelaufen war, blieb er stehen. Er zog sein Handy hervor und rief Leuthards Mobilnummer an, dort meldete sich die Mailbox. Er versuchte es im Büro, doch die Sekretärin sagte, der Herr Doktor sei in einer Besprechung, ob es dringend sei. Ja, sehr dringend, er bitte um schnellstmöglichen Rückruf.

Anschließend fuhr Volpe zu Jana, die fest schlief, als er die Wohnungstür aufgesperrt hatte. Mit einem aufgeschlagenen Buch auf der Brust lag sie auf der Couch, die Wolldecke war herabgeglitten, der Fernseher lief. Es ist Zeit, die Dosis der Schmerzmittel zu reduzieren, dachte er, sie braucht ab sofort einen klaren Kopf. Er schaltete den Fernseher aus und legte das Buch auf den Tisch.

Als sie auf seine behutsamen Weckversuche nicht reagierte, schüttelte er sie etwas energischer, ihr Körper war schlafwarm.

„Was ist?“ Sie riss die Augen auf.

„Jana, entschuldige bitte, ich muss mit dir reden.“

Etwas in seiner Stimme schien sie durch den Nebel aus Medikamenten und Erschöpfung zu erreichen, sie rappelte sich hoch und betrachtete ihn. „Was ist passiert? Du siehst ziemlich mitgenommen aus.“

Er würde es ihr erzählen müssen, es war der Moment der Wahrheit, den er nicht länger hinauszögern konnte. Und er begann zu sprechen.

Mit unbewegter Miene hörte sie zu, nur ein paarmal zuckte es in ihrem Gesicht. „Und jetzt ist er also hier, dieser Armando, dessen Existenz du mir und Leuthard verschwiegen hast“, sagte sie leise, als er am Ende angelangt war.

Schweigend saßen sie nebeneinander auf der Couch, bis Jana im Bad verschwand. Als sie wieder auftauchte, schlug sie ihm vor, einen Spaziergang zu machen, das werde ihm helfen, den Kopf zu klären. Aber natürlich wollte sie ihn auch erst mal loswerden, um diese Geschichte auf sich wirken zu lassen, er verstand das.

Während Volpe sich Zeit ließ, um erneut durch das Seefeld-Viertel zu streifen, in dem er sich immer besser auskannte, dachte er über seine Begegnung mit Armando nach, die so ganz anders verlaufen war als erwartet. Er war auf einen halbseidenen Kriminellen gefasst gewesen, auf jemand, dem man das Vorleben sofort ansah und der ein Recht einfordern wollte, das ihm nach Volpes Meinung zumindest moralisch nicht zustand.

Stattdessen war er auf einen Mann gestoßen, der gelassen und souverän wirkte. Ganz offensichtlich hatte Armando es zu einem gewissen Wohlstand gebracht, doch Volpe wollte sich lieber nicht vorstellen, aus welch dunklen Quellen der stammte.

Sein Handy klingelte, es war Leuthard. Der sich gar nicht erst mit höflichen Floskeln aufhielt. „Tja, mein lieber Doktor, da haben Sie mir wohl etwas Wichtiges verschwiegen. So etwas habe ich wirklich nicht von Ihnen erwartet. Auch wenn Sie glaubten, gute Gründe dafür zu haben, was ich zu Ihren Gunsten einmal annehme. Abgesehen davon, dass ich es nicht schätze, derart belogen zu werden. Was haben Sie sich nur dabei gedacht?"

Volpe begann sich zu entschuldigen, bis er kleinlaut schwieg.

„Wir haben jetzt ein echtes Problem, Herr Dr. Volpe, dieser Armando da Silva ist nicht nur wie ein Phantom aus dem Nichts aufgetaucht, obwohl Sie von ihm wussten, er ist außerdem ein echtes Kaliber, und dass mit dem Mann nicht zu spaßen ist, habe ich sofort gemerkt."

Erneut versuchte Volpe, sein Handeln zu erklären, das nicht wirklich entschuldbar, aber doch wenigstens menschlich nachvollziehbar sei. Es habe schließlich einem guten Zweck gedient.

„Das behaupten Sie“, erwiderte Leuthard trocken, „für mich steht hingegen fest, dass Sie sich strafbar gemacht haben. Und Sie müssen damit rechnen, dass Herr da Silva Sie jetzt in große Schwierigkeiten bringt.“ Er machte eine Kunstpause. „Es sei denn …“, Volpe wartete. „Es sei denn, es gelingt, sich mit Herrn da Silva gütlich zu einigen.“

Und nachdem Volpe nichts erwiderte: „Sie haben mich nicht nach der Rechtslage gefragt, unter diesen jetzt bekannten Gegebenheiten. Ich nehme an, Sie wissen noch nicht, wie es nach Schweizer Recht in einem solchen Fall aussieht.“

Etwas in Leuthards Stimmlage ließ Volpe hellhörig werden. „Nämlich wie?“

In nüchternem Juristendeutsch trug Leuthard vor: „Als alleinigem leiblichen Erben, der von der Erblasserin nicht bedacht wurde und die stattdessen zugunsten Dritter ein Testament hinterlassen hat, stehen diesem leiblichen Erben als Pflichtteil drei Viertel des Erbes zu, ich wiederhole: DREI VIERTEL. Die Erblasserin konnte von Rechts wegen also nur über ein Viertel zugunsten Dritter verfügen.“ Der Advokat machte eine Pause, um seine Worte wirken zu lassen.

Volpe schwieg.

„Der Pflichtteilsberechtigte“, fuhr Leuthard fort, „kann innerhalb eines Jahres seine Erbenstellung einklagen. Während dieses Zeitraums darf er den Umfang des Nachlasses ermitteln und eigene Nachforschungen in alle Richtungen anstellen, etwa, Auskünfte von den Banken verlangen.“

Volpe blieb sprachlos, mit dieser Entwicklung hatte er nicht gerechnet.

„Der Pflichtteil", fuhr Leuthard fort, „kann in der Schweiz eingeklagt werden, sollten sich die testamentarischen Erben – also Sie und Jana Horwarth – mit dem Pflichtteilberechtigten – Herrn da Silva – nicht im Sinne der vom Gesetz gewünschten Quotierung einigen. Im Kanton Zürich ist eine solche Klage durch ein Schlichtungsbegehren beim Friedensrichter in der betreffenden Gemeinde einzuleiten."

Volpe brauchte einen Moment, um diese für ihn völlig neuen Informationen zu verarbeiten.

„Gibt es da klare Regelungen, oder entscheidet das Gericht auch nach Ermessen?"

„Denkbar", räumte Leuthard ein, „aber so groß, wie Sie vielleicht hoffen, ist dieser Ermessensspielraum keineswegs, darauf würde ich nicht vertrauen."

„Was könnten Gründe sein, die einen Pflichtteilanspruch hinfällig machen?"

Der Anwalt zog hörbar die Luft ein. „Ich kann mir vorstellen, worauf Sie hinauswollen. Es gibt nur einen wirklich stichhaltigen Grund, der aber zweifelsfrei nachgewiesen werden muss." Und als Volpe nicht reagierte: „Wenn der Antragsteller der Erblasserin nach dem Leben getrachtet hat."

„Ich verstehe", murmelte Volpe. Er bedankte sich für die Auskünfte und murmelte, er werde sich wieder melden.

In düstere Gedanken vertieft, kehrte Volpe zu Jana zurück. Er berichtete von dem Telefonat mit Leuthard, ließ jedoch den letzten Teil aus. Während er erzählte, wirkte Jana immer bedrückter.

„Während du unterwegs warst, habe ich über all das nachgedacht“, sagte sie schließlich, „und ich kann noch immer nicht begreifen, wie Enrietta so handeln konnte, ich hatte ja keine Ahnung. Deshalb frage ich dich, denn du warst damals dabei, als das Drama seinen Anfang nahm. Was mag in ihr vorgegangen sein?“

Sie saßen sich auf der Couch im Wohnzimmer gegenüber, Volpe betrachtete Janas Gesicht und bemerkte den feinen Schweißfilm auf Stirn und Oberlippe. Was ihn unerwartet rührte. So unsentimental, beinahe ruppig Jana mit ihrer Behinderung umging, so empfindsam reagierte sie jetzt auf eine Situation, die sie nicht zu verantworten hatte.

Doch sie war nicht nur durch den Unfall auf der vereisten Straße geschwächt, sie wusste auch nur sehr wenig von der Vorgeschichte. Volpe war bewusst, dass er bei seiner Schilderung jener so lange zurückliegenden Geschehnisse bis zuletzt versucht hatte, Enriettas Verhalten zu verteidigen. Enrietta, die schon während der Schwangerschaft das keimende Leben in ihr gehasst hatte. Weil es sie unentrinnbar an die traumatischen Konsequenzen eines Fehltritts erinnerte, von dem sie damals annahm, er habe ihr Leben zerstört, ihre Zukunft? Weil sie, die unerfahrene junge Studentin, im Rausch einer ersten Liebe für den umschwärmten Musiker alles zu opfern bereit gewesen war und er sie kaltblütig fallen gelassen hatte? Nachdem die Medien einen Skandal daraus machten, der seine ganze Existenz gefährdete? Und schließlich, weil Enriettas Familie sie daraufhin verstoßen hatte? Für heutige Moralbegriffe erschien das absurd, in jener Zeit war es einer Katastrophe gleichgekommen.

„So nachdenklich, Emilio?“, holte Janas Stimme ihn in die Gegenwart zurück. Sie musterte ihn, und zum ersten Mal, seitdem er sie kannte, wurde er sich der Wirkung ihrer Augen bewusst. Bis dahin hatte er nur die Farbe abgespeichert, helles Blau, mit einem schwachen Grauanteil, und eine große Iris, mehr wäre ihm dazu nicht eingefallen. Jetzt bemerkte er, wie genau sie ihn betrachtete, und das ließ sich nicht allein auf den nachlassenden Effekts des Schmerzmittels zurückführen. Wie klar dieser Blick war, wie scharf er wahrnahm und analysierte, Volpe kannte das nur von seiner Frau Elena, der er auch noch nie etwas hatte vormachen können. Elena, dachte er und fühlte sich schuldig, ohne zu wissen, warum. Er würde sie so schnell wie möglich anrufen und über die jüngste Entwicklung informieren.

„Mir geht so vieles durch den Kopf, Jana“, sagte er nur und stand auf. „Außerdem muss ich einige Anrufe erledigen.“

Sie nickte. „Ist schon klar. Wir haben ja auch vereinbart, dass ich ab heute Abend in die Selbstständigkeit entlassen werde. Und nun guck nicht so, ich komme zurecht, deine Patientin hat große Fortschritte gemacht.“

Volpe wollte etwas Zustimmendes erwidern, als Janas Handy sich meldete. Mit einer Handbewegung bat sie ihn zu bleiben, als er sich diskret abwenden wollte.

„Andreas …“, sie klang überrascht. Leuthard also. Sie hörte zu, bis sie unterbrach: „Ja, ich bin informiert, Herr

Dr. Volpe ist hier, um nochmals nach mir zu sehen, er hat mir die Neuigkeiten bereits mitgeteilt."

Erneut lauschte sie dem, was der Anwalt zu ihr sagte. Erfolglos versuchte Volpe, in ihrem Gesicht etwas vom Inhalt des Gesprächs abzulesen, Janas Züge blieben neutral und sachlich. Erst als sie erwiderte, Leuthard möge verfahren, wie er es für richtig halte, merkte Volpe auf.

„Etwas Wichtiges von unserem Anwalt?", versuchte er es, nachdem sie aufgelegt hatte.

„Ich weiß nicht so recht", antwortete sie schulterzuckend, „Armando da Silva hat ihn angerufen und gebeten, mich zu fragen, ob er ihm meine Handynummer geben dürfe."

„Und du hast zu Leuthard gesagt, er solle das selbst entscheiden, entschuldige, Jana, ich habe das mitangehört." Volpe, der sich bereits zur Tür gewandt hatte, blieb stehen. „Leuthard die Entscheidung zu überlassen, ist vielleicht keine so gute Idee. Ich kann dich nur warnen, Jana, du weißt nicht, auf wen du dich einlässt, wenn du mit Armando redest."

Ihm war klar, dass sie das als Bevormundung empfinden könnte, ihre Reaktion bestätigte es. „Danke für den Hinweis, aber ich möchte selbst entscheiden, wie ich mit der Situation umgehe."

Vielleicht, dachte er, hatte sie diese scharf klingenden Worte nicht so gemeint, ein Blick in ihre zusammengekniffenen Augen zeigte ihm aber, dass er sich irrte.

„Ich komme jetzt schon zurecht", fügte sie hinzu.

Das war deutlich, sie wollte ihn loswerden.

„Natürlich“, murmelte er und wandte sich endgültig zum Gehen, als ihn ein Schmerzenslaut innehalten ließ.

Er drehte sich um und sah, dass sie in die Knie gegangen war und sich mit verzerrten Gesichtszügen an der Tischplatte festhielt. Volpe half ihr auf und bettete sie auf die Couch. Höchste Zeit, ging es ihm durch den Kopf, den Befund der Röntgenaufnahmen zu studieren, den ihr der Arzt im Spital mitgegeben hatte. Er vermied die Replik, dass sie wohl doch noch nicht so gut ohne ihn zurechtkomme.

Als Volpe die Wohnung im Seefeld verließ, hatte er sich vergewissert, dass Jana eingeschlafen war. Zuvor hatte er dafür gesorgt, dass sie etwas gegessen hatte, denn er hatte ihr zugeredet, vor dieser Nacht nochmals die übliche Dosis Schmerzmittel zu nehmen. Und er konnte sicher sein, dass Armando da Silva bisher nicht versucht hatte, sie zu kontaktieren.

Nach der Rückkehr ins Hotel rief er Elena an und berichtete ihr. Sie hörte zu, bis sie fragte: „Warum fürchtest du dich so sehr davor, dass Armando da Silva zu Jana Kontakt aufnimmt?“

Und Volpe hörte sich selbst zu, wie er zu stottern begann. Er kenne Armando doch und er mache sich Sorgen um Jana, die ihm bestimmt nicht gewachsen sei, der würde sie in Grund und Boden reden, sie habe keine Chance gegen den.

Auf der anderen Seite der Leitung blieb es einen Moment still. „Wäre ich noch so sehr um dich besorgt wie in früheren Zeiten", sagte Elena schließlich, „würde ich mich ins nächste Flugzeug setzen, um dir beizustehen. Ich habe damals einen Mann geheiratet, von dem ich hoffte, dass er mit einer solchen Situation fertig werden würde, ganz sicher war ich mir da allerdings nie."

Volpe hielt den Atem an und wartete.

„Jetzt hast du Angst und willst verhindern, dass Armando Jana beeinflusst", fuhr sie fort. „Armando kennt das Leben, vor allem von seinen dunklen Seiten, angefangen bei seiner Geburt und wahrscheinlich sogar noch davor, man weiß heute ja viel mehr über diese pränatalen Dinge. Vermutlich hat Enrietta ihn verflucht, als er noch im Mutterleib steckte. Deine Befürchtungen sind aus meiner Sicht daher mehr als berechtigt, denn Armando ist ein Überlebender, und Menschen, die überlebt haben, sind gefährlich. Obendrein hast du Armando durch dein Verhalten eine echte Steilvorlage geliefert, was Leuthard dir ja bestätigt hat. Du musst sogar mit einer Anzeige rechnen, weil du die Wahrheit verschwiegen hast, das ist dir hoffentlich klar."

Volpe schwieg, er verstand nicht, worauf Elena hinauswollte, abgesehen davon, dass sie mit ihrer Einschätzung der Situation natürlich recht hatte. Er hatte sich wie ein Narr benommen und damit alles nur noch schlimmer gemacht.

„Ich denke aber, dass ein Kontakt zwischen Armando und Jana womöglich nicht von vornherein als bedrohlich zu sehen ist. Weil es dich zunächst mal etwas aus der Schusslinie bringen könnte, wenn die zwei sich unterhalten, und außerdem ...", Elena schien laut zu überlegen,

„… außerdem findet diese Jana, so wie du sie beschrieben hast, vielleicht einen ganz anderen Zugang zu Armando. Ist nur so ein Gedanke."

„Fehlt nur noch, dass die beiden sich am Ende gegen mich verbünden", erwiderte Volpe düster.

„Es wäre unter diesen Umständen zu wünschen, dass du etwas mehr Kampfgeist zeigst und nicht sofort das Schlimmste annimmst", Elena klang verärgert. „Gute Nacht, Emilio, ruf mich an, wenn es etwas Neues gibt."

Resigniert legte er auf. Jetzt hatte er es sich gleich mit zwei Frauen auf einmal verdorben. Die eine war beleidigt, weil sie sich bevormundet fühlte, die andere, seine Ehefrau, hielt ihn offenbar für einen unfähigen Schwächling. Unvermittelt wurde er wütend auf Enrietta, die ihm den ganzen Schlamassel eingebrockt hatte. Denn dass es ihr um eine bloße Laune gegangen war oder um eine sentimentale Anwandlung glaubte er nicht, die Enrietta, die er kannte, hatte selten etwas ohne Berechnung getan. Und nach allem, was er inzwischen in dieser Stadt über sie gehört hatte, war sie bis zuletzt trotz ihres hohen Alters in bester geistiger Verfassung gewesen, Leuthard hatte sich bei der Beurkundung ihres letzten Willens davon überzeugen können und von Amts wegen auch müssen. Was zu dem einzigen Schluss führte, dass sie mit ihrem Testament einen konkreten Plan verfolgt hatte. Nur welchen? Ihn in Schwierigkeiten zu bringen? Das konnte er sich nicht vorstellen. Posthum seine Loyalität ihr gegenüber auf die Probe zu stellen, weil er so vieles über sie wusste? Welchen Sinn machte das?

Im Fall von Jana waren die Dinge klarer. Enrietta hatte der jungen Frau, die sie als ihre Ziehtochter betrachtete, ein finanzielles Fundament verschaffen wollen, erst recht, nachdem Janas berufliche Existenz durch den Unfall unsicherer geworden war.

Oder, überlegte Volpe, dessen innere Rage sich in dem Maße steigerte, wie er keine Erklärung fand, waren er und Jana die Opfer von einer Art Versuchsanordnung, die Enrietta sich ausgedacht hatte und einem ihrer Romane hätte entspringen können? Ein finaler Plot, fintenreich, voller versteckter Hinweise, dessen Ausgang die Autorin allerdings nicht mehr selbst steuern konnte?

Aber selbst wenn er sich auf diese Vorstellung einließe, blieben zu viele Fragen offen.

10

Es war der erste Morgen, an dem Jana ausgeruht erwachte. Die Beschwerden durch die Prellung und die gebrochene Rippe ließen nach, dafür meldete sich der alte Schmerz wieder, der sie seit ihrem Unfall auf der Bühne begleitete, nur war das etwas Vertrautes, mit dem sie sich auskannte. Sie würde ab jetzt auf die Medikamente verzichten, sie sehnte sich danach, aus diesem Zustand wiederaufzutauchen, der sich angefühlt hatte, als sei sie in Wattewolken gepackt worden.

Vorsichtig machte sie ein paar Schritte, es ging viel besser als zuletzt. Ermutigt durch dieses Erfolgserlebnis, steuerte sie auf die Küchentür zu, als ihr Handy in der Tasche des Bademantels klingelte. Es war eine unbekannte Nummer, aber sie nahm das Telefonat entgegen, sie war sich fast sicher, wer sie zu sprechen wünschte.

„Guten Morgen, hier ist Armando da Silva, bin ich mit Jana Horwarth verbunden?“, fragte der Anrufer auf Englisch mit südländischem Akzent.

Es war nur eine Stimme, dunkel, leise und trotz des heiseren Timbres unerwartet melodisch. Doch schon nach diesen paar Worten spürte Jana einen Sog. Sie bejahte und wartete.

„Danke, dass Sie Dr. Leuthard autorisiert haben, Ihre Handynummer an mich weiterzugeben“, sagte er.

„Warum hätte ich mich einer Kontaktaufnahme verweigern sollen, Herr da Silva? Schließlich sind wir doch alle an einer baldigen und einvernehmlichen Regelung interessiert, oder?“

„Schön, dass Sie das so sehen, Frau Horwarth, Emilio Volpe könnte da ganz anderer Meinung sein.“

„Ich spreche hier nur für mich, Herr da Silva.“

„Danke für diese Klarstellung. Und da Sie offenbar eine Person sind, die nicht lange um die Dinge herumredet, möchte ich Sie ganz direkt um ein baldiges Treffen bitten. Wann und wo wäre es Ihnen möglich?“

Jana zögerte. „Ich hatte vor Kurzem einen Unfall und bin noch nicht wieder ganz hergestellt. Momentan bin ich bei einer Freundin, die mir ihre Wohnung überlassen hat, und ich weiß noch nicht …“

„Aber das ist doch überhaupt kein Problem“, versicherte ihr Armando da Silva, „sagen Sie mir einfach, wie es Ihnen lieber ist. Ich kann Sie dort besuchen, aber vielleicht würde es Ihnen guttun, wieder unter Menschen zu sein, und wir treffen uns an einem Ort Ihrer Wahl. Nun, wie denken Sie darüber?“

„Falls es Ihnen nichts ausmacht, auf eine Invalide zu treffen“, erwiderte Jana nach kurzem Nachdenken, „nehme ich Ihr Angebot an. Ich würde es allerdings vorziehen, wenn unsere Begegnung nicht in Ihrem Hotel stattfindet.“ Aus Gründen, die Sie sich vorstellen können, setzte sie in Gedanken hinzu. Es war kein angenehmer Gedanke, dort in Begleitung von Armando da Silva auf Emilio Volpe zu stoßen.

„Natürlich, ich verstehe Sie sehr gut.“

Jana glaubte, da Silva am anderen Ende der Verbindung

lächeln zu sehen, und spürte erstmals leichte Verärgerung. Sah er in ihr schon so etwas wie eine Komplizin, nur weil sie bereit war, ihn zu treffen?

„Wenn Sie sich morgen stark genug fühlen, würde ich Sie gern zum Abendessen einladen, was meinen Sie? Wir sollten uns wirklich besser kennenlernen, und ein gemeinsames Mahl kann nach meiner Erfahrung dazu beitragen."

Seine gepflegte Art zu sprechen und die höfliche Wortwahl verwirrten sie, beides passte nicht zu dem Bild, das Emilio ihr vermittelt hatte. In ihrem Kopf waren danach nur Stereotypen eines Gescheiterten abgespeichert worden, der sich an einer bürgerlichen Existenz gar nicht erst versucht hatte. Doch was immer Armando erlebt haben mochte, offenbar war er nicht daran zerbrochen.

„Ich schlage vor, dass wir morgen nochmals telefonieren", sagte sie, „für den Fall, dass ich mich doch noch nicht besser fühle, müssten wir unser Treffen vorerst verschieben."

„Natürlich, aber ich hoffe sehr, dass es klappen wird. Je eher wir miteinander reden können, desto besser, das ist Ihnen sicher klar." Trotz des unverändert liebenswürdigen Tons war die Botschaft nicht misszuverstehen. Sie verabredeten, dass da Silva sie am nächsten Morgen wieder anrufen würde. Er wünschte ihr rasche Genesung und legte auf.

Jana starrte auf ihr Handy. Armando da Silva hatte sich an sie gewandt, als sei sie keineswegs eine Fremde für ihn, und ohne respektlos zu wirken, war es ihm von Anfang an gelungen, einen persönlichen Bezug herzustellen. Die Art, wie er mit ihr gesprochen hatte, war von einer eigentlich nicht passenden Vertrautheit gewesen. ‚Vielleicht würde es

Ihnen guttun, wieder unter Menschen zu sein‘, erinnerte sie sich an seine Worte, womit er recht hatte, aber woher wusste er das? Oder war das nur eine Redewendung? Und sagte man so etwas nicht eher zu Menschen, die man schon kannte?

Sie hatte nicht dagegen protestiert und auch nicht mehr Distanz eingefordert, sie hatte es geschehen lassen. Vielleicht hatte Emilio doch recht, Armando da Silva war vielleicht ein gefährlicher Mann, mit einer natürlichen Gabe dafür, Menschen zu beeinflussen. Hielt er sie für naiv, glaubte er, leichtes Spiel mit ihr zu haben? Vielleicht würde es sich als Vorteil erweisen, wenn sie ihn zunächst in diesem Glauben ließe, überlegte sie, während sie sich einen Kaffee zubereitete. Andererseits war es ihr wichtig, einen eigenen Eindruck zu gewinnen. Nachdenklich rührte sie in ihrer Tasse.

Jana wusste nicht, wie sie wieder einen Tag des Nichtstuns überstehen sollte, allein mit ihren widerstreitenden Gedanken und Gefühlen. Noch weniger war sie jetzt auf eine erneute Konfrontation mit Emilio Volpe gefasst, der ihre Bereitschaft, Armando da Silva zu treffen, vermutlich als Verrat an ihrem bisherigen Einvernehmen verstehen würde. In ihrer Ratlosigkeit fiel ihr nichts anderes ein, als Leuthard anzurufen, sie kannte sonst niemand in dieser Stadt.

„Andreas“, sagte sie und versuchte, ihre Stimme zu kontrollieren, „mir fällt inzwischen die Decke auf den Kopf, ich leide anscheinend unter einem Hospitalisierungskoller. Kannst du mich nicht für ein paar Stunden hier rausholen?“

Leuthard zeigte sich verständnisvoll und erwähnte gar nicht erst, dass Volpe das ja auch hätte tun können. Er werde mit seiner Frau sprechen, sie erwarteten Gäste am Abend, und er würde Jana gern dazu einladen.

Kurz darauf reute es sie schon, Leuthard um einen solchen Gefallen gebeten zu haben, aber er rief zurück und sagte, er werde sie um halb sieben abholen, sie würden den Abend in kleinem Kreis, das war seine Formulierung, verbringen, und er sei sehr froh, dass sie sich offenbar wieder stark genug fühle, das Haus zu verlassen.

Na dann. Jana fragte nicht nach, sie war nur erleichtert, keinen weiteren Abend mit dem Fernsehprogramm verbringen zu müssen. Außerdem würde sie dieser erste Ausgang nach dem Unfall zu mehr Disziplin zwingen, sie konnte es sich nicht länger erlauben, sich gehen zu lassen.

„Andreas …?“

„Ja? Was hast du denn noch auf dem Herzen, Jana?“ Es klang leicht ungeduldig.

„Armando da Silva hat sich vorhin bei mir gemeldet. Er möchte mich treffen.“

Jana entging die kurze Verzögerung in Leuthards Reaktion nicht. „Dieser Mann lässt offenbar keine Zeit verstreichen, der weiß genau, was er will.“

„Klingt fast, als ob dir das gefällt.“ Und ohne Leuthards Antwort abzuwarten: „Da wir am Abend nicht allein reden können, wäre ich froh, wenn du mir jetzt sagen würdest, wie du ihn einschätzt.“

Andreas Leuthard räusperte sich in der für ihn typischen Art, sobald er mit etwas konfrontiert wurde, zu dem er lieber keine direkte Stellung bezog. „Jana, du weißt, dass ich seit dem Auftauchen von Herrn da Silva vor einer veränderten Situation stehe und mich eigentlich nicht mehr dazu äußern sollte. Aber …"

„Ja?"

„In Anbetracht unseres freundschaftlichen Verhältnisses und auch wegen der langen Verbundenheit zwischen Enrietta und dir möchte ich nur soviel sagen, dass …", erneut legte er eine Kunstpause ein, „… nun ja, dass ich von Herrn da Silvas Auftritt in meinem Büro ziemlich beeindruckt war. Er wusste über die rechtliche Situation bestens Bescheid, und wenn man bedenkt, welche Rolle Emilio Volpe hier bisher gespielt hat …"

„Ich verstehe", murmelte Jana. „Was empfiehlst du mir für das Treffen mit ihm?"

„Das kannst du nur selbst entscheiden, denn die Rechtslage ist mir klar. Womöglich geht es da Silva mehr darum, ein paar persönliche Dinge zu klären. Schließlich hat er von deiner Existenz auch nichts gewusst."

„Danke, Andreas. Dann bis heute Abend."

Emilio hatte fast enttäuscht gewirkt, als Jana ihm erklärt hatte, dass er am Abend nicht bei ihr vorbeischauen müsse, es gehe ihr besser und sie sei bei Leuthard und seiner Frau zum Essen eingeladen. Das für den nächsten Tag geplante Treffen mit Armando da Silva erwähnte sie vorerst nicht. „Übermorgen", hatte sie hinzugefügt, „kommt meine Freundin zurück, dann wird sie sich um mich kümmern, du musst dir also keine Sorgen mehr um mich machen."

Jana versprach, ihn am nächsten Morgen anzurufen.

„Sei vorsichtig“, ermahnte er sie, „auch wenn du dich jetzt stärker fühlst. Und falls du wieder Schmerzen bekommst, nimm nochmals eine Dosis von dem Medikament.“

Sie wusste, dass sie das nicht tun würde, sagte aber um des Friedens willen alles Gewünschte zu.

Nach dem Telefonat grübelte sie eine Weile darüber nach, was in Emilio zurzeit vorging. Anfangs hatte ihn die Situation nach ihrem Unfall offensichtlich verunsichert, besonders die damit zwangsläufig verbundenen Intimitäten. Jetzt, da sie immer weniger auf seine Fürsorge angewiesen war, schien ihm das auch nicht recht zu sein. Hatte es mit dem Auftauchen von Armando zu tun?

Jana verbrachte einen langweiligen Abend im Haus der Leuthards. Inmitten der beiden Ehepaare, die außer ihr zu Gast waren, fühlte sie sich von Anfang an nicht wohl. Andreas hatte sie als befreundete Mandantin vorgestellt und ihren Unfall, womit er den Sturz auf der eisigen Straße meinte, kurz erwähnt. Niemand zeigte eine Reaktion abgesehen von einem höflichen Nicken. Frau Leuthard konnte oder wollte offenbar nicht selbst kochen, das Menü wurde von einer Cateringfirma geliefert, deren Mitarbeiter auch servierte. Die Unterhaltung zog sich zäh dahin, die Mienen der Anwesenden wirkten auf Jana wie eingefroren. Zum Aperitif gab es Champagner, und als Jana sich als Einzige ein weiteres Glas einschenken ließ, entstand ein kurzes Schweigen in der Runde.

In so steifen Runden wie dieser sehnte sich Jana in ihre

Salzburger Heimat zurück, wo es anders zuging. Sie unternahm keinen weiteren Versuch, sich am Gespräch zu beteiligen. Bei Tisch musterte sie Andreas verstohlen, er spielte hier ganz offensichtlich eine Rolle als Gastgeber, die seinem Job und seiner anspruchsvollen Frau geschuldet war. Jana wusste, dass ihm ihr Unbehagen nicht entging. Als er erwähnte, sie stamme aus Salzburg und sei Schauspielerin, konnte sie direkt hinter die hochgezogenen Augenbrauen der Gäste sehen. Nach dem Dessert entschuldigte sie sich mit ihrer angegriffenen Gesundheit und bat Andreas, ihr ein Taxi zu rufen.

„Tut mir leid", sagte er verlegen, als er sie hinausbrachte, „das war heute nicht gerade eine unterhaltsame Runde, alles Leute, die nicht direkt zu unserem Freundeskreis gehören, geschäftliche Interessen, du verstehst schon."

Ja, sie verstand und war froh, dem zu entkommen. Er half ihr beim Einsteigen in den Wagen. „Schön, dass es dir besser geht. Dann wirst du morgen ja da Silva treffen können."

Jana nickte, sie war sehr müde und wollte sich so schnell wie möglich hinlegen.

„Gibst du mir Bescheid, wie euer Treffen verlaufen ist?"

„Natürlich, Andreas, gute Nacht und vielen Dank, jedenfalls bin ich etwas abgelenkt worden."

Was nicht stimmte. Ihren eigenen Gedanken überlassen, da sie mit niemand hatte reden müssen, war sie immer wieder um die Fragen gekreist, auf die sie bisher keine Antworten finden konnte. Enrietta, Emilio und jetzt auch noch Armando waren in ein schicksalhaftes Dreiecksverhältnis verstrickt, das über Enriettas Tod hinaus das Leben dieser beiden Männer bestimmte. Welche Rolle hatte Enrietta ihr in diesem Plan zugedacht? War es ihr wirklich nur darum gegangen, Jana finanziell abzusichern?

„Guten Morgen, Frau Horwarth“, Armando da Silva klang munter, „ich hoffe, Sie hatten eine ruhige Nacht und fühlen sich heute schon besser.“

Es war keine ruhige Nacht gewesen, Jana war mehrmals aufgewacht und hatte jedes Mal lange nicht wieder einschlafen können. Verschwommen erinnerte sie sich an Traumfetzen, in denen Enrietta aufgetaucht war und nichts einen Zusammenhang ergeben hatte. Erschöpft, wie sie war, bemerkte sie erst jetzt, dass zumindest die Schmerzen weiter nachgelassen hatten.

„Es geht einigermaßen“, erwiderte sie matt, „wir können uns gern heute Abend treffen.“

Er fragte, ob er sie abholen solle, was sie verneinte. Sie werde ein Taxi nehmen und direkt zum Restaurant fahren. Er nannte Namen und Adresse des Lokals, was ihr nichts sagte, sie kannte sich in Zürich wenig aus. „Es ist nichts besonders Schickes“, sagte er schnell, „eher gutbürgerlich und vor allem ruhig. Außerdem befindet es sich in Ihrer Nähe.“

Sie vereinbarten neunzehn Uhr, und sie notierte für alle Fälle seine Handynummer. Woher wusste er, wo sie momentan wohnte? Von Leuthard? Egal, das war momentan ihre geringste Sorge. Jana frühstückte eine Kleinigkeit und nahm sich vor, Emilio Volpe gleich am Vormittag anzurufen.

Er kam ihr zuvor. „Es hat mir keine Ruhe gelassen, ich möchte wissen, wie es dir geht. Schließlich warst du so etwas wie meine Patientin." Er wirkte nervös, was nicht nur an seiner Sorge um sie liegen konnte.

„Ich habe schlecht geschlafen", gestand sie, „weil mir so vieles durch den Kopf geht. Aber ich habe weniger Schmerzen, das ist die gute Nachricht."

„Ich bin froh, das zu hören. Und wie war es bei Leuthards?"

„Grässlich." Jana schilderte kurz den Ablauf des Abends.

„Morgen kommt also deine Freundin zurück", sagte Emilio, „und was treibst du heute? Du scheinst ja schon wieder einigermaßen fit zu sein."

Nur einen sehr kurzen Moment lang musste Jana mit sich kämpfen. „Ich bin abends mit Armando da Silva verabredet."

Schweigen am anderen Ende. „Ich hoffe, du weißt, was du tust."

„Emilio, ich gehöre nicht zu denen, die vor einer Herausforderung davonlaufen, so gut solltest du mich inzwischen kennen. Und ich habe keinen Grund, mich einer solchen Begegnung zu entziehen. Ich möchte mir selbst ein Bild machen, das verstehst du hoffentlich."

Ihre letzten Worte hatten sich schärfer angehört als beabsichtigt, aber seine wiederholten Warnungen riefen ihren Widerstand gegen seine Kontrollversuche hervor. Und als er nicht antwortete: „Ich bin schon ein großes Mädchen und traue mir ein eigenes Urteil zu, oder zweifelst du daran?"

„Natürlich zweifle ich nicht daran“, antwortete er hastig, „aber ich bitte dich trotzdem, ihm gegenüber äußerst vorsichtig zu sein. Der Mann ist ein Gangster, auch wenn er inzwischen den seriösen Geschäftsmann gibt, vergiss das nicht. Und lass uns morgen gleich telefonieren, ja?“

Jana versprach es, um ihn erst mal loszuwerden.

Nach einem Blick in den Kleiderschrank, in dem sie die paar Sachen verstaut hatte, die sie für diesen Aufenthalt mitgebracht hatte, rief sie ihre Freundin an, die bereits auf der Rückreise war, und bat sie um eine Adresse. Mit allen nötigen Informationen versorgt und mit der ihr eigenen Nüchternheit in solchen Dingen erledigte Jana ihre Einkäufe im Bewusstsein, dass sie sich Derartiges demnächst problemlos leisten konnte, zugleich mit einem Anflug von schlechtem Gewissen, für ein paar Klamotten so viel Geld auszugeben.

Als sie sich später in Cornelias Wohnung vor dem Spiegel betrachtete, wusste sie, dass es sich gelohnt hatte.

11

Kurz vor sieben stand Jana vor einem verwinkelten Gebäude mit altem Fachwerk, das warme Licht aus dem Inneren zog sie sofort hinein. Sie ignorierte ihren beschleunigten Herzschlag und öffnete die Tür. Ein Gemisch aus gedämpften Stimmen und anregenden Küchenaromen schlug ihr entgegen.

Eine Frau mittleren Alters, offenbar die Chefin, näherte sich. „Frau Horwarth?“ Und als sie nickte: „Herr da Silva ist bereits hier.“

Jana folgte ihr zu einem Tisch im hinteren Teil des Restaurants. Ein mittelgroßer, schlanker Mann stand auf und ging auf sie zu. Er trug ein hellblaues Hemd ohne Krawatte, einen dunklen Blazer und eng anliegende Jeans. Gewelltes, fast schwarzes Haar reichte ihm bis in den Nacken, eine schmale, grau durchzogene Strähne fiel in seine Stirn. Als er vor ihr stand, sah sie in ein Gesicht, das sie nicht erwartet hatte. Außer dem trotzig geschwungenen Mund erinnerte nichts in seinen Zügen an Enrietta, vor allem nicht die Augen unter den schweren Lidern, bernsteinfarben, an den Rändern grünlich gesprenkelt.

Offen erwiderte er ihren Blick, nur um die Mundwinkel zuckte es kaum merklich. Armando da Silva ergriff ihre Hand, brachte sie zum Tisch und rückte den Stuhl für sie zurecht. Sie hatten noch kein Wort gesprochen.

„Vielen Dank, dass Sie gekommen sind“, begann er auf Englisch mit dem Akzent, den sie von ihren Telefonaten kannte. „Weißwein?“, fragte er und deutete auf die Flasche im Kühler.

Sie bejahte und verfolgte seine Bewegungen, während er ihr einschenkte. Seine Handgelenke waren schmal, die sportliche Uhr aus einer bekannten Schweizer Manufaktur wirkte fast zu wuchtig dafür.

„Lassen Sie uns anstoßen“, sagte er in etwas holperigem Deutsch, und als er ihre Überraschung bemerkte: „Im Hause Volpe wurde nicht nur Spanisch gesprochen, Ernesto legte Wert darauf, dass die Sprache seiner Vorfahren nicht ganz in Vergessenheit geriet.“

Sie hielten die Gläser gegeneinander, und nachdem sie einen Schluck getrunken hatten, fragte Jana: „Was war er für ein Mensch?“

„Hat Emilio noch nichts über ihn erzählt?“

„Nur wenig bisher. Außerdem habe ich ja Sie gefragt.“

Armando da Silvas scharfe Züge entspannten sich für einen Moment. „Er lebte in einer eigenen Welt mit all seinen Büchern, aber vor allem hat er uns ein Zuhause gegeben, Enrietta und mir. Und er hat Opfer dafür gebracht, das werde ich ihm nie vergessen. Trotzdem war er mit der Situation wohl auch überfordert, das änderte sich erst, als er Consuelo zu uns holte. Sie wissen, wer Consuelo war?“

Sie beantwortete die Frage mit einem knappen Ja, und er schien zu spüren, dass ihr diese Wendung des Gesprächs unangenehm war. „Sind Sie hungrig? Wollen wir gleich etwas bestellen?“

„Für mich kann das noch etwas warten.“ Sie sah sich in dem Lokal um. „Es gefällt mir hier. Kommen Sie öfter her?“

„Jedes Mal, wenn ich in Zürich zu tun habe, ich mag diese behagliche Atmosphäre. Und die können hier wirklich kochen."

Er trank einen weiteren Schluck und betrachtete Jana. „Wie fühlen Sie sich? Geht es mit den Schmerzen?" Es klang nicht wie eine Floskel, sein Blick drückte Anteilnahme aus. Und wenn ihr nicht bewusst gewesen wäre, mit wem sie hier zusammensaß, hätte sie den Abend genießen können.

„Ja, danke. Es ist auszuhalten."

„Wie ist es passiert?"

Jana verzog das Gesicht bei der Erinnerung. „Ich bin vor ein paar Tagen draußen sehr unglücklich gestürzt, auf dem Gehsteig war pures Eis. Als ich nicht mehr aufstehen konnte, riefen Passanten die Rettung, die mich ins Spital brachte. Ich habe von der Hüfte abwärts schwere Prellungen und eine gebrochene Rippe. Äußerst schmerzhaft, und die Heilung zieht sich hin."

„Besonders, wenn das nicht das einzige Problem ist", sagte er sanft. „Wollen Sie darüber reden? Oder finden Sie mich indiskret?"

„Ja, ich finde Sie indiskret, aber es macht mir nichts mehr aus, darüber zu reden. Woher wissen Sie von meinem Unfall? Von Leuthard?" Sie setzte sich gerade hin und drückte den Rücken durch.

Armando lächelte. „Leuthard ist schon von Berufs wegen zur Verschwiegenheit verpflichtet, er hat mir nicht das Geringste über Sie erzählt, was persönlicher Art wäre. Außer, dass er Sie schon länger kennt, und zwar durch Enrietta."

Er wurde ernst. „Nein, Jana, ich habe es sofort bemerkt, als Sie hereingekommen sind. Ein weniger aufmerksamer Beobachter hätte Ihre Beeinträchtigung wohl nur auf diesen kürzlichen Vorfall bezogen, aber ich bin es gewohnt, genauer hinzusehen."

Sie schwieg und spielte mit dem Stiel ihres Weinglases. „Ich bin Schauspielerin", sagte sie, „genauer gesagt war ich Schauspielerin, und während der Probe für eines dieser experimentellen Stücke bin ich von dem Gerüst gefallen, auf dem wir agieren sollten. Ich erspare Ihnen die medizinischen Details, jedenfalls ziehe ich seitdem ein Bein nach und kann meinen eigentlichen Beruf nicht mehr ausüben. Das Salzburger Mozarteum, an dem ich früher studiert habe, zeigte großes Entgegenkommen und hat mich als Dozentin angestellt. Wobei meine Berufserfahrung sicher eine Rolle gespielt hat."

„Danke für Ihre Offenheit." Armando wirkte nachdenklich. „Ist das ein bleibender Schaden oder gibt es Heilungsaussichten? Vielleicht, weil die Medizin sich weiterentwickelt hat?"

„Man hat mir damals wenig Hoffnung gemacht, und seitdem ist auf diesem Gebiet nichts Bahnbrechendes passiert. Aber ich habe mich damit eingerichtet. Und die Arbeit mit den jungen Leuten macht mir sehr viel Freude."

Sie las die Skepsis in seinem Blick. „Lassen Sie uns jetzt bitte etwas bestellen, bevor mir der Wein zu Kopf steigt", sagte sie rasch, „schließlich bin ich noch Rekonvaleszentin."

Später, beim Essen, nachdem sie sich über die vorzügliche Küche ausgetauscht hatten, obwohl Jana wusste, dass sie beide mit ihren Gedanken woanders waren, ließ sie das Besteck sinken. „Ich habe von Ihrer Existenz nichts gewusst, Armando, Enrietta hat nie von Ihnen gesprochen. Verzeihen Sie, wenn ich das so direkt sage. Ich hoffe, Sie zweifeln nicht an meinen Worten."

Er hörte ebenfalls auf zu essen und sah ihr in die Augen. „Ich zweifle nicht daran. Was mich selbst erstaunt. In dem Leben, wie ich es von früher kannte, konnte man nur bestehen, wenn man ständig auf der Hut war, bereit, allem und jedem zu misstrauen."

Es war sein erster Hinweis auf die Welt, in der er sich bewegte, eine Welt, die Emilio Volpe zufolge Recht und Gesetz missachtete und in die Niederungen dunkler Machenschaften führte. Aber weshalb sprach er davon in der Vergangenheitsform?

Jana legte ihr Besteck beiseite, sie hatte keinen Appetit mehr. War es möglich, dass dieser kultiviert wirkende Mann mit Manieren, Geschmack und Feingefühl tatsächlich ein Krimineller war, wie Emilio behauptete? Und falls ja, schloss sich beides überhaupt zwangsläufig aus? War nicht das eine ebenso möglich wie das andere? Besonders bei jemandem wie Armando da Silva?

„Was ist?", stammelte sie, als seine Finger wie ein Windhauch über ihren Handrücken strichen.

„Ich habe Ihnen gerade beim Nachdenken zugesehen, Jana, und ich möchte Ihnen einen Rat geben." Er nahm die Flasche aus dem Kühler und füllte ihre Gläser erneut. „Sie sind Künstlerin und haben dadurch ohnehin einen anderen Blick auf die Dinge, erst recht durch diesen Unfall auf der Bühne, wo das, was wir Schicksal nennen, in einem einzigen Moment Ihr Leben verändert hat." Stumm hörte sie zu, ließ geschehen, dass er seine Augen in ihre versenkte und sie von einem Sog ergriffen wurde, gegen den sie sich nicht zu wehren wusste.

„Mein Rat ist", fuhr er fort, „dass Sie in Ihrer Welt bleiben sollten, denn dort sind Sie in Sicherheit. Sie werden bald wohlhabend genug sein, um sich finanziell keine Sorgen mehr machen zu müssen. Enrietta hat in der Beziehung ausnahmsweise richtig gehandelt. Aber seien Sie vorsichtig mit dem, was Ihnen jemand außerhalb Ihrer Welt erzählt, das gilt für Emilio und mit Einschränkung auch für Leuthard. Seien Sie wachsam und hören Sie auf Ihre Intuition."

Sie stutzte. „Und was ist mit Ihnen, Armando?", fragte sie leise. „Wäre ich gut beraten, auch Ihnen nicht zu vertrauen?"

„Das, Jana, können nur Sie entscheiden."

Sie erwiderte nichts, seine Augen hielten ihre noch immer fest, bis sie den Blick senkte.

„Wie haben Sie Enrietta damals kennengelernt?", wechselte er das Thema.

Jana brauchte einen Moment, um sich auf die Antwort zu konzentrieren. „Es war in Salzburg und ist inzwischen fast zwanzig Jahre her", begann sie. „Was genau wollen Sie wissen?"

„Alles, was Sie mir dazu erzählen mögen." Trotz seines gelassenen Tonfalls schien es ihm sehr wichtig zu sein, mehr über die Art ihrer Beziehung zu Enrietta zu erfahren.

Zögernd, dann immer eindringlicher spürte Jana ihren Erinnerungen nach, sie sprach von der ersten Begegnung, als sie, die naive Schauspielelevin, bei den Festspielen auf die berühmte Autorin getroffen war, von Enriettas schmeichelhaftem Interesse an ihrer Ausbildung, von deren kühlem Rückzug, als Jana vom ihr unbekannten Argentinien wie von einem Sehnsuchtsort geschwärmt hatte.

„Wie hat das damals auf Sie gewirkt?“, fragte Armando, der ihr aufmerksam zuhörte.

„Ich war sehr verwirrt. Und auch verletzt. Ich wusste nur, dass ich etwas falsch gemacht hatte, verstand aber nicht, was es war.“

Armando nickte.

„Heute ist es mir klar, Emilio hat mir ja inzwischen einiges über Enriettas Vergangenheit erzählt.“

Sie sah Armando wieder ins Gesicht und erschrak über dessen Ausdruck von leidenschaftlichem Hass. Doch im nächsten Moment hatte er seine Züge wieder unter Kontrolle.

„Wie ging es weiter? Wann sind Sie Enrietta erneut begegnet?“

„Das war … warten Sie, Armando, ich habe gerade etwas den Faden verloren. Also, das muss ungefähr fünf Jahre später gewesen sein, da war ich Ende zwanzig. Ich hatte mit viel Glück eine Rolle in einem Film bekommen, dem einer ihrer Romane zugrunde lag. Wir drehten in München, und Enrietta erschien plötzlich auf dem Set, begrüßte mich herzlich und wünschte mir Glück. Die Irritation zwischen uns ganz zu Anfang hat sie nie mehr erwähnt. Von da an entwickelte sich eine enge Bindung zwischen uns. Wir telefonierten und schrieben uns regelmäßig, zuletzt natürlich auch per Mail. Und wir trafen uns so oft wie möglich. Enrietta, die schon vor einiger Zeit ihren Wohnsitz nach Zürich verlegt hatte, konnte es sich längst leisten, ihre Termine nach Belieben zu gestalten. Ich hingegen war viel unterwegs, mein Mitwirken in diesem Film hatte für eine gewisse Bekanntheit gesorgt, und wie viele meiner Kollegen sicherte ich mein finanzielles Überleben jetzt durch Fernsehrollen ab. Daneben hatte ich Gastauftritte an verschiedenen Theatern, zuletzt dort, wo …"

„Nicht", sagte Armando da Silva und legte den Finger auf ihre Lippen, „verzeihen Sie mir, ich hatte Sie nicht daran erinnern wollen. Und danke, dass Sie mir das alles erzählt haben. Ich habe noch manche Frage an Sie, Jana, und sicher wollen Sie auch über mich einiges wissen, aber für heute ist es wohl erst mal genug. Sie sehen erschöpft aus."

Bevor sie etwas erwidern konnte, hatte er um die Rechnung gebeten. „Ich bringe Sie nach Hause."

Sie wollte protestieren, fühlte sich jetzt aber so schwach, dass sie das Angebot dankbar akzeptierte.

Im Taxi stöhnte sie auf, als der Wagen über einen unebenen Baustellenabschnitt rumpelte. Armando legte den Arm um sie: „Lehnen Sie sich gegen meine Schulter, ich halte Sie fest, dann schmerzt es weniger. Wir sind gleich da."

Er bestand nicht nur darauf, sie in die Wohnung zu begleiten, er sorgte auch dafür, dass sie sich sofort hinlegte. Erst mal nur auf die Couch, wollte sie sagen, nahm noch wahr, dass er eine Decke über sie breitete, und war eingeschlafen. Als sie Stunden später in der Dunkelheit erwachte, lag sie im Bett, nur mit BH und Slip bekleidet. Armando musste sie ausgezogen und hierhergetragen haben.

Sie machte Licht und schleppte sich in die Küche, um ein Glas Wasser zu trinken. Auf dem Tisch lag ein Zettel. *Gute Besserung, Jana. Und danke für diesen Abend. Wir werden uns bald wiedersehen. Armando*

Schlaftrunken sah Jana auf die Uhr und griff nach ihrem Handy, um das aufdringliche Läuten wegzudrücken. Es war zehn Uhr morgens und heller Tag, sie hatte tatsächlich bis jetzt geschlafen, nachdem sie sich erneut hingelegt hatte. Vorsichtig hangelte sie sich aus dem Bett. Bevor sie einen anderen Gedanken fassen konnte, fiel ihr ein, dass Cornelia an diesem Tag zurückkehren würde. Und so sehr sie sich auf das Wiedersehen mit ihr freute, verlangte es sie jetzt nach etwas Privatsphäre, Cornelia würde das bestimmt verstehen.

Nach dem Frühstück rief sie Leuthard an, der vermutlich längst genug hatte von ihren Hilferufen. Sie brauche ein Hotelzimmer, sagte sie und erklärte die Situation.

Selbstverständlich, Jana, sagte er unerwartet entgegenkommend, er werde ihr etwas in der Innenstadt besorgen, wo er öfter Mandanten unterbringe. Er bat sie, in der Leitung zu bleiben, und bestätigte kurz darauf, das Zimmer sei ab dem frühen Nachmittag für sie bereit. Sie notierte den Namen des Hotels, das zu einer internationalen Kette gehörte, dankte dem Anwalt und versprach, sich später zu melden. Erleichtert begann Jana zu packen, sie verdrängte den Gedanken, dass sie versprochen hatte, Emilio von ihrem Treffen mit Armando zu berichten.

So wie sie die Erinnerung an diesen Abend zu verdrängen versuchte. Dass Armando da Silva sie bis auf die Unterwäsche ausgezogen, ins Bett gebracht und zugedeckt hatte, als sie fest schlief, war ihr geringstes Problem. Man konnte sein Verhalten als fürsorglich bezeichnen, manche würden es für übergriffig halten, in Argentinien war die Metoo-Debatte offenbar noch nicht angekommen. Doch es passte zu ihrem Bild von ihm, dass er sich über gesellschaftliche Regeln hinwegsetzte, wenn eine Situation es aus seiner Sicht erforderte. Jana gefiel das, die Männer, mit denen sie bisher zu tun gehabt hatte, wären wohl nicht auf eine solche Idee gekommen und hätten sich damit begnügt, sie bis zur Haustür zu begleiten. Wenn überhaupt.

Nach ein paar unbedeutenden Affären hatte sie einen Bühnenbildner vom Salzburger Landestheater geheiratet, dessen Bisexualität sie erst später entdeckte. Als er ihr gestand, er habe sich in einen Tänzer verliebt, trennten sie sich rasch und einvernehmlich. Kurz darauf erlitt sie den Unfall, der ihr Leben in jeder Hinsicht verändert hatte. Sie zog sich zurück und wehrte auch die Männer ab, die sich von ihrer Behinderung nicht beeindrucken ließen und sie umwarben.

Zu jener Zeit war der Kontakt mit Enrietta eine große Hilfe für sie gewesen, obwohl sie deren Rat, sich wieder auf das Leben mit all seinen Facetten einzulassen, nicht folgen konnte. Zu sehr stand ihr die Furcht im Weg, ihre Behinderung könne doch als abstoßend empfunden werden. Und jetzt hatte es Jana ausgerechnet mit Enriettas ungeliebtem Sohn zu tun, der so ganz anders mit ihr umging, als sie es gewohnt war und erwartet hatte.

Enrietta musste das Schweizer Erbrecht gekannt haben, sie hatte also ganz bewusst versucht, ihren leiblichen Sohn Armando zu verheimlichen und damit von seinem Erbanspruch auszuschließen, eine andere Erklärung war kaum denkbar. Jana sah wieder Armandos verzerrte Gesichtszüge vor sich, als sie angedeutet hatte, was Emilio ihr erzählt hatte.

Armando würde vor jedem Schweizer Gericht Recht bekommen, sein Erbe, das aus drei Vierteln von Enriettas Nachlass bestand, war ihm sicher, das hatte Leuthard unmissverständlich klargestellt. Was für eine Verstrickung, dachte Jana, kopfschüttelnd zog sie ihren Koffer zu.

Bis sie ihr Hotelzimmer beziehen konnte, blieben ihr noch ein paar Stunden Zeit. Sie überlegte, ob sie nicht jetzt schon losfahren und einchecken sollte, sie hatte genug davon, in dieser Wohnung eingesperrt zu sein, so dankbar sie für die Gastfreundschaft war.

Während sie ihrer Freundin auf dem Handy eine längere Nachricht schrieb, läutete es an der Tür. Kurz darauf wurde der Schlüssel im Schloss umgedreht, und Emilio stand auf der Schwelle. „Ich dachte, ich schaue am besten selbst vorbei", seine Stimme klang atemlos.

„Bist du zu Fuß gekommen?" Jana betrachtete ihn forschend. Die sonst sorgfältig nach hinten gekämmten Haare hingen ihm ins Gesicht, sein Gesicht war gerötet, der Kaschmirschal verrutscht.

„Ja, ich bin die Strecke von der Stadt ins Seefeld gelaufen, ich brauchte Bewegung." Sein Blick fiel auf den gepackten Koffer im Eingang. „Was soll das bedeuten? Musst du hier raus?"

Sie nahm seine Hand und führte ihn ins Wohnzimmer. „Setz dich erst mal. Espresso wie immer?"

„Gern", sagte er, noch immer verwirrt, „aber lass mich das machen."

Jana wartete, während er in der Küche hantierte. Als er mit zwei dampfenden Tassen zurückkam, erklärte sie in knappen Worten die Gründe für ihren Auszug. „Ich fühle mich ein wenig wie gefangen, ich brauche Tapetenwechsel."

Er trank von der heißen Flüssigkeit, verschluckte sich und hustete. „Ich verstehe", krächzte er, sobald er wieder sprechen konnte. „Nett von Leuthard, dass er sich um das Hotel gekümmert hat. Und wie ich sehe, kannst du dich auch schon wieder besser bewegen, die Heilung schreitet offenbar voran."

Sie ignorierte seine säuerliche Miene. „Ja, ist das nicht wunderbar? Ich fühle mich zwar noch nicht wie neugeboren, aber immerhin auf dem Weg dorthin."

Und als er schwieg, stand sie auf, setzte sich neben ihn und legte den Arm um ihn. „Emilio, dass es mir schon wieder so gut geht, liegt vor allem an deiner liebevollen Pflege. Ich bin dir sehr dankbar dafür, wie du dich um mich gekümmert hast. Ich weiß nicht, wie ich die ersten Tage ohne deine Hilfe überstanden hätte." Sie sah ihn von der Seite an und küsste ihn herzhaft auf die Wange.

Er rückte ein Stück von ihr ab und starrte auf den Tisch. „Ich habe das gern getan, Jana, nicht nur, weil ich Arzt bin.

Und ich denke auch, dass uns diese Tage einander nähergebracht haben. Gerade in dieser schwierigen Zeit.“

Emilio Volpe wandte sich ihr wieder zu, ergriff ihre Hand und sah ihr ins Gesicht. Ratlosigkeit las sie darin. Und Furcht.

„Seit Armando hier aufgetaucht ist, kann ich kaum noch einen klaren Gedanken fassen“, begann er zögernd. „Ich hatte geglaubt, es sei mir gelungen, die Vergangenheit hinter mir zu lassen, all die Jahre mit Enrietta und Armando, nachdem mein Vater sie in unser Haus geholt hatte. Ich war damals ein Junge, der erst vor Kurzem seine Mutter verloren hatte, und Enrietta wirkte in der ersten Zeit so unfassbar traurig. Wir halfen einander in unserer gemeinsamen Verlorenheit, bis ich spürte, dass sie mich bewusst wahrzunehmen begann, dass ich für sie tatsächlich wichtig geworden war, und nach der Geburt von Armando wurde dieses Gefühl sogar stärker.“

„Hast du dich damals nicht gewundert, wie wenig sie sich um ihr eigenes Kind kümmerte?“, unterbrach Jana behutsam.

„Zunächst schon“, Emilio ließ ihre Hand los, „aber dann wollte ich nicht weiter darüber nachdenken. Wir waren ja alle erleichtert, als Consuelo diese Aufgabe übernahm, denn Armando war schon als Baby schwierig gewesen. Er schrie viel und wollte nicht essen, nachdem Enrietta ihn abgestillt hatte.“

„Ein echtes Problemkind also von Anfang an“, murmelte Jana. Sie erwog kurz, Emilio zu fragen, ob sich im Hause Volpe niemand Gedanken darüber gemacht habe, woher diese „Schwierigkeiten“ kamen, verwarf den Gedanken aber. Vater Volpe hatte es bestimmt gewusst und die später immer unentbehrlichere Consuelo ohnehin. Enrietta hatte das Problem konsequent ignoriert, Emilio im Nachhinein wohl auch. Bis heute. Bis Armando aufgetaucht war, um sein Recht einzufordern. Enrietta hatte ihren Sohn über ihren Tod hinaus verleugnet, während Emilio nicht nur an seiner Stelle als Erbe eingesetzt worden war, sondern sich sogar noch zu ihrem Handlanger hatte machen lassen.

Jana betrachtete Emilios sorgenvolles Gesicht und hatte von einem Moment zum anderen keine Lust mehr, sich das alles anzuhören. Er würde allein mit dieser Situation zurechtkommen müssen.

Ohne ihren Stimmungsumschwung zu bemerken, fragte er: „Wie war es mit Armando? Hat er versucht, dich einzuwickeln?“

„Einzuwickeln?“ Sie staunte über seine Wortwahl. „Wie meinst du das?“

„Ich meine damit, dass Armando sehr charmant sein kann, wenn er etwas will.“

„Und was, glaubst du, will er von mir?“

„Außer mit dir im Bett zu landen? Denn das will er bestimmt auch.“ Emilio lachte bitter. „Er wird versuchen, dich auf seine Seite zu ziehen.“

„Warum sollte er das tun?“ Janas Stimme klang sehr ruhig. „Er hat doch das Recht auf seiner Seite, dafür braucht er mich nicht.“

„Du verstehst nicht, worum es eigentlich geht, Jana. Armando sieht sich hier in einem Feldzug, gegen Enrietta und gegen mich. Du, als Miterbin und langjährige Vertraute von Enrietta, bist für ihn so etwas wie eine Schlüsselfigur. Wenn es ihm gelingt, deine Sympathien zu gewinnen, erst recht, indem er sich als Opfer darstellt, ist das für ihn schon mal ein wichtiger Sieg."

„Aber er ist doch das Opfer. Das Opfer einer gleichgültigen, ablehnenden Mutter, die vor seinen Augen einem anderen Kind ihre Liebe geschenkt hat. Niemand von euch hat sich um ihn gekümmert. Außer Consuelo. Und dieser Tangosänger hat als Vater offenbar ähnlich versagt. Wie sollte Armando bei solchen Voraussetzungen seinen Platz in der Welt finden? Sag mir das, Emilio Volpe!"

Jana war laut geworden, sie war wütend, so wütend, dass sie das Läuten ihres Handys erst in dem Moment bemerkte, als es aufhörte.

Emilio stand auf, murmelte etwas Unverständliches und ging zur Tür. Dort drehte er sich nochmals zu ihr um, und als sie nicht reagierte, zog er seinen Mantel an und verschwand ohne ein Wort.

12

Ob er abends zu ihr ins Hotel kommen könne, hatte Armando gefragt, als sie ihn auf dem Handy zurückrief, sobald Emilio verschwunden war. Natürlich, hatte Jana etwas zu schnell geantwortet, sie freue sich. Jetzt lag sie auf dem Bett und sah von ihrem Hotelfenster aus dem Treiben der dichter werdenden Schneeflocken zu, der Wetterbericht hatte mehr als zehn Zentimeter Neuschnee vorhergesagt.

Bis zu Armandos Eintreffen blieb ihr reichlich Zeit. Sie duschte, legte etwas mehr Make-up auf und schlüpfte in das neue nachtblaue Kleid aus fein gewirktem Wollstoff, der sich schmeichelnd um ihre Formen legte. Raffiniertes Understatement, hatte die Verkäuferin geraunt, und Jana, die von Mode nicht viel verstand, hatte nur gewusst, dass sie sich darin wohlfühlte.

Als sie sich in der Hotelhalle umsah, stand Armando vor ihr, seine Augen weiteten sich bei ihrem Anblick. „Eres como una Señora", murmelte er, „y muy tentadora tambien".

Sie verstand nicht. „Was ist? Stimmt etwas nicht?"

„Alles ist gut", sagte er auf Englisch und wollte sie beim Arm nehmen, doch sie protestierte. „Übersetz mir erst, was das zu bedeuten hat."

„Es bedeutet in etwa, dass du wie eine Lady aussiehst. Und dass dir das Kleid gut steht."

„Auf Spanisch klang das irgendwie anders", fand Jana und hielt sich in ihren hohen Schuhen an Armando fest.

„Jede Sprache hat ihren eigenen, gefühlten Ausdruck“, sagte er leichthin.

Sie nickte vage. „Wohin gehen wir eigentlich?“

„In die Bar, falls du keine bessere Idee hast. Da ist es etwas gemütlicher als in der Halle. Hotels dieser Art sehen von innen fast überall gleich aus.“

„Und jetzt?“, wollte sie wissen, sobald sie an einem der niedrigen Tische saßen.

„Jetzt setzen wir unsere Unterhaltung fort, wir haben noch einiges zu besprechen.“

Jana sah ihn von der Seite an. Das klang sachlich und geschäftsmäßig. Was sonst, dachte sie und versuchte, in seinen Zügen zu lesen, doch da war nichts als höfliche Gelassenheit. Nur einmal hatte er bisher kurz die Maske fallen lassen, als es um Emilio Volpe gegangen war.

„Emilio war heute Mittag bei mir im Seefeld.“

„Und was wollte er?“

„Er wollte mich vor dir warnen.“

„Das ist nichts Neues, Jana.“ Armando grinste.

„Du würdest versuchen, mich zu einzuwickeln, so hat er es formuliert.“

„Was hast du geantwortet?“

„Dass das nicht nötig ist, dass du das Recht ohnehin auf deiner Seite hast.“

„Das war alles?“

„Nicht ganz, aber ich möchte lieber nicht darüber reden.“

„Ich kann es mir schon denken.“

„Es kam zu einem heftigen Streit.“ Jana starrte auf die Tischplatte.

Der Barkeeper erschien und fragte nach ihren Wünschen. Sie bestellten Wein und Oliven.

„In meiner Heimat ist das jetzt die Zeit für Tapas", sagte Armando, „ein sehr angenehmer Brauch."

„Es ging um dich, Armando. Um die Vergangenheit. Um die Gegenwart. Ach was, um alles."

Er fragte nicht weiter nach, und sie schwiegen, bis die Getränke kamen. Jana lehnte sich in ihrem Sessel zurück. „Wie geht es jetzt weiter? Hast du noch einmal mit Leuthard gesprochen?"

„Ja, er möchte uns so bald wie möglich alle drei treffen. Gemeinsam."

Sie zuckte mit den Schultern. „Mir soll es recht sein."

„Wenn wir uns einig seien, könne er die Sache zügig abwickeln, sagte er."

„Sind wir uns einig?"

„Ich wüsste nicht, welche Probleme es zwischen uns beiden gibt, Jana", erwiderte er. „Aber Emilio wirkt auf mich labil und unberechenbar, so kenne ich ihn gar nicht." Armandos Genugtuung war diesmal nicht zu überhören. „Und er hat sich in eine schwierige Situation hineinmanövriert."

„Hör mal, Armando, ich möchte in dieses ewige Thema zwischen euch nicht hineingezogen werden, das ist ausschließlich etwas zwischen dir und Emilio."

„Trotzdem hast du dich mit ihm gestritten? Als es um mich ging? Du kannst nicht ernsthaft glauben, Jana, dass du dich da noch raushalten kannst!"

„Doch, das glaube ich", sagte sie trotzig.

Er lächelte, es war ein bitteres Lächeln. „In dem Moment,

wo Enrietta dich als Miterbin eingesetzt hatte, wurdest du ein Teil ihres Plans. In ihrer Vorstellung muss sie uns drei wie Figuren hin und her geschoben haben, was ihr ein diabolisches Vergnügen bereitet haben wird. Was allerdings durch das Wissen getrübt wurde, dass sie nicht mehr miterleben kann, wie das Spiel ausgeht." Armando ergriff Janas Hand. „Sieh mich nicht so entsetzt an, es ist Zeit, dass du die Dinge realistisch betrachtest."

„Und wenn ich das Erbe ausschlage?", sagte Jana leise wie zu sich selbst.

„Es wäre eine Möglichkeit, aber ich rate dir nicht dazu. Von uns dreien bist du diejenige, die dieses Geld am nötigsten braucht. Und durch einen Verzicht wärst du nicht zwangsläufig aus dieser Verstrickung befreit. Auch das wird Enrietta vorausgesehen haben."

Jana nickte. Allmählich begriff auch sie, wie sehr sie schon mittendrin steckte. Enrietta hatte viel über Psychologie gewusst, man musste nur ihre Bücher lesen, um das zu erkennen. Sie entzog Armando ihre Hand, nahm seufzend ihr Weinglas und trank den Rest in einem Zug. Armando hob den Arm und bestellte Nachschub. Sie wollte gerade etwas sagen, als Armando mit einer Kopfbewegung zum Eingang der Bar deutete. Emilio Volpe stand dort, blickte sich suchend um und kam direkt auf sie zu.

Armando war aufgestanden. „Wolltest du zu uns?"

Volpe setzte sich unaufgefordert, und Jana merkte sofort, dass er schon einiges getrunken hatte, es lag Ärger in der Luft. Hoffentlich bleibt Armando ruhig, dachte sie. Aber er schien sich im Griff zu haben, noch zumindest.

„Woher weißt du, dass ich hier bin?", fragte sie. Vermutlich von Leuthard.

Emilio tat es mit einer unwirschen Geste ab. „Spielt das eine Rolle?" Sein Ton war ungewohnt aggressiv.

„Keineswegs." Jana wechselte einen Blick mit Armando, der dem Barkeeper erneut ein Zeichen gab. Emilio verlangte Brandy und zog eine Zigarre hervor. Rauchen sei hier nicht erlaubt, sagte der Barkeeper, er bitte die Herrschaften, dafür in die angrenzende Lounge umzuziehen, dort würden auch Getränke serviert. Jana stimmte erleichtert zu, und Armando schloss sich sofort an, für die Art von Auseinandersetzung, die hier drohte, brauchten sie kein Publikum. Nur Emilio schimpfte leise vor sich hin und murmelte etwas von Bevormundung und Intoleranz, folgte ihnen dann aber doch nach nebenan.

Mit fahrigen Bewegungen setzte er die Zigarre in Brand und paffte ein paar Züge. „Cheers", sagte er und hob sein Glas.

Jana und Armando tauschten einen ratlosen Blick.

„Emilio", begann sie vorsichtig, aber Volpe unterbrach sie ungewohnt rüde. „Versuch es erst gar nicht, Jana, das hier ist eine Sache unter Männern."

Sie zog die Brauen hoch. „Dann entschuldigt ihr mich sicher", sagte sie und wollte aufstehen.

„Es ist trotzdem besser, du bleibst, Jana", Emilios Tonfall ließ sie innehalten, „denn was ich Armando zu sagen habe, geht auch dich an."

Armando hatte das Geschehen bis jetzt reglos verfolgt, nur das Flackern in seinen Augen verriet die innere Anspannung, er wirkte wie ein sprungbereites Tier. Er beugte sich vor. „Und was ist es, das du mir sagen willst?“

„Erstens kündige ich dir hiermit an, dass ich beim Nachlassgericht Widerspruch gegen die Pflichtteilseinsetzung zugunsten deiner Person eingelegt habe. Denn dass jemandem wie dir drei Viertel eines solchen Vermögens zufallen, kann Enrietta eindeutig nicht gewollt haben. Schließlich gibt es gute Gründe, weshalb sie nur Jana und mich als Erben eingesetzt hat.“

Armando lehnte sich in seinem Sessel zurück. „Es stand dir natürlich frei, es auf diesem Weg zu versuchen, aber es ist wenig wahrscheinlich, dass jemand wie Enrietta die Schweizer Gesetzgebung zugunsten pflichtteilsberechtiger leiblicher Abkömmlinge nicht gekannt hat.“

„Und das heißt?“

„Das heißt, dass du dich mit deiner Einsprache auf verlorenem Posten befindest. Kein Gericht in diesem Land wird dir recht geben.“

„Das werden wir sehen“, murmelte Emilio zwischen zusammengebissenen Zähnen.

„Und was ist das Zweite, was du mir sagen wolltest?“, erkundigte sich Armando.

Jana, die diesen Schlagabtausch bisher schweigend verfolgt hatte, rutschte in ihrem Sessel hin und her.

„Lass Jana in Ruhe, sie ist viel zu schade für einen Typen wie dich.“

Es reichte ihr, sie packte ihre Handtasche und stöckelte hinaus in die Halle. Der Portier zeigte ihr den Weg zur Damentoilette, wo sie kaltes Wasser über die Handgelenke laufen ließ. Sie zwang sich, tief ein- und auszuatmen, bis der Aufruhr in ihrem Inneren nachließ.

Als sie in die Lounge zurückkehrte, saß Armando allein auf seinem Platz. Er stand auf und sah sie an, seine Augen waren dunkel und verhangen, es gelang ihr nicht, darin zu lesen. Sie setzte sich und griff zu ihrem Weinglas, das inzwischen wieder gefüllt worden war.

„Er will also Krieg", aus Armandos Mund hörte sich das an wie eine unbeteiligte Feststellung. „Den kann er haben. Ich hätte allerdings nicht gedacht, dass er die *Cojones* dafür hat. Und ob er durchhält, was er da losgetreten hat, ist eine andere Frage."

„Wie endete denn dieser Auftritt von ihm hier?", tastete Jana sich vor.

„Er war ja angetrunken und auf Krawall aus, da wollte ich die Situation nicht weiter verschärfen. Als er merkte, dass er mich nicht provozieren konnte, ist er wütend abgezogen. Vorher hat er mir noch erklärt, dass Leuthard und ich demnächst von seinem hiesigen Anwalt hören werden. Er hat sich offenbar jemanden gesucht, der ihn vor dem Nachlassgericht vertreten soll. Außerdem muss er mit einer Anzeige rechnen. Wegen falscher Angaben. Soviel ich weiß, ist das in der Schweiz ein Offizialdelikt, das ihn auch dann nicht vor Strafverfolgung schützt, wenn ich selbst auf eine Anzeige verzichte."

„Trotzdem tut er mir irgendwie leid", murmelte Jana, „er war sich wohl nicht darüber klar, was er in Gang setzen würde."

„Das siehst du richtig", knurrte Armando, „genau das

ist sein Problem. Emilio hat sich nie gegen Widerstände behaupten müssen, alles wurde ihm leicht gemacht auf seinem vorgezeichneten Weg. Was hätte dabei noch schiefgehen sollen? Sein Vater hat ihn immer in allem unterstützt, und Emilio hat von Anfang an die richtigen Entscheidungen getroffen. Auch bei der Wahl seiner Ehefrau, die selbst eine erfolgreiche Ärztin ist, eine wunderbare, starke Frau. Er kann sich glücklich schätzen, dass sie über seine vielen Affären immer großzügig hinweggesehen hat."

„Woher weißt du das alles? Kennst du sie?" Jana war überrascht.

„Nicht persönlich, aber Freunde von mir kennen sie gut. Und in den entsprechenden Kreisen von Buenos Aires ist das ein offenes Geheimnis."

„Was glaubst du", fragte Jana nachdenklich, „warum Emilio sich für den Beruf eines plastischen Chirurgen entschieden hat?"

„Keine Ahnung. Ich erinnere mich nur, dass er schon als Kind viel gezeichnet hat, vor allem Gesichter, Köpfe und menschliche Körper, das konnte er ziemlich gut. Außerdem ist in dieser Branche viel Geld zu verdienen. Warum fragst du?"

„Ist nicht so wichtig, fiel mir nur gerade ein."

Sie schwiegen eine Weile, jeder hing seinen Gedanken nach, bis Jana sagte, sie sei müde. Armando brachte sie zum Lift.

Während sie warteten, zog er sie an sich und legte die Arme um sie. Durch den Stoff spürte sie die Wärme seines Körpers.

„Ich soll dich in Ruhe lassen, hat Emilio verlangt", flüsterte er ihr ins Ohr. „Ich werde dich aber nur dann in Ruhe lassen, wenn du das ausdrücklich wünschst. Sag es mir, was wünscht du dir, Jana?"

Wenn sie ihm in diesem Moment ehrlich geantwortet hätte, wären sie gemeinsam nach oben gefahren, und ihr beider Leben wäre noch komplizierter geworden.

„Te quiero", sagte er noch immer an ihrem Ohr.

Ich will dich auch, dachte sie und flüchtete sich in den Lift.

Das nächste Mal kommst du nicht so einfach davon, Janita, las sie im Display ihres Handys, er hatte die Nachricht geschickt, als sie gerade ins Bad gehen wollte. *Übrigens hast du nicht zu Abend gegessen. Vielleicht bestellst du noch etwas beim Zimmerservice, damit du nicht hungrig zu Bett gehen musst. Ich bin um dein Wohlergehen besorgt.*

Er hatte recht. Sie rief die entsprechende Nummer an und orderte eine Platte mit Schinken und Käse, dazu eine Flasche Schweizer Weißwein. Rasch schlüpfte sie aus ihren Sachen, duschte und zog einen Bademantel an. Während sie wartete, spürte sie ihren leeren Magen. Das Warten zog sich hin, ungeduldig rief sie nochmals die Nummer an. Das Gewünschte sei schon auf dem Weg zu ihr, hieß es.

Jana überlegte gerade, Armando per SMS zu antworten, als diskret geklopft wurde. Sie suchte in ihrem Portemonnaie nach Münzen, fand aber nur Euro. Sie ging zur Tür und öffnete.

„Zimmerservice, bitte entschuldigen Sie die Verspätung,

Señora.“ Als habe er nie etwas anderes getan, schob Armando den Servierwagen in den Raum.

„Du bist …“, stotterte Jana, „… unglaublich. Wie hast du das hingekriegt?“

„Durch beste Beziehungen zum Servicepersonal in Tateinheit mit lateinamerikanischer Überzeugungskraft und einem ebenso überzeugenden Trinkgeld. Darf ich servieren?“

„Falls Sie auch Euro annehmen?“

Er zeigte ihr das breiteste Lächeln, dem sie je begegnet war. „Ich akzeptiere fast jede Währung, Señora. Und Sie sehen sogar in diesem Hotelbademantel ganz bezaubernd aus.“

Im heraufziehenden Morgengrauen gewannen die Gegenstände im Raum ihre Konturen zurück. Janas Blick fiel als Erstes auf den Servierwagen mit den leeren Tellern und den halb vollen Gläsern. Sie streckte den Arm aus, der Platz neben ihr war leer. Als sie Geräusche aus dem Bad hörte, dehnte sie sich schlaftrunken.

Armando glitt neben ihr unter die Decke, beugte sich über sie und nahm ihr Gesicht zwischen seine Hände. *„Mi amor“*, flüsterte er. Und er flüsterte noch vieles mehr in seiner Sprache, Worte, die sie nicht verstand, deren Bedeutung sie nur erahnen konnte. Fühl es einfach, sagte er irgendwann auf Englisch in seinem harten Akzent.

13

Das nächste Mal bleibe er zum Frühstück, sagte er, aber jetzt müsse er sich beeilen, er habe einen Banktermin. Was Jana in die Realität zurückholte. In dieser Realität hatte der betrunkene Emilio Volpe dem Mann, der sich gerade mit einem flüchtigen Kuss von ihr verabschiedete, am Abend zuvor den Krieg erklärt.

Und nach dem Zauber einer Nacht, in der nichts nur ein Traum gewesen war, blieb Jana allein zurück mit ihren Fragen, ihren Zweifeln, ihren inneren Widersprüchen. Du bist jetzt ein Gangsterliebchen, dachte sie, der Gedanke setzte ihr zu.

Sie wollte mit Emilio reden und rief ihn an. Statt sich matt und verkatert anzuhören, klang er ungewohnt kampfeslustig. Mittagessen? Ja, gern, sagte er. Er schlug ein Lokal in der Nähe der Bahnhofstrasse vor, nicht weit von ihrem Hotel. Um halb eins werde er sie abholen.

Für den Abend war sie mit ihrer Freundin Cornelia verabredet, im Zürcher Schauspielhaus gebe es eine sensationelle Hamlet-Inszenierung, hatte Cornelia gesagt, sie habe zwei Karten und lade Jana dazu ein. Danach wolle sie alles, sie betonte das Wort, wirklich alles über das erfahren, was Jana in ihrer SMS angedeutet hatte.

Hamlet, ausgerechnet, hatte Jana innerlich geseufzt. Das schreckliche Familiendrama, Mord, Verrat, Sinnsuche, Wahn. Aber sie willigte ein, der Gedanke, dass es auf der Bühne noch schlimmer zugehen würde als momentan in ihrem eigenen Leben, hatte fast etwas Tröstliches. Außerdem würde ihr die Theaterluft guttun, dort war ihr eigentliches Zuhause. Hatte Armando am ersten Abend nicht etwas Ähnliches zu ihr gesagt?

„Er hat dich rumgekriegt, stimmt's?" Emilio blickte sie über den Rand seiner Lesebrille an, und Jana spürte, wie ihr das Blut in den Kopf strömte.

Rasch verbarg sie ihr Gesicht hinter der voluminösen Speisekarte, sie wolle zuerst etwas aussuchen, murmelte sie, danach könnten sie reden. Zeit gewinnen, dachte sie, Strategie festlegen.

Als der Kellner ihre Bestellungen aufnahm, hatte sie etwas von ihrer Gelassenheit zurückgewonnen. Genug, um Emilios Frage erst mal mit einer Gegenfrage zu kontern. Was ihn zu dieser Behauptung veranlasse.

Emilio stutzte und setzte die Brille ab. „Ich weiß nicht genau, es war vor allem die Art, wie du ihn angesehen hast." Und als sie ihn schweigend und mit hochgezogenen Brauen musterte: „Ich hatte gestern zwar einiges getrunken, aber ich stand nicht so neben mir, dass ich das nicht bemerkt hätte." Bevor sie etwas erwidern konnte, fuhr er fort: „Jana, was immer gestern Nacht passiert oder nicht passiert ist, sei bitte vorsichtig. Armando mag ja auf Frauen zunächst sehr anziehend wirken, und er weiß sich auch wie ein Gentleman zu benehmen, aber er ist und bleibt ein Krimineller. Deshalb gehe ich jetzt gegen ihn vor, zumindest möchte ich versuchen, Enriettas letzten Willen doch noch zu erfüllen."

Emilio sprach weiter. Janas eigener Anteil sei von all dem nicht berührt, sie müsse das Erbe antreten, es sei Enriettas Herzenswunsch gewesen. Während Emilio redete, starrte sie auf das Tischtuch und dachte an Armando, sie spürte wieder seine Arme, die sie gehalten hatten, seine Haut auf ihrer Haut, seinen Geruch, der etwas Wildes hatte und …

„Jana …?"

Sie sah auf, entschuldigte sich damit, dass sie wieder Schmerzen habe, es gehe ihr noch immer nicht gut. Und natürlich werde sie auf sich achtgeben, sie kenne Armando ja kaum, außerdem werde sie demnächst nach Salzburg zurückkehren, es sei Zeit für sie, ihr altes Leben wieder aufzunehmen. Eine kluge Entscheidung, fand Emilio, er wisse noch nicht, wie lange er in Europa bleiben werde, vielleicht länger als geplant, ob er sie in Salzburg einmal besuchen dürfe.

Gern, sie würde sich freuen, ihm zu zeigen, wo sie zu Hause war. Erleichtert über den Wechsel des Themas begann sie, während des Essens von den Vorzügen ihrer Heimatstadt zu erzählen, und als sie beim Café angelangt waren, kündigte Emilio an, schon sehr bald zu kommen, um sich selbst davon zu überzeugen. Er beugte sich vor und sagte in vertraulichem Ton, er rechne nicht mit einer sehr raschen Abwicklung.

„Und was willst du in der Zwischenzeit hier machen?", fragte Jana. „Weshalb kehrst du nicht erst mal nach Argentinien zurück? Du wirst in deiner Klinik doch sicher gebraucht."

„Ich habe meine Nachfolge dort bereits geregelt, es eilt

daher nicht mit meiner Rückkehr. Was ich solange hier machen will? Es erstaunt dich vielleicht, Jana, und es erstaunt mich selbst, aber ich bin dabei, den alten Kontinent zu entdecken, auch Zürich, die Schweiz, vieles in Europa, was ich nie richtig kennengelernt habe." Er streckte die Hand aus, und sie ergriff sie zögernd. „Demnächst auch Salzburg."

„Aber was ist mit deinem Beruf, der sich für mich immer nach echter Berufung angehört hat? Und was ist mit deiner Frau? Kannst du all das einfach so hinter dir lassen?"

„Ach, Jana, du stellst viele Fragen auf einmal. Meine Frau Elena und ich, wir haben uns schon vor langer Zeit arrangiert. Sie ist eine sehr erfolgreiche Ärztin und ein großartiger Mensch, aber das Feuer zwischen uns ist erloschen. Und was meinen Beruf betrifft ... Vielleicht gibt es für mich da ja noch einen anderen Weg."

Zum ersten Mal, seitdem sie Emilio Volpe kannte, war Jana neugierig geworden. Vor ihr saß sie nicht mehr der saturierte, erfolgsgewohnte Mediziner, den es aus seiner sicheren Welt in eine Situation verschlagen hatte, die ihn aus der Bahn warf. Dieser Emilio Volpe stand vor einem Aufbruch, der ihn vermutlich nicht in finanzieller Hinsicht Kopf und Kragen kosten würde, jedoch seine gesamte sonstige Existenz, Familie, Freunde, soziales Umfeld. Was er nur mit dem „anderen" beruflichen Weg gemeint hatte? Sie mochte nicht nachfragen, er würde es ihr bei passender Gelegenheit sagen. Spätestens in Salzburg. Denn er würde kommen, davon war sie überzeugt.

Er brachte sie zum Hotel zurück, beim Abschied umarmten sie sich.

„Danke, Emilio, danke für alles." Sie meinte, was sie sagte. Ohne ihn wäre sie verloren gewesen. Ein paar Tage lang waren sie sich sehr nahe gewesen, ohne dass sie diese letztlich erzwungene Nähe wirklich empfunden hatte. Jetzt spürte sie erstmals den Menschen hinter seiner Rolle. Und diesen Menschen mochte sie.

„Bis bald, Jana, gib auf dich acht."

„Bis bald, Emilio."

Sie winkten einander zu, bis sie in der Drehtür der Hotelhalle verschwand.

Die Vorstellung im Schauspielhaus war ausverkauft, nur dank Cornelias Beziehungen hatten sie noch zwei Karten bekommen. Cornelia war eine begabte Kostümbildnerin, hatte aber im Gegensatz zu Jana nie besonderen Ehrgeiz entwickelt. Die Ehe mit einem wohlhabenden Zürcher Zahnarzt war nicht lange gut gegangen, zu unterschiedlich waren Mentalität und Interessen gewesen. Inzwischen finanzierte Cornelia ihren Lebensunterhalt als Kostümbildnerin bei Film- und Fernsehproduktionen.

Jana und Cornelia saßen auf sehr guten Plätzen im Parkett, und Jana versuchte, den Abend zu genießen. Sie freute sich, wieder mit einer alten Freundin zusammen zu sein, noch dazu mit einer aus der gemeinsamen Salzburger Zeit, und sie war gespannt gewesen auf die vielgelobte Inszenierung, hinterher würde es dazu viel Gesprächsstoff geben.

Bis zur Pause blieb die Inszenierung hinter ihren Erwartungen zurück, sie hatte Mühe, sich auf das Bühnengeschehen einzulassen, obwohl die Schauspieler ihre Sache gut machten. Sie sei noch nicht so überzeugt, gestand sie Cornelia, während sie draußen in der Kälte verstohlen an der Zigarette zog, die ihr angeboten worden war. Cornelia warf ihr einen vielsagenden Blick zu.

Nach der Pause änderte sich für sie nicht viel, was auf dieser Bühne geschah, packte Jana nicht wirklich. Und natürlich lag es nicht nur an einem Regiekonzept, über das man unterschiedlicher Meinung sein konnte. Den ganzen Nachmittag hatte Jana auf eine Nachricht von Armando gewartet, erst als sie das Hotel verlassen hatte, um zum Schauspielhaus zu fahren, war eine SMS gekommen. *Ich denke an Dich, mi amor.*

Mi amor. Das konnte alles und nichts heißen. Was war sie wirklich für ihn? Ging es ihm womöglich gar nicht um sie? Sondern um Rache an Emilio Volpe, dem er alles wegnehmen wollte, was mit Enrietta da Silva und deren Vermächtnis zu tun hatte? Jana fröstelte in ihrem Sitz. Cornelia sah sie von der Seite an und reichte ihr wortlos ihren Schal. Und während sich auf der Bühne des Zürcher Schauspielhauses das Geschick des unglückseligen Dänenprinzen und dessen Mitspielern dem Ende zuneigte, mit zu viel Getöse, wie Jana fand, sah sie sich selbst als Akteurin in einem ähnlich perfiden Geschehen.

Später, als sie mit Cornelia im Bistro neben dem Theater saß, begann Jana zu erzählen. Sie musste mit jemandem reden, der mit dieser ganzen Geschichte um Enrietta, Emilio und Armando nichts zu tun hatte, und sie erzählte sie Cornelia, als wäre die langjährige Freundin eine unbeteiligte, neutrale Person, die sie lediglich um sachliche Beurteilung bat. Cornelia hörte zu, unterbrach nicht und blieb bis zuletzt gelassen.

Atemlos hielt Jana inne.

Cornelia bestellte Wein nach, dazu Käse und Oliven. „Was für eine Geschichte. Eines weiß ich schon. Du solltest so schnell wie möglich nach Salzburg zurückkehren. In dein gewohntes Zuhause, in die Welt, in der du dich auskennst. Zu deinen Freunden. Zu deinem Beruf. Das war zuletzt von allem etwas zu viel. Was du jetzt am dringendsten brauchst, ist ein klarer Kopf."

Jana nickte langsam. Sie hatte Cornelia den Umfang von Enriettas Verfügung zu ihren Gunsten bisher nicht genannt, sie hatte nur erwähnt, dass es Enrietta darum gegangen sei, sie finanziell abzusichern.

„Und das Erbe, um das jetzt diese beiden Männer streiten, ist vermutlich mindestens siebenstellig?"

„Ja, es ist ein großer Betrag. Aber zu sagen, dass die beiden hier um Geld streiten, trifft es nicht ganz, ich glaube, dass es um anderes geht. Seit dem Erscheinen von Armando hat sich einiges geändert. Ich weiß nicht, was ich von dem Ganzen halten soll, im Moment ist alles sehr verworren."

„Vor allem, seitdem du dich in Armando verliebt hast. In einen Kerl, den du in keiner Weise einschätzen kannst. Und um den du unter anderen Gegebenheiten einen riesigen Bogen gemacht hättest. Irgendwie werde ich den Eindruck nicht los, dass ihr beide euch diesem Armando momentan ausgeliefert habt. Emilio, weil er die unglaubliche Dummheit besessen hat, Armandos Existenz zu verschweigen, und du, weil dir plötzlich solche Gefühle in die Quere gekommen sind."

Benommen hörte Jana zu. „Du hast recht", sagte sie dann leise. „Ich sollte nach Salzburg zurückkehren. Bevor ich noch mehr zwischen die Fronten gerate."

Sie unterhielten sich noch kurz über das Stück und die Inszenierung, doch keine von ihnen war richtig bei der Sache. Die Geschichte, die sie jetzt umtrieb, hätte einen mindestens so geeigneten Bühnenstoff hergegeben, darin waren sie sich einig.

Als Jana in ihrem Hotelbett lag, fand sie keine Ruhe. Sie hatte Cornelia versprechen müssen, „keine Dummheiten zu machen", wie ihre Freundin es genannt hatte, und sie über die weitere Entwicklung auf dem Laufenden zu halten. Auf Armandos SMS hatte Jana nicht reagiert, aber sie wollte sich auch nicht einfach so davonstehlen. Am nächsten Morgen würde sie ihn anrufen und ihm ihren Entschluss mitteilen. Nämlich, Zürich zu verlassen. Vorher wollte sie noch einmal mit Andreas Leuthard sprechen. Sie würde ihm sagen, dass sie bereit war, das Erbe, das Enrietta ihr zugedacht hatte, anzunehmen. Und sie hatte noch ein paar Fragen an ihn. Sie wusste nicht, ob er ihr dazu Auskunft erteilen durfte, aber sie würde es versuchen.

14

Morgens gab Jana im Hotel Bescheid, dass sie am Tag darauf abreisen würde. Sie fühlte sich übernächtigt und sehnte sich nach Ruhe, doch die würde sie erst zu Hause wieder haben. Zu Hause, die Worte hatte jetzt einen wunderbaren Klang. Sie hatte mehrere Tage in einer fremden Wohnung verbracht und zuletzt im Hotel übernachtet, und während dieser Zeit war ihr Leben aus den Fugen geraten.

Sie rief Andreas an, ob er im Laufe des Tages kurz Zeit für sie habe, sie werde Zürich anderntags verlassen.

Ihre Stimme schien ihm zu sagen, dass es um etwas Wichtiges ging. Am späteren Nachmittag würde es passen, zwischen sechzehn und siebzehn Uhr.

Bis dahin hatte Jana nichts vor, es war erst elf. Den Anruf bei Armando schob sie vor sich her, das konnte noch etwas warten, redete sie sich ein. Der Portier empfahl ihr den Besuch einer Ausstellung im Kunsthaus, sehr sehenswerte Sammlung von Impressionisten, meinte er. Sie nickte, es war ein grauer Tag, der Schnee war fast ganz geschmolzen, und sie hatte nichts Besseres zu tun. Mit dem Taxi fuhr sie die Rämistraße zum Kunsthaus hinauf.

Sie kaufte einen Katalog zu den ausgestellten Werken und blätterte darin, diese Ausstellung schien tatsächlich etwas ganz Besonderes zu sein.

Als sie an der Garderobe ihren Mantel abgeben wollte, läutete ihr Handy.

„Was ist los, weshalb hast du auf meine SMS von gestern

nicht reagiert? Und wo treibst du dich die ganze Zeit herum?“ Armandos Stimme klang gereizt und auch eine Spur verunsichert.

„Ich war gestern Abend mit meiner Freundin Cornelia im Theater, du weißt schon, die, bei der ich vorher gewohnt habe. Wir haben dann noch eine Kleinigkeit gegessen, und danach bin ich ins Hotel gefahren, es ist spät geworden.“

„Ich verstehe“, sagte Armando leise.

Verstand er wirklich? „Armando …“, Jana biss sich auf die Lippen, „… ich kehre morgen nach Salzburg zurück.“

Er schwieg einen Moment. „Lass uns deinen letzten Abend hier gemeinsam verbringen. Ich hole dich um sieben Uhr ab.“ Er legte auf.

Jana kehrte mit dem Katalog unterm Arm ins Hotel zurück, ohne die Ausstellung besucht zu haben. Die Müdigkeit nach der fast durchwachten Nacht holte sie ebenso ein wie alles andere, sie aß eine Kleinigkeit und fiel in einen bleiernen Schlaf, aus dem sie erst eine halbe Stunde vor der Verabredung mit Leuthard erwachte, sie hatte vergessen, den Wecker zu stellen.

Sein Büro befand sich zum Glück in der Nähe, sie schaffte es noch rechtzeitig.

„Du wirkst mitgenommen, Jana“, fand er nach einem raschen Blick auf ihre blassen Züge und die müden Augen, „kein Wunder nach all dem, was hinter dir liegt. Was kann ich für dich tun?“

Sie kam direkt zur Sache. Sie werde Enriettas Erbe annehmen. Leuthard atmete hörbar aus. „Eine gute Entscheidung“, sagte er.

Allerdings habe sie noch ein paar Fragen, fügte sie hinzu. Ja, natürlich, sagte er, er stehe ihr zur Verfügung. Doch sobald sie die Namen Emilio Volpe und Armando da Silva nannte, veränderte sich seine Miene. Als Testamentsvollstrecker müsse er strikte Neutralität wahren. Sie wisse von der jüngsten Entwicklung, erwiderte sie.

In knappen Worten schilderte sie Emilios Auftritt in der Hotelbar. Leuthard seufzte. „Das wird schwierig, Jana", war sein einziger Kommentar.

Ob er sie auch etwas fragen dürfe, auf ganz privater Ebene. Und als sie nickte: „Du und Armando da Silva … ihr versteht euch offenbar gut", begann er.

Sie hatte keine Ahnung, woher er das wusste, aber es spielte jetzt keine Rolle.

„Das könnte die Abwicklung der Dinge erleichtern. Andererseits eröffnet das in Bezug auf Emilio Volpe ein weiteres Konfliktpotenzial. Du kennst ja inzwischen beide Männer. Wie schätzt du das ein, besteht die Aussicht, dass zumindest einer von ihnen in absehbarer Zeit zur Vernunft kommt?"

„Ich verstehe nicht, was du damit meinst. Du hast wiederholt klargemacht, dass die Rechtslage eindeutig ist."

„Ja, natürlich ist sie das. Es ist nur, weil …"

„Weil was?"

„Mich beschäftigt dieser Fall, jedenfalls mehr als andere Mandate."

Womit Andreas Leuthard die strikte Neutralität, von der er gesprochen hatte, hinter sich gelassen hatte. Und während Jana tat, als denke sie über seine Frage nach, sagte er in beiläufigem Ton: „Was genau wolltest du denn eigentlich von mir wissen?"

„Mich interessiert die Rechtslage nach all dem, was inzwischen ans Licht gekommen ist." Jana sah ihm offen ins Gesicht. „In laienhaften Worten ausgedrückt: Emilio Volpe hat dir gegenüber nicht erwähnt, dass Enrietta einen leiblichen Abkömmling hat, mit dem er gemeinsam aufgewachsen ist. Welchen Tatbestand erfüllt das?"

Leuthard wand sich sichtlich: „Den des böswilligen Verschweigens zum eigenen Vorteil, denke ich. Wobei der Vorsatz nachgewiesen werden muss."

„Und wenn Volpe gar nicht zum eigenen Vorteil gehandelt hat? Sondern, weil er damit Enriettas Ruf schützen wollte?"

„Das könnte sich strafmindernd auswirken, ändert aber nichts am Tatbestand."

Jana überlegte. „Warst du nicht verpflichtet, Enrietta zu fragen, ob es leibliche Abkömmlinge gebe, als sie bei dir das Testament aufgesetzt hat?"

„Selbstverständlich, und sie hat die Frage verneint", antwortete der Advokat pikiert.

„Entschuldige", murmelte sie, „ich versuche ja nur zu verstehen, wie das abgelaufen ist." Erneut fragte sich Jana, was für ein Mensch Enrietta da Silva gewesen war. Sie musste alle Dokumente vernichtet haben, die auf Armandos Existenz hindeuten konnten, und das war Jahrzehnte her. Wer fragte da heute noch nach einer Geburtsurkunde im fernen Argentinien lange vor dem Siegeszug des Internets? Sie hatte Armando aus ihrem Leben ausradiert, nichts sollte mehr an ihn und an die mit ihm verbundene Schmach erinnern. Jana fröstelte.

„Ist wirklich alles in Ordnung mit dir?“ Leuthards Stimme holte sie in die Wirklichkeit dieses Büros zurück.

„Ja, ja, natürlich. Ich möchte auch nur noch eines wissen, und das hat mit Emilio Volpes Vorstoß beim hiesigen Nachlassgericht zu tun. Er behauptet ja, Armando sei seit seiner Jugend in kriminelle Geschäfte verwickelt und habe auch im Gefängnis gesessen, außerdem würden ihm Verbindungen zum Drogenmilieu nachgesagt. Inwieweit könnte das seinen Pflichtteilsanspruch gefährden?“

Andreas Leuthard richtete sich in seinem schwarz gepolsterten Designerstuhl auf. „Ich gebe dir hierzu eine rein juristische Auskunft, Jana. Über das, was mir Herr da Silva anvertraut hat, darf ich naturgemäß nichts verlauten lassen. Aktenkundig ist, dass er in jüngeren Jahren eine Gefängnisstrafe kassiert und abgesessen hat, die damit verjährt ist. Behauptungen, er sei mit dem Drogenmilieu verbunden, bedürfen des Nachweises, sonst handelt es sich um üble Nachrede, beziehungsweise um Verleumdung, die ihrerseits strafbar ist. Habe ich damit deine Frage beantwortet?“

Es wurde sehr still in Leuthards Büro. Bis Jana aufstand. „Danke, Andreas, du hast mir sehr geholfen.“

Er begleitete sie zur Tür. „Eine sehr ungewöhnliche Geschichte“, sagte er.

Sie küssten sich zum Abschied auf die Wangen.

„Gute Heimreise, Jana, melde dich, wenn du etwas brauchst. Ich werde beim Nachlassgericht alles Erforderliche für dich einleiten.“

Auf dem Rückweg ins Hotel wurde Jana klar, was ein nüchterner, korrekter und zur Verschwiegenheit verpflichteter Schweizer Rechtsanwalt ihr soeben zu verstehen gegeben hatte. Wenn ihr Gefühl sie nicht sehr täuschte, hegte er Sympathien für einen undurchsichtigen Argentinier mit dunkler Vergangenheit, der sich als leiblicher Sohn seiner langjährigen Mandantin Enrietta da Silva zu erkennen gegeben hatte. Einer Schriftstellerin von Weltruf, die immerhin mal als Kandidatin für den Literaturnobelpreis gehandelt worden war, einer Persönlichkeit, an deren Integrität niemand zweifelte, weder zu ihren Lebzeiten noch posthum.

Jana, die vom Theater kam, fiel der Satz aus Büchners *Woyzeck* ein, wonach jeder Mensch ein Abgrund sei. Der Abgrund, der sich hier auftat, war der eines Menschen, den sie gut gekannt hatte. Zumindest hatte sie das geglaubt.

15

Sie begrüßten sich mit flüchtigen Wangenküssen, ihre Blicke wichen sich aus. Armando hielt ihr die Autotür auf, nannte dem Fahrer eine Adresse und setzte sich neben sie auf den Rücksitz. Schweigend fuhren sie eine Weile am Ufer entlang, bis das Taxi vor einem modernen Gebäude hielt.

Drinnen war es behaglicher, als es von außen gewirkt hatte, und sehr ruhig, um diese Jahreszeit traf man an einem gewöhnlichen Wochentag in den Lokalen der Seegemeinden nur auf wenige Gäste.

Nachdem sie bestellt hatten, wollte Jana wissen: „Was ist seit gestern Morgen mit uns passiert, Armando?"

Er wandte den Kopf zum dunklen Spiegel der Wasseroberfläche, dann sah er sie zum ersten Mal heute richtig an. „Du hast Angst. Du zweifelst an allem. Du weißt nicht, wer ich bin, und willst die Antwort gar nicht wissen. Weil du dich auch davor fürchtest. Vor allem davor."

Seine Augen waren auf sie gerichtet, als betrachte er ein seltsames Insekt unter einem Mikroskop, sezierend und unerbittlich, aber vielleicht kam es ihr auch nur so vor. „Armando …", Jana suchte nach Worten, nach einer Antwort, die sie in genau diesem Moment nicht finden konnte. Und schwieg erneut.

Während des Essens erkundigte er sich nach dem Theaterabend mit Cornelia. Verwundert über sein Interesse und zugleich froh, über ein unbelastetes Thema reden zu können, begann sie von ihren Eindrücken zu berichten. Armando hörte zu, stellte Fragen und kommentierte, was sie ihm erzählte. „Überrascht es dich, dass ich mich in euren Klassikern etwas auskenne? Passt das wieder mal nicht zu deinem Bild von mir?"

Jana senkte die Augen.

„Vergiss nicht, dass Ernesto Volpe ein sehr gebildeter Mann war, und ich bin nicht nur bei ihm aufgewachsen, ich mochte ihn auch. Da ist bei mir einiges hängen geblieben, obwohl das kaum jemand bemerkt hat." Armando lächelte bitter. „Emilio, dieser Langweiler, hat sich dagegen nie dafür interessiert, dem war immer nur seine Karriere wichtig."

Jana widersprach nicht.

Sie aßen, tranken, redeten, manchmal lachten sie sogar miteinander. Beide wussten, was ihnen am anderen Tag bevorstand, sie würden sich trennen. Armando hatte nicht versucht, es ihr auszureden, was hätte er auch sagen sollen, um sie zu hindern?

„Ich war heute Nachmittag bei Leuthard", erzählte sie beim Dessert. „Ich habe ihm mitgeteilt, dass ich das Erbe annehme."

Armando nickte. „Du kennst meine Meinung dazu."

„Bist du dir ganz sicher?"

Er sah sie an. „Ja, das bin ich, und du solltest es auch sein."

Damit war das Thema erledigt, sie sprachen nicht mehr darüber. Auf dem Rückweg saßen sie eng aneinandergeschmiegt im Wagen, und als sie sich der Stadtgrenze näherten, versanken sie in einer Umarmung, aus der es in dieser Nacht kein Entkommen mehr für sie geben würde.

Viele Stunden später dämmerte der Tag in diffusem Licht. Jana lauschte auf Armandos regelmäßige Atemzüge und glitt aus dem zerwühlten Bett. Sie trat ans Fenster, durch den Vorhangspalt atmete sie die noch immer schneidend kalte Morgenluft ein, erschöpft von zu viel Lust und zu wenig Schlaf. Dennoch konnte sie sich nicht erinnern, sich jemals so lebendig gefühlt zu haben.

„Komm zu mir, schnell", hörte sie Armandos Stimme vom Bett. Im Halbdunkel tastete sie sich zurück. Er zog sie in seine Arme. „Noch ist diese Nacht nicht zu Ende", murmelte er.

Jana war allein, als sie aus tiefem Schlaf und schweren Träumen erneut erwachte. Mühsam rappelte sie sich hoch. Es war kurz vor neun. Um ein Uhr ging ihr Zug nach Salzburg. Vorsichtig bewegte sie die Beine, die Folgen nach dem Sturz auf dem Eis spürte sie kaum noch. Sie bestellte Frühstück und ging ins Bad. Der Zimmerservice kam, und sie suchte ihre Handtasche, um etwas Kleingeld herauszuholen, wie sie es zwei Nächte zuvor getan hatte, als Armando seinen Überraschungscoup gelandet hatte. Erst jetzt entdeckte sie das abgewetzte, dunkelbraune Ledersäckchen, das neben der Tasche auf dem Schreibtisch lag.

Sobald der Kellner fort war, griff sie ins Innere des weichen Leders und zog einen zusammengefalteten Brief hervor.

Janita, schrieb Armando, *das hier ist etwas, das mir Consuelo vor langer Zeit geschenkt hat, es solle mir Glück bringen und mich beschützen, sagte sie. Sie war der einzige Mensch, der mich jemals wirklich geliebt hat, deshalb hat mich ihre Gabe letztlich vor Schlimmerem bewahrt, daran glaube ich fest. Jetzt soll es dir gehören, ich bin mir sicher, dass das in ihrem Sinne wäre. Armando*

Erneut griff Jana in den Beutel, ihre Finger ertasteten einen kleinen, rundlich geformten Gegenstand aus Metall. Zögernd zog sie ihn heraus, drehte ihn zwischen den Händen. Wunderschön, dachte sie, aber was war dieses flache Oval aus gehämmertem Metall, das wie rötliches Gold glänzte und in der Mitte grünlich funkelte? Eine Gürtelschnalle, ein Anhänger?

Sie ging damit ans Fenster. Im Tageslicht erkannte sie, dass es sich um die Gestalt eines Phönix' handelte, dessen Korpus aus einem einzigen tiefgrünen Stein bestand, während Kopf und Gliedmaße aus vielen winzigen und sehr viel helleren Steinen zusammengesetzt worden waren, bei genauerer Betrachtung sah sie jetzt auch die rot schimmernden Augen des Vogels. Sie kannte sich wenig aus, aber ganz sicher war das hier nichts anderes als das sehr fein gearbeitete Werk eines inspirierten Kunsthandwerkers. Was immer es war, es trug einen Zauber in sich, und nur der bestimmte für sie seinen Wert. Wie mochte Consuelo zu diesem ungewöhnlichen Stück gekommen sein? Hatte sie es irgendwann auf einem Markt erworben, einfach, weil es ihr gefiel? Ohne die Bedeutung des mythischen Geschöpfes zu kennen? Des Phönix', der sich selbst verbrannte und danach jedes Mal aus der eigenen Asche auferstand? Jana ließ das Amulett wieder in den Beutel gleiten, den Brief verstaute sie in ihrer Handtasche. Sie und Armando waren auseinandergegangen, um in ihre Leben zurückzukehren, in dem es für den anderen keinen Platz gab. In stiller Übereinkunft hatten sie vereinbart, weder zu telefonieren noch Mails oder SMS auszutauschen. Doch irgendwann in der letzten Nacht, zwischen zwei Umarmungen, hatte Jana geflüstert: „Du fehlst mir jetzt schon“, und Armando hatte ihre Hand, die in seiner ruhte, an seine Wange gedrückt.

Auf der Fahrt nach Salzburg döste sie eine Weile vor sich hin, sie spürte die Müdigkeit wie ein bleiernes Gewicht. Der Zug rumpelte gemächlich durch das Gebiet des Vorarlbergs und hielt alle zwanzig Minuten in einem der touristisch bedeutenden Gebirgsorte, bis der Tunnel vor Innsbruck endlich Beschleunigung brachte. Jana schloss die Augen, innere Bilder zogen an ihr vorbei.

Leuthard in seinem Büro, der stets korrekte Schweizer Vertreter des Rechts und zuletzt dennoch gefangengenommen von einer Causa, die er als „ungewöhnlich“ bezeichnete. Emilio Volpe als Schicksalsgenosse in Cornelias Wohnung, dieser gutaussehende, erfolgsverwöhnte Schönheitschirurg aus Buenos Aires, der während der letzten Tage so vieles von seiner Selbstgewissheit verloren hatte. Und schließlich Armando da Silva, der Sohn aus der Verbindung von Enrietta und dem einst legendären Sänger des argentinischen Tangos.

Undurchsichtig, schillernd, anrüchig. Ein Getriebener,

in dem unversöhnlicher Hass glühte, ein Mann im Zwielicht, der seine inneren Dämonen nicht loswurde. Doch auch feinfühlig, klug, geradeheraus und von spontaner Emotionalität.

Jana zog das Amulett hervor und hielt es fest in ihrer Hand, als müsse sie sich vergewissern, dass es tatsächlich existierte. Es würde nicht leicht werden, in das alte Leben zurückzufinden.

Am Thomas-Bernhard-Institut, wo die Schauspielschule des Mozarteums untergebracht war, hatte man ihr zu verstehen gegeben, dass sie ihre Tätigkeit erst wiederaufnehmen solle, wenn sie sich stark genug fühle.

Es war rücksichtsvoll gemeint, aber das Gegenteil von dem, was sie jetzt brauchte. Als sie am Tag nach ihrer Rückkehr im Institut auftauchte, gab es viele besorgte Fragen nach den Umständen ihres Sturzes, auf die Jana in sachlichem Ton antwortete, wie man es von ihr kannte. Und die Angelegenheit, die sie nach Zürich geführt habe, habe sie die zu ihrer Zufriedenheit erledigen können?

Jana hatte sich beim Rektorat mit der Begründung abgemeldet, eine nahe Verwandte sei verstorben und es gebe Einiges zu regeln, sie sei inzwischen die einzige verbliebene Angehörige. Den Zusammenhang zu dem Tod von Enrietta da Silva hatte sie bisher verschweigen können, im Mozarteum schien niemand von dieser engen Verbindung zu wissen.

Ja, die Formalitäten seien geklärt, sagte sie, obwohl sie durch den Unfall auf dem Eis länger als geplant in Zürich festgehalten worden sei, was sie sehr bedaure. Damit war es gut, es wurden keine weiteren Fragen gestellt, und Jana konnte sich wieder um die jungen Leute kümmern, denen sie zum Start in einen Beruf verhelfen sollte, mit dessen Mühen keiner von ihnen rechnete.

Ein paar Tage vergingen, die gewohnten Abläufe im Institut halfen Jana, die Erlebnisse in Zürich soweit zu verdrängen, dass sie ruhiger wurde und weniger daran dachte. Sie engagierte sich verstärkt für die Schule, in den Gesprächen mit den Kollegen versuchte sie, neue Ideen einzubringen und arbeitete länger als die anderen.

Einer der Dozenten, zu dem sie ein vertrauteres Verhältnis entwickelt hatte, nahm sie beiseite. Was los sei, ob sie kein Zuhause habe, in das sie gern zurückkehre, so kenne er sie nicht. Das Wort Liebeskummer fiel, er fragte ganz direkt. Sie reagierte gereizt, entschuldigte sich gleich darauf, sagte, sie könne jetzt nicht darüber reden.

Arbeit sei zwar ein erprobtes Mittel dagegen, fand der Kollege, aber sie solle es nicht übertreiben. Besser wäre es, auch mal wieder auszugehen, unter Menschen zu sein. Er sah sie vielsagend an, Jana nickte, und er nahm sie mit in eine Weinbar in der Steingasse, die sie von früher kannte.

Es war voll und laut, die Luft flirrte in dem engen Gewölbe. Der Wirt lud sie zu einer Weinprobe ein und servierte ein paar kleine Gerichte. Tapas, sagte er. Jana starrte ihn an. Ob etwas nicht in Ordnung sei?, erkundigte er sich. Nein, kam ihre hastige Antwort, sie habe nur gerade an etwas denken müssen. ‚In meiner Heimat ist das jetzt die Zeit für Tapas', hatte Armando gesagt, als sie in der Hotelbar gesessen hatten, bevor Emilio aufgetaucht war.

Janas Kollege bestand darauf, sie nach Hause zu begleiten. Sie wohnte auf der anderen Seite der Salzach, es war ein Fußweg von höchstens zehn Minuten, aber sie hatten beide reichlich von den Weinen gekostet, die der Wirt mit blumigen Erklärungen für sie geöffnet hatte. Sie gingen über die Staatsbrücke, eine schwache Brise trieb einzelne Schneeflocken vor sich her, und Jana lehnte sich in den Arm eines Mannes, von dem sie nichts zu befürchten hatte.

Sie wusste, dass Johannes geschieden war und allein lebte, er war schmal und groß und dunkelhaarig, einer von den guten, hatte sie immer gedacht. Als er später neben ihr lag, fand sie lange keinen Schlaf. Er war ein einfühlsamer, kundiger Liebhaber gewesen, und ihr Körper hatte auf ihn reagiert. Vorsichtig, um ihn nicht zu wecken, stand sie auf und holte das Amulett hervor, am nächsten Tag würde sie es einem Juwelier zeigen.

„Eine hübsche Arbeit, Jana“, sagte Franz, als er einen ersten Blick darauf warf, er hatte ein Geschäft in der Nähe des Alten Markts, sie kannten sich schon lange. Er nahm die Lupe und hielt das Amulett unters Licht, stutzte. „Aber das ist doch …“

„Ja?“

„Woher hast du das, Jana?“

„Ein Freund hat es mir geschenkt.“ Und als er sie forschend betrachtete: „Er hat es seinerseits von einer alten Freundin erhalten, es soll mir Glück bringen. Es ist natürlich nichts wert, aber für mich hat es eine besondere Bedeutung." Jana hoffte, dass Franz sich mit dieser Erklärung zufriedengeben würde.

Franz ließ die Lupe sinken. „Nichts wert? Du weißt anscheinend wirklich nicht, was du mir da gebracht hast. Die ovale Platte ist aus feinstem Gold, und der Korpus des Phönix' ist ein Smaragd allerbester Qualität, er hat bestimmt an die sechs Karat. Von der Goldschmiedearbeit ganz zu schweigen, die man in dieser Art heutzutage selten sieht. Das ist ein ganz besonderes Stück."

Jana starrte auf das Schmuckstück. „Bist du dir sicher?"

„Ganz sicher, willst du eine schriftliche Expertise?" Der Juwelier klang beleidigt.

Nein, natürlich brauche sie die nicht, ob er es als Anhänger fassen könne. Und wie schnell er das machen könne.

„Übermorgen hast du es. Und meine Neugier ist jetzt erst recht geweckt. Du willst mir nicht verraten, woher …?"

Er überredete Jana zu dem, was er einen schnellen Espresso nannte, woraus meist ausgedehnter Klatsch über die jüngsten Geschehnisse in der Stadt wurde. Diesmal interessierte ihn aber ausschließlich die Herkunft des Schmuckstücks.

„Es stammt aus Südamerika", sagte sie widerstrebend, mehr würde sie nicht preisgeben.

„Natürlich", rief Franz begeistert, „das habe ich mir gleich gedacht." Bevor er zu einem Vortrag über die Edelsteinminen dieses Kontinents ansetzen konnte, bat sie ihn, eine passende Kette für den Anhänger herauszusuchen.

Jana verließ den Juwelier tief in Gedanken. Wie war dieses exquisite Stück in den Besitz von Consuelo gelangt? Die es ja offenbar aufbewahrt hatte, um es später an Armando weiterzugeben. Was zu der weiteren Frage führte, wer diese Consuelo gewesen war, die eines Tages im Haus von Ernesto Volpe aufgetaucht war. Ernesto und Consuelo lebten beide nicht mehr. Und Emilio, der damals noch ein Kind gewesen war, weiß vermutlich auch nichts, grübelte Jana. Der Einzige, der darüber Auskunft geben könnte, wäre Armando, und der war weit weg, vielleicht längst wieder in Argentinien oder sonst wo in der Welt unterwegs. Um Geschäften nachzugehen, von denen Jana nichts wissen wollte.

Das *Café Tomaselli* lag auf ihrem Weg, und um diese Jahreszeit wurde es nicht von Touristen belagert. Sie ging hinein, fand eine ruhige Ecke, bestellte etwas und zog ihr Mobiltelefon aus der Tasche.

Sie musste es jetzt tun, später würde sie nicht mehr den Mut dazu finden. *Danke für den Phönix,* schrieb sie an Armando, *ich werde ihn tragen.* Sie klickte auf Senden. Falls er überhaupt reagierte, konnte es dauern.

Er antwortete sofort. *Wie wirst du ihn tragen?*

Als Anhänger um den Hals.

Jana wollte die Botschaft erst mal wirken lassen. Und als er diesmal nicht sofort antwortete: *Woher hatte Consuelo ein so kostbares Schmuckstück?*

Man muss nicht alles wissen, bitte trage es trotzdem.

Warum sagst du es mir nicht, hast du kein Vertrauen zu mir?

Ich habe mehr Vertrauen zu dir als zu irgendeinem anderen

Menschen, Janita. Aber ich habe Consuelo damals Stillschweigen zugesagt. Außerdem, wozu wäre das gut?

Ich würde vielleicht einiges besser verstehen.

Diesmal ließ er sich noch mehr Zeit. *Mag sein, aber zwischen uns würde es nichts ändern.*

Jana zögerte. *Wo bist du gerade?*

In Zürich.

Wann kehrst du nach Argentinien zurück?

Bald.

Damit schien alles gesagt. Jana steckte ihr Handy in die Tasche und verließ kurz darauf das *Tomaselli.*

Auf ihrem Rückweg meldete sich Emilio bei ihr, er klang munter. „Es gibt ein paar Neuigkeiten, aber ich würde dir lieber persönlich davon erzählen. Hast du am Wochenende Zeit? Dann würde ich zu dir nach Salzburg kommen."

Sie habe Zeit, und sie freue sich auf seinen Besuch, sagte Jana, was stimmte. Dann treffe er am Donnerstagabend ein, er könne bis Sonntag bleiben. Er wolle etwas von der Stadt kennenlernen, aber er erwarte nicht, dass sie sich die ganze Zeit um ihn kümmere, er werde das auf seine Art tun, sie müsse ihn nicht herumführen wie einen gewöhnlichen Touristen. Natürlich nicht, neckte sie ihn, das kenne sie, die Touristen seien ja immer die anderen. Emilio lachte, er schien wirklich gut gelaunt.

„Sag mir rasch noch, wie es meiner ehemaligen Patientin geht, hast du dich inzwischen ganz erholt?"

Alles sei verheilt, versicherte sie.

16

„Tafelspitz?“, wiederholte Emilio. „Was für seltsame Ausdrücke ihr in Österreich habt.“ Er unterhielt sich fast nur noch auf Deutsch mit Jana, er mache Fortschritte, fand sie und ermutigte ihn. Sie saßen in der Gaststube eines beliebten Restaurants etwas außerhalb von Salzburg, der Geruch von gekochtem Rindfleisch, der Spezialität des Hauses, stieg ihnen in die Nase.

„Was für ein wunderbarer Ort, Jana“, Emilios Augen glänzten, seine Hand beschrieb einen weiten Bogen, der alles einzuschließen schien, was er seit seiner Ankunft kennengelernt hatte, „man kann hier nirgendwo hingehen, ohne auf Schönheit zu treffen. Ich hatte mich gut vorbereitet, aber die Wirklichkeit übertrifft schon jetzt meine Erwartungen. Du kannst mich morgen unbesorgt meinen eigenen Entdeckungen überlassen.“

Jana lächelte. Natürlich, Schönheit war nicht nur sein Geschäft, sondern sein Anliegen, schon dadurch war er alles andere als ein typischer Tourist. Jemand wie Emilio würde sich Zeit lassen, statt im Schnelldurchlauf möglichst vieles sehen zu wollen, wie andere es taten. Und sie verstand auch, dass er das allein machen wollte.

Er würde gern ihre Wohnung kennenlernen, um zu sehen, wie sie lebe, sagte er später, ob sie ihn am nächsten Abend nicht zu sich einladen wolle. Natürlich, erwiderte Jana rasch. Bis jetzt hatte Emilio nichts von den Neuigkeiten erzählt, die er am Telefon angedeutet hatte, und sie wollte ihn nicht drängen. Er setzte sie mit dem Taxi vor ihrer Haustür ab, umarmte sie flüchtig und ließ sich zu seinem Hotel bringen. Auf ihrem Handy kam eine Nachricht an: *Ist Emilio bei dir in Salzburg?*

Jana fuhr mit dem Lift nach oben. Es war als Frage formuliert, aber Armando wusste es offenbar. Nur woher?

Ja, seit heute. Sie wollte nicht lügen, wozu auch?

Und dann schrieb Jana, wofür sie sich gleich danach schämte: *Warum bist du nicht hier?*

Das weißt du genau, frag mich das nie wieder.

Es klang nach etwas Endgültigem, aber sie hatte es herausgefordert. Und von einem Moment auf den anderen wurde es ihr zu viel. Jana sehnte sich nach der Normalität ihres früheren Lebens, nach Verlässlichkeit, überschaubaren Beziehungen, klaren Strukturen.

Jemand wie Johannes passte perfekt dazu. Sie fühlte sich wohl mit ihm, es gab ein gemeinsames berufliches Thema, und wenn sie manchmal eine Nacht miteinander verbrachten, ging es um unkomplizierten Sex ohne gegenseitige Ansprüche.

Vor Emilios Ankunft hatte sie Johannes von dem Argentinier erzählt, es war unvermeidbar gewesen, den gemeinsamen Bezug zu Enrietta zu erwähnen. Er habe von Anfang an nicht an ihre Version von der verstorbenen Verwandten geglaubt, hatte Johannes erwidert, außerdem sei es im Mozarteum seit Langem bekannt, dass Enrietta da Silva in Jana so etwas wie eine Ziehtochter gesehen habe. Und vor Kurzem sei Enrietta gestorben, da habe ein Zusammenhang mit der Reise nach Zürich nahegelegen.

Doch Johannes war taktvoll genug gewesen, nicht weiter nachzufragen.

Jana reagierte nicht auf Armandos letzte Nachricht und schaltete ihr Handy aus.

Emilio erschien mit Blumen. Vom Grünmarkt, sagte er, sichtlich stolz auf die neuerworbenen Ortskenntnisse. Ohne Scheu sah er sich um, und wie sie erwartet hatte, gefiel ihm der renovierte Altbau mit Blick auf die Salzach. Mit wachen Augen nahm er die Details in sich auf, das dunkle Parkett, die weißen Vorhänge, das rote Sofa, dazu Gemälde sehr unterschiedlicher Künstler an den Wänden, ein bis zur Decke reichendes Regal voller Bücher und überall Kerzenleuchter.

Als sie die Blumen ins Wasser gestellt hatte und mit einer Flasche Wein und zwei Gläsern ins Wohnzimmer zurückkehrte, sagte er: „Ich weiß nicht mal, was ich mir vorgestellt hatte, aber es passt zu dir."

Sie stießen an. „Du hast von Neuigkeiten gesprochen. Willst du mir jetzt davon erzählen oder lieber später?"

„Wir haben doch Zeit", fand er, „lieber später."

Sie widersprach nicht.

„War es für dich schwierig, in dein früheres Leben hier zurückzufinden?"

Jana las interessierte Anteilnahme in Emilios Blick und dahinter noch etwas anderes. Er war so durchschaubar, das war vermutlich schon immer sein Problem gewesen. Der sprichwörtliche Elefant stand unübersehbar im Raum, und doch tat Emilio, als existiere er nicht. So wie er bisher immer all das verdrängt hatte, wovon er in Zürich eingeholt worden war.

Zunächst ja, sagte sie, aber die Tätigkeit im Institut wiederaufzunehmen, habe ihr sehr geholfen. Und als Emilio nickte, fügte Jana wie beiläufig hinzu, zu einem ihrer Institutskollegen sei seit Kurzem eine etwas engere Beziehung entstanden, Johannes sei wirklich ein Glücksfall für sie.

Emilio hob den Kopf. „Heißt das, ihr seid ein Paar?"

„Nicht wirklich, wir sind Freunde, die gern miteinander ins Bett gehen, er tut mir gut." Jana lächelte so beharrlich, dass Emilio die Augen abwandte. Während er offensichtlich erst mal verdauen musste, dass er momentan als möglicher Sexualpartner für sie nicht infrage kam, was sein lateinamerikanisches Männer-Ego aus ganz prinzipiellen Gründen kränken musste, sah sie ihm ebenso die Genugtuung an. Denn jetzt ging es um einen Johannes, nicht um Armando.

Emilio wollte es offenbar trotzdem genauer wissen und ihre Reaktion testen, als er sagte: „Armando ist zurzeit wieder in Zürich."

Sie ging darüber hinweg, stand auf und holte aus der Küche einen Teller mit Schinken, Salami und verschiedenen Käsesorten, dazu dunkles Krustenbrot. „Alles regionale Spezialitäten", erklärte sie lächelnd.

Sie aßen, tranken Wein dazu und redeten nicht viel. Erst als Emilio sich zufrieden zurücklehnte, sprach Jana ihn wieder auf das an, was sie am meisten interessierte.

„Was ist mit den Neuigkeiten, die du mir angekündigt hast?" Und als er weiter versonnen in sein Weinglas starrte, als könne er darin lesen: „Nun mach es nicht so spannend, red schon!"

„Ich habe mich definitiv dazu entschlossen, Enriettas Erbe nicht anzunehmen."

Jana schluckte trocken, er hatte zwar mehrmals davon gesprochen, auch gegenüber Leuthard, trotzdem überraschte es sie.

„Wie ich dir schon früher gesagt habe, kann ich auf dieses Erbe gut verzichten. Ich bin dabei, meine Klinik in Buenos Aires zu verkaufen, das verschafft mir zusätzlich zu dem, was ich während fünfundzwanzig Jahren in meinem Beruf verdient habe, ein sehr bequemes Polster." Und als ihr Blick ihn nicht losließ: „Jana, ich habe doch alles, was ich brauche, zumindest alles, was man sich mit Geld kaufen kann."

Sie glaubte ihm, er war nicht der gierige Typ, der nie genug bekommen konnte, ihm war es um anderes gegangen. Um einen Beruf, in dem er aufgegangen war, um ein Lebenswerk, auf das er stolz sein konnte.

„Das ist aber nicht die ganze Wahrheit", sagte er. In seinen Gesichtszügen schien etwas auf, das ungewohnt klar und entschlossen wirkte. „Gibt es noch etwas Wein, Jana?"

Sie schenkte nach.

„Danke. Du wirst vielleicht enttäuscht sein, wenn ich dir den Rest erzähle, aber ich kann es nicht ändern. Ich habe einen großen Fehler gemacht, indem ich Leuthard gegenüber die Existenz Armandos verschwiegen habe. Ich glaubte, in Enriettas Sinn zu handeln. Weil sie es so gewollt hatte und gute Gründe dafür hatte. Und weil alles schon so lange her ist."

In das Schweigen hinein erwiderte Jana: „Enrietta war weitaus radikaler, sie hat Leuthard belogen, als er sie nach leiblichen Abkömmlingen fragte, da hat sie Armando ein letztes Mal und sogar über ihren Tod hinaus verleugnet. Und du, Emilio, hast nichts getan, um die Dinge richtigzustellen. Das wirst du mit deinem Gewissen ausmachen müssen. Aber erzähl weiter.“

„Du weißt, was danach passiert ist. Armando ist wie ein Gespenst aus der Vergangenheit hier aufgetaucht und hat alles aufgemischt.“

„Was hast du erwartet? Dass du damit davonkommst?“ Jana wurde heftiger als sie beabsichtigt hatte.

„Ich weiß es nicht“, hilflos zuckte Emilio die Achseln.

Jana setzte sich sehr aufrecht hin. „Wir sind deshalb schon ein Mal aneinandergeraten, und ich sage es dir erneut. Bist du eigentlich nie auf die Idee gekommen, dass jemand wie Armando bei dieser Mutter nie eine Chance gehabt hatte? Und dass er deshalb so ein schwieriger Junge war, weil er nie geliebt, geschweige denn gefördert worden ist?“

Emilio wollte etwas entgegnen, doch Jana brachte ihn mit einer Handbewegung zum Schweigen. „Armando war Opfer und Täter zugleich, hast du das nie verstanden? Du und Enrietta, ihr wart euch in diesem Haus einig gegen den Rest der Welt, Armando jedoch hatte nur Consuelo und manchmal auch deinen Vater.“

„Meinen Vater?“

„Ja, Ernesto Volpe. Armando hat mir erzählt, dass er vieles von ihm gelernt hat.“

Emilio schwieg. „Das wusste ich nicht“, sagte er nach einer Weile. „Als ich zum Studium von zu Hause fortging, war Armando gerade mal zwölf Jahre alt.“

„Du weißt offenbar vieles nicht, was in deinem Elternhaus passiert ist. Und da wir gerade darüber sprechen, Emilio, kannst du mir vielleicht erklären, wie Consuelo damals zu euch gekommen ist?“

„Consuelo? Keine Ahnung, eines Tages brachte mein Vater sie zu uns ins Haus und sagte, sie werde sich ab sofort um Armando kümmern. Wir waren alle so froh darüber, dass niemand auf die Idee kam, näher nachzufragen. Wir dachten wohl, dass Ernesto auf eine Anzeige geantwortet hatte. Und sie hat auch nie etwas erzählt. Mein Vater hatte nur erwähnt, sie sei davor bei einer sehr wohlhabenden Familie angestellt gewesen. Warum willst du das wissen?“

„Weil … weil sie Armando ein Amulett geschenkt hatte, einen Talismann. Und den hat er an mich weitergegeben. Als Abschiedsgeschenk.“

Entgeistert starrte Emilio sie an.

„Ich habe es zu einem befreundeten Juwelier gebracht, und dabei hat sich herausgestellt, dass es sich um ein sehr wertvolles Schmuckstück handelt.“

Emilio reagierte noch immer nicht. „Was hast du jetzt mit diesem Amulett vor?“, fragte er nach einer Weile.

„Keine Ahnung, ich glaube eigentlich nicht an Glücksbringer. Aber Armando ist offenbar überzeugt, dass es ihm Glück gebracht hat. Kann es sein, dass ihr Südamerikaner besonders zu Aberglauben neigt?“

„Auf mich trifft das nicht zu“, Emilios Nasenflügel zuckten missbilligend, „ich bin Schulmediziner, wie du weißt, kein Schamane oder so etwas."

„Wie auch immer ...", Jana nahm den anfänglichen Gesprächsfaden wieder auf, „du hast vorhin gesagt, deine Entscheidung, das Erbe auszuschlagen, weil du auf dieses Geld gut verzichten kannst, sei nicht die ganze Wahrheit. Was ist da denn noch?"

„Ich habe mir in Zürich einen eigenen Rechtsbeistand gesucht, und dabei hat sich herausgestellt, dass ich wegen meines ... meines Fehlverhaltens nicht belangt werden kann, wenn ich das Erbe ausschlage." Herausfordernd sah er ihr ins Gesicht.

Jana ließ seine Worte einen Moment wirken. „Ich verstehe", murmelte sie dann. „Armando kann dir in dem Fall also nichts anhaben. Das beruhigt dich sicher sehr."

„Ja, Jana, es beruhigt mich. Nur hat das eine mit dem anderen nicht direkt zu tun. Du wirst dich erinnern, dass ich von Anfang an überlegt hatte, Enriettas Erbe auszuschlagen. Ich hoffe, du zweifelst nicht daran."

Nein, sie zweifelte nicht daran, ein Kriegsschauplatz weniger, dachte sie. Sie war erleichtert und sagte ihm das auch. Nur war damit noch nicht alles erledigt.

„Was ist mit deinem Einspruch beim Nachlassgericht, Emilio? Willst du das trotzdem weiterverfolgen?"

Sie wollte ihm Zeit geben zu antworten und stand auf, um neuen Wein zu holen, doch er packte ihr Handgelenk und zwang sie, ihn anzusehen.

„Glaubst du im Ernst, ich lasse zu, dass er dieses Erbe erhält? Und Enriettas Willen mit Füßen tritt? Ein Krimineller wie Armando?“ Seine Gesichtszüge waren verzerrt, die Augen dunkel.

Jana sank auf die Couch. „Hast du mir vorhin nicht zugehört, Emilio?“

„Oh doch, ich habe dir zugehört, und was ich verstanden habe, ist, dass Armando dich mit dieser Mitleidsnummer eingelullt hat, auch wenn ihr inzwischen getrennt seid, wozu ich dir nur gratulieren kann. Armando hätte dich ohnehin nach kurzer Zeit fallen gelassen, oder was hast du geglaubt?“

Und als sie stumm neben ihm sitzen blieb: „Tut mir leid, dir das sagen zu müssen, aber dieses Amulett ist bestimmt nicht auf rechtmäßigem Weg zu Armando gelangt, die Geschichte von Consuelo, die ihm das angeblich geschenkt hat, ist reine Erfindung. Und wenn es wirklich so wertvoll ist, wie dein Juwelierfreund behauptet, solltest du es so schnell wie möglich wieder loswerden. Juweliere wissen, wie man das macht.“ Er wandte sich ihr zu. „Ich meine es gut mit dir, Jana.“

Ihre Augen starrten an ihm vorbei. „Bitte geh jetzt, Emilio.“

Jana hatte ihn nicht hinausbegleitet, sie hatte auf der Couch gewartet, bis die Tür hinter Emilio kaum hörbar ins Schloss gefallen war. Nach einer Weile hatte sie begonnen, Gläser und Geschirr abzuräumen und in der Spülmaschine zu verstauen, Tätigkeiten, die gegen den Aufruhr in ihrem Inneren halfen. Als das geschafft war, löschte sie die Lichter. Von draußen drang der schwache Schein der Straßenlaternen herein. Jana griff zu ihrem Handy und stellte sich ans Fenster. Die Salzach war ein matter Spiegel in der Dunkelheit, ein vertrauter Anblick, der in diesem Moment nichts Tröstliches hatte.

Sie blickte auf das beleuchtete Display des Mobiltelefons, zögerte und entfernte mit einem Klick die Nummer von Armando, sie würde sie nicht mehr brauchen. Dann schickte sie eine Nachricht an Emilio.

Es ist besser, wenn wir uns morgen nicht mehr sehen. Jana

Später, als sie im Bett lag und gegen die Decke starrte, wusste sie die Antwort auf Emilio Volpes Frage, was sie mit dem Schmuckstück vorhabe. Sie würde es behalten, und manchmal, wenn sie sich stark genug fühlte, würde sie es tragen.

17

Es war einer dieser Wintertage, an denen es nie richtig hell wurde. Der Mangel an Licht drückte bei den Bewohnern von Zürich auf die Stimmung, auch Armando da Silva spürte, wie das trübe Wetter seine Schwermut verstärkte. Er verließ die Bank, bei der er seit mehreren Jahren ein Wertpapierdepot im mehrstelligen Bereich unterhielt, und trat auf den Paradeplatz hinaus. Er dachte an das gerade zurückliegende Gespräch mit seinen Kundenbetreuern. An einem wie ihm würden sie nie viel Freude haben; mit seinem unveränderten Wunsch nach einer stockkonservativen Anlagestrategie konfrontiert zu werden, verlangte ihnen jedes Mal große Selbstbeherrschung ab. Sie traten immer zu zweit auf, einer blieb der verlässliche Ansprechpartner, den man lange kannte, nach einiger Zeit kam ein neuer Mitarbeiter dazu, einer mit „frischen Ideen".

Es nützte nichts, Armando kannte alle Tricks und ließ das gelegentlich auch durchblicken. Er beharrte auf seinen Wünschen, und damit musste man sich in der Bank, mit der er seit Langem zusammenarbeitete, abfinden. Nur einmal war es zu einem Zwischenfall gekommen, da hatte einer dieser neuen Mitarbeiter ein paar Fragen gestellt, die das bis dahin einvernehmliche Verhältnis zwischen Armando und seiner Bank ernsthaft gefährdeten. Fragen, auf die jemand wie Armando da Silva sehr empfindlich reagierte.

Das Problem wurde gelöst, der vorwitzige neue Mitarbeiter trat nicht mehr in Erscheinung, und der Direktor der Bank entschuldigte sich persönlich bei Armando. Womit die guten Beziehungen wiederhergestellt waren.

Armando war sich sicher, dass er noch lange mit dieser Bank zusammenarbeiten würde, während er das *Café Sprüngli* ansteuerte. Er hatte noch einen Termin, aber für eine heiße Schokolade würde die Zeit reichen. Er fand einen freien Platz und bestellte. Während er auf das Getränk wartete, zog er sein Mobiltelefon hervor. Rasch überflog er Mails und SMS, doch was er wider besseres Wissen erhofft hatte, war nicht dabei. Woran er nicht unschuldig war, mit seiner letzten Antwort hatte er sich den Weg selbst versperrt. Den Weg zu dem einzigen Menschen, der ihm momentan wichtig war, zu Jana.

Seufzend legte er das Handy beiseite. Der Gedanke, dass Emilio jetzt bei ihr in Salzburg war, quälte ihn. Es gehörte nicht viel Fantasie dazu, sich vorzustellen, wie diese Begegnung verlief. Emilio würde alles tun, um Jana vor Augen zu führen, dass sie richtig gehandelt hatte. Eine Zukunft mit jemand wie Armando? Undenkbar. Sie wolle sich doch nicht mit einem Kriminellen zusammentun, oder?

Er kannte alle Argumente, die Emilio gegen ihn vorbrachte, und die reichten bis in die Kindheit zurück. Aufsässig sei er gewesen, unberechenbar, schon früh sei er in zwielichtige Gesellschaft geraten. Und vermutlich würde Emilio sich jetzt als passende Alternative ins Spiel bringen, Zeitpunkt und Gelegenheit waren dafür günstiger denn je. Obwohl bisher nichts darauf hingedeutet hatte, dass Jana sich zu Emilio hingezogen fühlte, dafür hatte Armando ein feines Gespür. So wie er im Laufe seines Lebens für vieles ein feines Gespür entwickelt hatte, diese Fähigkeit war ihm in manchen Situationen zu Hilfe gekommen.

Armando glaubte auch nicht daran, dass umgekehrt Emilio an Jana ein tieferes Interesse hatte. In Emilios Welt ging es um Perfektion, das war sein Lebensinhalt. Und Jana war nicht perfekt. Falls er dennoch versuchte, Jana zu seiner Geliebten zu machen, dann nur aus dem Grund, weil es ihm Genugtuung bereiten würde, über ihn, Armando, zu triumphieren.

Er ballte die Fäuste, als ihn eine Stimme von der Seite ansprach. „Herr da Silva …“ Es war Leuthard.

Armando stand auf und bot dem Anwalt den freien Stuhl gegenüber an.

Leuthard lächelte, er schien erfreut über die Begegnung. „Ich komme manchmal auf einen Kaffee hierher und natürlich auch wegen der süßen Sachen, denen ich nicht widerstehen kann“, erklärte er. „Ich wollte Sie schon anrufen“, setzte er in ernsterem Ton hinzu.

„Ja …?“ Armando sah ihn an.

„Emilio Volpe verzichtet auf sein Erbteil.“ Leuthard wartete auf seine Reaktion.

„Das heißt …“, sagte Armando wie zu sich selbst.

„Das heißt, dieser Teil des Erbes fällt dem gesamten Nachlass zu. Es bedeutet aber auch“, fuhr Leuthard fort, „dass Herr Volpe für seine unrichtigen Angaben nicht belangt werden kann.“

„Ich verstehe.“ Armando bemühte sich nicht, seinen Zorn zu verbergen.

„Das mag Ihnen nicht gerecht erscheinen, ich muss aber

zugeben, dass meine Aufgabe als Testamentsvollstrecker dadurch erleichtert wird. Die ja noch nicht zu Ende ist. Bei Frau Horwarth sind die Dinge klar, sie nimmt das Erbe an. Was Sie und Ihren Pflichtteilsanspruch betrifft, Herr da Silva …“, der Anwalt zögerte.

Armando machte eine einladende Geste. „Bitte sprechen Sie.“

„Nun ja, es ist etwas delikat. Die von Herrn Volpe vorgebrachten Argumente beim Nachlassgericht …“, Leuthard wand sich sichtlich.

„Lassen Sie uns nicht um die Dinge herumreden. Sie kennen inzwischen die Aktenlage und wissen, dass ich für meine Jugendsünden gebüßt habe, die obendrein lange verjährt sind.“ Und als Leuthard nickte: „Was Emilio Volpe mir sonst noch vorwirft, entbehrt jeder Grundlage. Ich bin inzwischen ein unbescholtener Bürger in meinem Heimatland und überall in der Welt.“

„Herrn Volpe dürfte klar sein, dass er sich dem Tatbestand der üblen Nachrede aussetzt, wenn er an diesen Behauptungen festhält, das hatte ich ihm gesagt. Aber er hat jetzt einen eigenen Rechtsbeistand, der ihn darin vielleicht bestärkt.“

„Was folgt daraus?“

„Daraus folgt, dass ich den Entscheid des Nachlassgerichts abwarten muss.“

„Wie lange kann so etwas dauern?“

Enriettas Testamentsvollstrecker vollführte eine vage Handbewegung. „So lange, dass Sie erst mal in Ruhe nach Argentinien zurückkehren können, Herr da Silva.“

Beide schwiegen einen Moment. Bis Leuthard eine Frage stellte, auf die Armando nicht gefasst war. „Haben Sie noch Kontakt zu Jana Horwarth?“

„Ich … Nein, sie ist wieder in Salzburg, soviel ich weiß.“

Leuthard nickte. In seinem Blick glaubte Armando so etwas wie Bedauern zu lesen. Aber vielleicht bildete er es sich auch nur ein.

Und vielleicht habe ich den Anwalt unterschätzt, dachte Armando, während er zu seinem Hotel zurückging. Leuthards persönliche Betroffenheit wurde immer deutlicher. Was insofern nicht erstaunte, als er mit Enrietta freundschaftlich verbunden gewesen war. Sein Bild von der langjährigen Mandantin musste aber in dem Maße, wie er neue Informationen über sie erhalten hatte, immer mehr ins Wanken geraten sein.

Ähnlich hatte es sich wohl für Jana angefühlt. Sie kannte die Vergangenheit am wenigsten und hatte allein dadurch einen unverstellten Blick auf die Dinge. Emilio hingegen würde die Vorstellung, die er von Enrietta hatte, nie aufgeben, er war darin gefangen. Dabei hatte sie auch ihn in ihrem neuen Leben nicht mehr gewollt, nachdem sie aus Argentinien fortgegangen war, das wusste er von Consuelo.

Als Heranwachsender, er war damals fast mit der Schule fertig gewesen, hatte Armando angefangen, Enriettas Bücher zu lesen, er hatte herausfinden wollen, wer sie war. Ihre ersten Romane handelten von Themen, an denen sie selbst als Mensch gescheitert war, im Gegensatz zu ihren Protagonisten, die meist geläutert und siegreich aus einem unheilvollen Geschick hervorgingen, ein letztlich simples und sich wiederholendes Strickmuster, das sie jedoch kunstvoll zu variieren wusste. Später wandte sie sich anderen Sujets zu, kurz vor ihrer Emigration waren es auch solche mit politischem Hintergrund.

Enrietta war eine begnadete Schreiberin, das spürte Armando von Anfang an, sie formulierte anschaulich, ohne sich je in Weitschweifigkeit zu verlieren, da saß jedes Wort. Sie verstand es, einen Ton zu treffen, der die Leser rasch in die Handlung hineinzog, und geradezu meisterlich war ihre Fähigkeit, Spannungsbögen aufzubauen. Aber trotz all dem, was sie als Schriftstellerin auszeichnete, fühlte sich Armando von keinem ihrer Werke innerlich wirklich berührt, vielleicht eher noch von den ganz frühen, in denen sie offenbar versucht hatte, Autobiografisches zu verarbeiten. In denen eine Figur wie er aber nie vorkam.

Bevor Armando das Haus von Ernesto Volpe verlassen hatte, war es zu einem letzten Gespräch zwischen ihnen gekommen, er erinnerte sich noch gut daran. „Sieh es doch mal so, Armando“, hatte der alte Herr zu ihm gesagt, „Enrietta ist Schriftstellerin, Menschen wie sie sind meist für eine Familie nicht geschaffen.“

„Was ist es dann, was sie hier bei dir gefunden hat? Ist das etwa keine Familie für sie?“, hatte Armando ihm entgegengehalten. „Mit dir, der wie ein Vater für sie ist? Und mit Emilio, den sie wie ihren Sohn behandelt?“

Hilflos hatte Ernesto Volpe sich abgewandt, er war genauso wie Emilio dem Zauber von Enrietta verfallen gewesen, deren Fähigkeit, Menschen zu manipulieren, ähnlich ausgefeilt gewesen war wie ihre schriftstellerische Begabung.

Im Hotel umfing ihn wohltuende Wärme. Am Empfang erkundigte man sich nach der voraussichtlichen Dauer seines Aufenthalts. Er dachte an Leuthards Worte, sagte, er wisse es noch nicht genau. Kein Problem, Herr da Silva, hieß es, man freue sich, wenn er länger bleiben könne. Ob er für den Abend einen Tisch im Hotelrestaurant wünsche? Armando bejahte, dann zog er sein Handy hervor und wählte Leuthards Mobilnummer.

Zwei Stunden später saßen sie sich im Restaurant des Hotels gegenüber. „Ich wollte nicht allein essen", sagte Armando.

„Und ich wollte mehr von Ihrer Geschichte hören", sagte der Anwalt.

„Danke, dass Sie gekommen sind." Armando sah Leuthard so direkt in die Augen, dass sein Gegenüber zusammenzuckte, Armando kannte solche Reaktionen. „Bitte, fragen Sie."

„Ich weiß nicht, wo ich anfangen soll", Leuthard wirkte jetzt befangen.

„Fangen Sie irgendwo an", lächelte Armando liebenswürdig, „nur zu, ohne Scheu."

„Ich habe eine vage Vorstellung davon, wie Ihre Kindheit und Jugend im Haus von Ernesto Volpe aussahen." Leuthard blickte in sein Weinglas. „Das ist sicher nicht leicht für Sie gewesen." Und als Armando nur nickte: „Später sind Sie mit dem Gesetz in Konflikt geraten …"

„Nett, wie Sie das ausdrücken. Ich hatte mir damals Einiges zuschulden kommen lassen. Diebstahl, wiederholter Einbruch. Dass ich geschnappt wurde, war das Beste, was mir passieren konnte."

„Was war mit Enrietta? Wo war sie zu der Zeit?"

„Sie fragen nach Enrietta? Meinen Sie das ernst?"

„Aber sie war doch Ihre Mutter …"

„Die Frau, die meine biologische Mutter war, hatte sich längst nach Europa verabschiedet. Aber selbst, wenn sie in Argentinien geblieben wäre, hätte sie keinen Finger für mich gerührt, als ich im Gefängnis gelandet war."

„Unfassbar." Leuthard schüttelte den Kopf. „Erklären Sie es mir?"

Armando erklärte es ihm. Es dauerte bis zum Dessert. Als er geendet hatte, starrte Leuthard ihn an. „Ich hatte ja keine Ahnung …"

„Jetzt haben Sie eine." Armando gab dem Ober ein Zeichen. „Grappa?", fragte er Leuthard.

„Grappa."

Das Restaurant hatte sich geleert, es war still geworden um die beiden Männer.

„Und Emilio?" Leuthard schnupperte an seinem Glas und nahm einen kräftigen Schluck.

„Sie haben ihn doch erlebt", Armando zuckte die Achseln. „Er hat bis heute nichts begriffen." Dabei beließ er es.

„Wie ging es weiter, als Sie aus dem Gefängnis entlassen wurden?"

„Ein argentinischer Knast", Armando sah, wie Leuthard das Gesicht verzog, „war schon damals kein sehr komfortabler Ort, aber ich hatte Glück. Ich freundete mich mit dem Gefängnisgeistlichen an, einem sehr belesenen Jesuiten, der eigentlich für die politischen Gefangenen zuständig war, von denen es in Argentinien damals noch immer viele gab. Die Situation im Land war während der Achtzigerjahre nach wie vor chaotisch, wer gegen das Regime aufbegehrte, wurde gnadenlos unterdrückt und verfolgt. Ich war da vergleichsweise eine unbedeutende Nummer. Und obwohl ich nie ein gläubiger Mensch gewesen war, las ich die Schriften, die der Geistliche mir gab, und lernte manches daraus. Genug jedenfalls, um nach meiner Entlassung ein anderes Leben versuchen zu wollen."

„Mit Erfolg, wie mir scheint."

Armando lächelte. „Sie wollen es jetzt genau wissen, stimmt's?"

Leuthard trank seinen Grappa aus. „Stimmt."

„Am Ende ja. Weil etwas Unerwartetes geschah. Aber es war trotzdem ein mühsamer Weg dorthin. Und das, geschätzter Señor Abogado, ist eine Geschichte, die wir bei einem weiteren Abendessen besprechen sollten."

Sie gingen in bestem Einvernehmen auseinander, und Armando dachte, dass er vielleicht keinen Freund, aber zumindest einen Verbündeten gewonnen hatte. Er begleitete Leuthard nach draußen, bestand darauf, dass sein Gast sich ein Taxi nahm, und winkte, als sich der Wagen entfernte.

Armando kehrte ins Hotel zurück und holte seinen Mantel. Vor dem Schlafengehen würde er noch einen Spaziergang machen, er musste nachdenken.

18

Danke für diesen Abend, schrieb Leuthard am nächsten Morgen. *Wann erfahre ich die Fortsetzung der Geschichte?*

Armando grinste in sich hinein, Leuthards Neugier war verständlich. ‚Die Geschichte', wie Leuthard es nannte, enthielt schon genügend melodramatische Elemente, um die Aufmerksamkeit eines Unbeteiligten zu wecken, erst recht aber, wenn die handelnden Personen bekannt waren. Und sie war noch nicht zu Ende. Leuthard würde sich gedulden müssen. Der Argentinier antwortete mit ein paar freundlichen Zeilen, die den Anwalt vertrösten sollten. Dann verließ er sein Hotel, um in einem nahe gelegenen Lokal den Mann zu treffen, der ihn seit einiger Zeit mit Informationen versorgte. Über Emilio, damit hatte es begonnen, dann auch über Jana, nachdem sie ins Spiel gekommen war. Armando schämte sich dessen inzwischen. Hoffentlich würde sie es nie erfahren.

Emilio Volpe, wurde ihm berichtet, habe vor zwei Tagen die Wohnung von Frau Horwarth abends frühzeitig verlassen, er sei sehr aufgebracht gewesen. Am nächsten Tag sei es zu keiner weiteren Begegnung zwischen ihnen gekommen, Frau Horwarth habe wie gewohnt ihren Arbeitsplatz im Thomas-Bernhard-Institut aufgesucht, nach Dienstschluss habe sie sich mit ihrem Kollegen Johannes Gruber in einem nahegelegenen Restaurant getroffen. Die beiden hätten sich ruhig unterhalten und seien anschließend in die Wohnung von Frau Horwarth gegangen.

„Danke, das genügt", sagte Armando rasch, sein Informant betrachtete ihn verwundert. Ob Emilio Volpe sich noch in Salzburg aufhalte? Nein, inzwischen nicht mehr, Herr Volpe habe am darauffolgenden Nachmittag im Hotel ausgecheckt. Zuvor habe er die Sehenswürdigkeiten der Stadt besichtigt. Inzwischen sei Herr Volpe nach Zürich zurückgekehrt, er wohne jetzt aber nicht mehr im *Hotel Storchen*, sondern im *Hotel Baur au Lac*. Gute Arbeit, sagte Armando zu seinem Informanten, er solle dranbleiben. In Zürich oder in Salzburg? Vorerst nur in Zürich, bis auf Weiteres.

„Herr da Silva", sagte der Informant, „ich habe hier das Fotomaterial auf einem Stick und ausgedruckt."

„Geben Sie her", sagte Armando und verabschiedete sich von dem Mann.

Sobald er allein war, zog er die Aufnahmen aus dem Umschlag. Sie zeigten Emilio bei der Stadtbesichtigung in Salzburg, Jana, wie sie das Institut verließ, in Begleitung eines großen dunkelhaarigen Mannes, mit dem sie eine Weinbar in der Altstadt betrat. Und mit dem sie Stunden später über eine Brücke zu ihrer Wohnung ging. Dann Emilio, der mit einem Blumenstrauß in der Hand bei ihr läutete. Zuletzt wieder Emilio, wie er mit verzerrtem Gesichtsausdruck vor ihrem Haus in ein Taxi stieg.

Was immer an diesem Abend zwischen den beiden geschehen war, er war nicht gut geendet. Arme Janita, sie kam aus dieser Verstrickung nicht raus. Oder vielleicht doch? War zwischen ihr und Emilio das Band endgültig durchtrennt worden? Falls ja, was war passiert?

Armando zahlte und setzte sich draußen auf die befestigte Ufermauer. Ein paar Asiaten machten Fotos und zogen weiter, danach war er allein. Erneut nahm Armando die Fotos zur Hand. Wer war dieser Johannes, mit dem sie Wein trinken ging und die Nacht verbrachte? Außer, dass er ein Kollege aus dem Thomas-Bernhard-Institut war, wo beide unterrichteten, wusste Armando nichts. Er betrachtete das Foto genauer, der Mann hatte ein schmales Gesicht und die wachen Augen eines Intellektuellen, er wirkte sympathisch, jemand, der Vertrauen einflößte. Armando schob die Aufnahmen in das Kuvert zurück und wusste, dass er sie noch einmal sehen musste, nur noch dieses eine Mal. Jana war der einzige Mensch, der sich ohne Vorbehalte auf ihn eingelassen hatte, allein dafür liebte er sie. Aber es gab viele andere Gründe, ihre Haut, die nach Zimt roch, wenn sie sich ganz nahe waren, das verhaltene Timbre ihrer Stimme, die klugen Augen, denen er nichts vormachen konnte.

Nur noch ein einziges Mal, wiederholte er wie ein Mantra. Danach würde er sie gehen lassen können, zu diesem Johannes oder zu einem, der es ähnlich gut mit ihr meinte. Er saß noch eine Weile an der Limmat, bis er spürte, wie die feuchte Kälte dieses trübsinnigen Tages in seine Knochen zu kriechen begann. Und bis ihm bewusst wurde, was er gerade gedacht hatte. Armando, sagte eine zunächst sehr verhaltene Stimme in seinem Inneren, während er langsam zum Hotel zurückkehrte, meinst du das ernst? Du würdest sie gehen lassen? Einem anderen überlassen? Ausgerechnet einer wie du, der noch jede bekommen hat?

Sei still, erwiderte er, ich versuche, es diesmal richtig zu machen, um Janas willen. Um Janas willen? spottete die Stimme. Weißt du denn, was in ihr zurzeit vorgeht? Wie sie sich fühlt? Glaubst du wirklich, dass das, was ihr miteinander erlebt habt, für sie nur noch ein schöner Traum ist, der allmählich verblasst?

Aber sie hat doch jetzt diesen Johannes, wandte er vorsichtig ein, sie braucht mich nicht mehr. Da wäre ich mir nicht so sicher, kam es zurück, finde es heraus …

Die Stimme verstummte.

Und wenn er herausfände, dass sie ihn wirklich nicht mehr in ihrem Leben wollte? Wie würde er damit umgehen? Wäre er dann tapfer genug, sich damit abzufinden? Ohne Groll, ohne Bitterkeit? Darauf hatte auch die Stimme in seinem Inneren keine Antwort, aber ihr war ja nicht wirklich zu trauen, sie war nur eine Stimme von vielen.

Am nächsten Morgen meldete Armando sich im Hotel für ein paar Tage ab, er plane eine kurze Reise nach Italien. Um diese Jahreszeit?, hieß es verwundert. Er liebe es, in der Nebensaison unterwegs zu sein, sagte er, und an manchen Orten spüre man auch schon den nahenden Frühling. Dem war nichts entgegenzusetzen. Man wünschte ihm gute Fahrt, gesunde Rückkehr und winkte beim Abschied.

Das Mietauto, eine Limousine deutscher Herkunft, verband Gediegenheit mit Komfort und wirkte zugleich so unauffällig, wie Armando es sich vorgestellt hatte. Früher war das anders gewesen, da hatte er noch eine Schwäche für extravagante Modelle gehabt und für Schnelligkeit, vor allem dafür.

Er stellte die Navigation ein und ließ sich durch den Stadtverkehr leiten. Sein Handy meldete sich, Leuthard rief an. Wo er sei, was die Hintergrundgeräusche bedeuteten. Auf dem Weg nach Italien, rief Armando in die Freisprechanlage, er müsse mal raus und brauche eine andere Umgebung. Beneidenswert, antwortete Leuthard, wann er zurück sei?

In ein paar Tagen, genau wisse er es noch nicht, er würde sich treiben lassen. Er solle es genießen, kam Leuthards Stimme etwas undeutlich, und sich danach bitte bei ihm melden. Versprochen, sagte Armando. Er passierte die Stadtgrenze und fuhr in Richtung München. Es herrschte wenig Verkehr auf der Strecke, und Armando erreichte München in knapp zweieinhalb Stunden.

Als das erste Schild mit dem Hinweis auf die Autobahn nach Salzburg zu sehen war, krampfte sich etwas in ihm zusammen. Er ignorierte es. Verbissen trat er aufs Gas. Wenn er weiter so gut durchkäme, würde er am frühen Abend in Salzburg sein. Und dann? Er hatte dieses Szenario immer wieder durchgespielt und keine Antwort gefunden. Zuletzt hatte er beschlossen, sich auf keinen Plan zu verlassen, wer sich einen Plan machte, erlebte oft, dass das, was man Schicksal nannte, in eine ganz andere Richtung führte.

Er war bereit, auf seine Intuition zu vertrauen, sie hatte ihn in turbulenten Zeiten fast immer richtig geleitet. Und manchmal war es die besondere Ausstrahlung eines Ortes gewesen, die ihn zu einer richtigen Entscheidung geführt hatte, Armando glaubte an so etwas. Aber er glaubte ja auch an die magische Kraft eines Amuletts, in Lateinamerika lebten solche Traditionen neben dem Einfluss der katholischen Kirche fröhlich fort.

Nach der Zeit im Gefängnis war er eine Weile viel durch Europa gereist, er hatte all die Stätten besucht, die ihn wegen ihrer Geschichte und ihrer Kunstschätze interessierten, Spanien vor allem, dann Italien, Frankreich und Deutschland. In Salzburg war er nur kurz gewesen, ein Mal auf der Durchreise nach Italien, das andere Mal hatte ihn jemand zu einer Aufführung der Festspiele eingeladen. Beides war lange her, er kannte fast nichts von der Stadt.

Vor seiner Abreise hatte er sich im Internet angelesen, was man als Reisender über diesen Ort wissen sollte, schließlich war es Janas Heimat. Außerdem war es nützlich, eine fremde Stadt nicht unvorbereitet zu betreten. Früher hatte das einfach nur mit Überleben zu tun gehabt, inzwischen war es ihm zu einer Gewohnheit geworden, die ihm viele Dinge erleichterte. Es steckte tief in seinem inneren System, dieses Bedürfnis, möglichst genau Bescheid zu wissen, bevor er dann Witterung aufnahm.

Und jetzt steckte er im Stau, das Navigationssystem hatte ihn zur Ausfahrt Salzburg Mitte geleitet, nachdem er als Zieladresse das *Hotel Sacher* eingegeben hatte. Keine gute Wahl, die Route führte durch die triste Bahnhofsgegend mit Dönerbuden und viel zu kurz geschalteten Ampeln. Endlich landete er auf einer Seitenstraße parallel zur Salzach, kurz darauf vor dem Hotel, wo er mit österreichischer Willkommenskultur empfangen wurde. Auch wenn es eine eingeübte Attitüde ist, tut es gut, dachte er dankbar.

Von seinem Zimmer aus sah er auf die Festung, im Dunst dieses späten Winternachmittags erschien sie wie ein entrücktes Märchenschloss, ein Anblick, dessen Wirkung sich der gerade angekommene Gast nur schwer entziehen konnte, selbst einer, der so viel herumgekommen war wie er. Armando stand auf dem Balkon und atmete die feuchte Luft ein. Noch immer hatte er keinen Plan. Er schloss die Tür, ging nach unten und trat auf die Straße.

Das Hotel lag nicht weit von Janas Wohnung entfernt, auch deshalb hatte er sich dafür entschieden. Salzburg war ähnlich wie andere historisch bedeutende Orte eine Stadt der Brücken, sie verbanden den ganz alten Teil mit der sogenannten Neustadt, und Armando litt unter dem, was man Brückenphobie nannte. Ein Psychologe hatte ihm mal erklärt, es habe mit Kindheitstraumata zu tun, damit, dass er seinen Platz in der Welt so lange nicht gefunden habe. Die angebotene Behandlung war jedoch erfolglos geblieben. Erst seitdem sich so vieles in seinem Leben zum Positiven verändert hatte, konnte er Brücken überqueren, ohne in Panik zu geraten. Entschlossen schritt er auf die Staatsbrücke zu, eine befestigte Straße mit Autoverkehr und wehenden Fahnen, nichts, wovor er sich fürchten musste, dennoch war er erleichtert, das andere Ende zu erreichen. Es war gegen achtzehn Uhr, kurz vor Ladenschluss. Armando folgte einer kleinen Gruppe von Asiaten, die zielstrebig und lärmend in einen Durchgang einbogen, und fand sich mitten in der Getreidegasse wieder, die er von den beiden früheren Aufenthalten flüchtig kannte. Er ließ die Touristen ihrer Wege gehen und wandte sich nach rechts, vorbei an den Geschäften europäischer Luxusmarken, wie es sie längst überall auf der Welt gab.

Zumindest, dachte er, bietet dieses Angebot einen Kontrast zu den Touristenfallen mit ihren unsäglich verfremdeten Abbildern des berühmtesten Sohnes der Stadt. Die Mozart-Statue, hatte er gelesen, war erst Mitte des neunzehnten Jahrhunderts auf dem gleichnamigen Platz errichtet worden, es hieß, die Salzburger hätten sich sehr spät jenes Mannes erinnert, dem sie so vieles zu verdanken hatten.

Armando war fast am oberen Ende der Getreidegasse angekommen und hatte Lust auf einen Drink. Er entdeckte ein Lokal an der Ecke, das gepflegt und behaglich wirkte. Er trat ein, fand eine Nische am Fenster und fühlte sich sofort wohl. Man kümmerte sich um ihn, beriet ihn bei Getränken und kleinen Speisen, ließ ihn aber sonst in Ruhe. Nachdem er bestellt hatte, sah er sich um. Das Lokal schien bei Einheimischen wie bei auswärtigen Gästen sehr beliebt zu sein. Er aß etwas, trank vom empfohlenen österreichischen Wein und betrachtete aus den Augenwinkeln das Kommen und Gehen der Gäste.

In einiger Entfernung stand ein Paar auf, der Mann half der Frau in den Mantel, und sie hüllte sich in einen voluminösen Schal, der ihr Gesicht zur Hälfte verbarg. Armando starrte ihr nach, während sie vor ihrem Begleiter her zur Tür lief. Diesen Gang kannte er, es konnte nur Jana sein, dessen war er sich sicher, außerdem sah der Mann dem Johannes auf den Fotos ähnlich. Dass sie ihn ebenfalls bemerkt hatte, war unwahrscheinlich. Sie hatte nicht auf ihn geachtet, sie war ganz auf ihren Begleiter fokussiert gewesen, und vor allem konnte sie ihn in diesem Moment nicht an diesem Ort erwarten.

Ob er noch etwas zu trinken wünsche, fragte die junge Frau, die seinen Teller abräumte. Armando bestellte ein weiteres Glas Wein. Und wusste, dass er Jana an diesem Abend keine Nachricht mehr schicken würde. Sie sollte sich nicht überrumpelt fühlen, die Gefahr, damit alles zu verderben, war groß. Am nächsten Morgen würde er eine SMS schreiben, etwa mit dem Inhalt, er sei in Salzburg, ob sie sich treffen könnten. Und es sei wichtig, setzte er in Gedanken als Nachsatz hinzu.

Und wenn sie ihn nicht sehen wollte? Er spürte seinen Herzschlag, leerte sein Glas nur zur Hälfte und bezahlte, er brauchte frische Luft und Bewegung. Armando knöpfte seinen Mantel zu, zog den Schal fester um den Hals und ging drauflos. Es war gegen neun, um diese Zeit gab es in den Gassen kaum mehr Betrieb, die wenigen Touristen hatten sich in die Restaurants verzogen.

Armando steuerte auf den Herbert-von-Karajan-Platz zu, blieb einen Moment an der alten Pferdetränke mit dem historischen Brunnendenkmal stehen und versuchte, sich zu orientieren. Er bog in die Hofstallgasse mit den Festspielhäusern ein, die hinter ihren schmucklosen Fassaden jetzt trist und verlassen wirkten. Salzburg in der winterlichen Nebensaison ist schwer auszuhalten, dachte er. Aber er war nicht gekommen, um sich darüber Gedanken zu machen, er war gekommen, um die Frau, die er liebte, zu sich zurückzuholen. Und wie willst du das machen?, meldete sich wieder die Stimme in ihm, die seit seinem Entschluss, nach Salzburg zu reisen, verstummt gewesen war. Indem ich ihr erzähle, was damals passiert ist, das, was alles verändert hat. Dann viel Glück, kam die Antwort.

Wie sollte er es ihr erklären? Seiner klugen, einfühlsamen Jana, die schon so vieles verstanden hatte? Würde sie nicht auch verstehen, weshalb er bis jetzt geschwiegen hatte? Die Stimme gab keinen Kommentar mehr dazu ab.

Vor langer Zeit war Armando da Silva aus dem Gefängnis entlassen worden, wegen Beteiligung an mehreren Einbrüchen hatte er zwei Jahre dort verbüßt. Als er an jenem Tag mit seinen paar Habseligkeiten durch das Tor schritt, wartete eine dunkle Limousine älterer Bauart davor, ein Mann in Chauffeuruniform stieg aus. „Señor da Silva“, sprach er ihn an und öffnete den Schlag, „würden Sie bitte für einen Moment einsteigen?“

Armando spähte in den Fond des Wagens, auf der Rückbank saß die kleine, zerbrechlich wirkende Gestalt einer alten Dame, deren Gesicht hinter einem zarten Schleier verborgen war. Sie machte eine Handbewegung, die nichts Forderndes hatte. „Bitte“, sagte sie leise.

Und Armando folgte dem Gefühl, dass ihm hier keine Gefahr drohte. Er stieg ein, setzte sich neben sie und betrachtete sie von der Seite.

„Danke“, flüsterte sie, schlug den Schleier zurück und sah ihn an. Er kannte ihr Gesicht nicht, aber er wusste, wem es ähnelte. „Ich bin Isabel da Silva“, sagte sie, „deine Großmutter.“

Er wandte sich ab, wollte nach der Türklinke greifen.

„Bitte bleib", bat sie, und in dieser schwachen Stimme lag etwas so Eindringliches und zugleich so Flehentliches, dass er in der Bewegung innehielt. Der Chauffeur wartete draußen in einiger Entfernung, zog an einer Zigarette und ließ den Wagen nicht aus den Augen. Als sie zu reden begann, war es, als sei ein Damm gebrochen, der alles mit sich fortriss, was diese verzweifelte Greisin seit so langer Zeit in ihrem Inneren eingeschlossen hatte. Schweigend hörte Armando sich ihre Beichte an, und als sie damit fertig war, nahm er ihre schmale, von Altersflecken übersäte Hand in seine.

So saßen sie eine Weile nebeneinander, während er versuchte, zu verarbeiten, was er gerade erfahren hatte. Als Enrietta schwanger geworden war, habe sie, Isabel, sich gegen ihren Mann und ihre Söhne nicht durchsetzen können, zu groß sei die Schmach gewesen, damals hätten noch viel strengere Moralvorschriften gegolten. Vielleicht wären sie später zumindest bereit gewesen, Enrietta finanziell zu unterstützen, hatte sie hinzugefügt, aber als bekannt geworden war, dass sie bei Ernesto Volpe untergekommen sei, habe man selbst das nicht mehr für nötig befunden. Ob sie nie versucht habe, zu Enrietta Kontakt aufzunehmen, hatte Armando gefragt. Doch, sie habe ihr wiederholt geschrieben und sie um ein Treffen gebeten, außerdem hätte sie so gern ihren Enkel kennengelernt, aber Enrietta habe auf die Briefe nie reagiert. Und dann erzählte ihm Isabel da Silva, was sie jahrzehntelang keinem Menschen anvertraut hatte.

„In meiner Not wandte ich mich an Ernesto Volpe“, begann sie, „du warst schon auf der Welt, und ich machte mir immer wieder große Vorwürfe, denn ich sorgte mich sehr um dich. Enrietta war schon als Kind sehr störrisch gewesen, ich kannte ihren schwierigen Charakter. Ernesto war ein guter Mann und ein kluger obendrein, er hatte Verständnis für meine Situation. Ich wusste, dass es ihm schwerfallen würde, mit seinem Professorengehalt für euch beide aufzukommen, daher drängte ich ihn, einen finanziellen Beitrag von mir zu akzeptieren. Ich hatte von meiner Mutter einiges geerbt, auf dieses Geld hatte mein Mann keinen Zugriff. Ernesto gestand mir, dass es in seinem Haus Probleme gebe, Enrietta sei mit der Mutterrolle offenbar überfordert. Daher schlug ich ihm vor, Hilfe zu schicken. Und so kam Consuelo zu euch. Sie hatte mir jahrelang treue Dienste geleistet, sie kannte viele Geheimnisse unserer Familie, ich wusste, dass ich mich vollkommen auf sie verlassen konnte. Ich trennte mich ungern von ihr, und auch Consuelo wollte zuerst nicht gehen, aber ich konnte sie schließlich davon überzeugen, dass sie an anderer Stelle mehr gebraucht würde. Bald wurde mir klar, dass es die richtige Entscheidung gewesen war. Sie hat dich von Anfang an ins Herz geschlossen, Armando, und sie ahnte, was dir bevorstand. Enrietta lehnte dich ab und wandte sich stattdessen Emilio zu, und alle waren erleichtert, dass sich jetzt Consuelo um dich kümmerte, einschließlich Ernesto. Ein paarmal habe ich dich von Weitem gesehen, Armando, wenn Consuelo dich im Kinderwagen spazieren fuhr, konnte ich einen Blick auf dich werfen. Natürlich wusste niemand von diesem Arrangement, zwischen Consuelo, Ernesto und mir blieb es ein lebenslanges Geheimnis, das die beiden mit ins Grab genommen haben. Was ich während deines Heranwachsens von Consuelo erfuhr, bekümmerte mich zutiefst, aber was hätte ich machen können? Enrietta wollte seit deiner Geburt nichts mehr mit mir zu tun haben, und Consuelo hatte mir erzählt, dass du inzwischen voller Hass auf meine Familie warst, von der du dich allein und im Stich gelassen fühltest. Bei deiner Volljährigkeit zog Enrietta bei Ernesto aus und emigrierte bald darauf nach Europa, um nie mehr zurückzukommen. Und du, Armando, konntest das Haus von Ernesto Volpe dann auch nicht schnell genug verlassen. Was später geschah, wissen wir beide."

Die alte Dame schwieg erschöpft. „Ich hatte nicht den Mut, nach dir zu suchen, du lebtest inzwischen in einer ganz anderen Welt. Aber als ich darüber informiert wurde, dass du jetzt aus dem Gefängnis entlassen wirst, habe ich alle Kraft zusammengenommen. Und jetzt hör mir bitte genau zu. Ich bin alt und sehr krank, mein Mann ist kürzlich gestorben, auch Consuelo und Ernesto leben nicht mehr. Meine Söhne interessieren sich nicht für mich, und meine einzige Tochter hat mich seit Langem verstoßen. Niemand wird trauernd an meinem Grab stehen außer ein paar heuchlerischen Pfaffen, die auf ein Vermächtnis für ihre Kirche hoffen. Vergeblich allerdings. Alles, was ich besitze, wirst du erben, Armando. Und jetzt sieh mich nicht so an."

Das war es, was Isabel da Silva ihm damals erzählt hatte, dem Enkel, über den sie aus der Ferne gewacht hatte und dem sie sich erst am Ende ihres Lebens zu nähern gewagt hatte.

Wenige Monate später war sie tot. Und Armando war ein sehr vermögender Mann. In einem hatte sie sich jedoch geirrt.

Die Söhne waren zu ihrem Begräbnis erschienen, mit steifen Mienen standen sie vor dem Sarg, nahmen ein paar Beileidsbekundungen entgegen und verschwanden, sobald ein Minimum an Pietät es erlaubte. Armando hielt sich im Hintergrund, aber es achtete ohnehin niemand auf ihn. Als alle fort waren, trat er an die offene Grabstelle. Er sprach ein stummes Gebet, ließ eine voll erblühte weiße Rose auf den Sarg sinken und verneigte sich. Er schaffte es gerade noch auf die nächste Bank in einem menschenleeren Seitenweg. Und dies war das erste Mal in seinem Leben, dass er Tränen zulassen konnte.

Das war lange her, und Armando hatte es seitdem vermeiden können, mehr an die Vergangenheit zu denken als unbedingt nötig, aber jetzt, während er durch die wie ausgestorben wirkende Salzburger Altstadt wanderte, kamen die Erinnerungen machtvoll zurück. Und das lag nicht nur an Enriettas Vermächtnis, das alles wieder aufgerührt hatte, es lag auch an Jana, die keinen Gangster lieben wollte.

Am nächsten Tag, nahm er sich vor, würde er für seine Großmutter eine Kerze anzünden, in dieser Stadt gab es genügend Kirchen. Obwohl er nicht um ihr Seelenheil fürchtete. Isabel da Silva mochte es an Standhaftigkeit gemangelt haben, nicht aber an Mitgefühl. Ihr war längst vergeben worden.

19

Der Morgen begann vielversprechend. Über dem Fluss waberte noch ein dunstiges Gespinst, aber die Konturen der Festung waren schon in schwaches Sonnenlicht getaucht, es könnte ein schöner Tag werden. Armando frühstückte, duschte, zog sich an und tat auch sonst alles, um den Moment hinauszuzögern, in dem er die SMS an Jana schicken würde. Als er sich vor dem Spiegel einen Feigling schalt, reichte es ihm. Er schrieb den Text, las ihn nochmals und klickte auf Senden.

An der Rezeption erkundigte er sich nach den schönsten Kirchen. Er wolle für eine liebe Verstorbene eine Kerze anzünden. Der Portier wirkte unschlüssig, es gebe in dieser Stadt einfach zu viele Möglichkeiten. „Ich hab's", rief er nach weiterem Nachdenken, „fahren Sie nach Maria Plain, das ist etwas außerhalb, aber nicht zu weit, dort können Sie auch noch einen Spaziergang machen."

Armando bedankte sich, es würde ihm guttun, für eine Weile aus der Stadt rauszukommen. Er hatte sich in eine Situation gebracht, die ihm überhaupt nicht behagte. Er musste darauf warten, dass Jana antwortete, und er fürchtete sich davor.

Er ließ seinen Wagen in der Garage und nahm ein Taxi, das ihn nach einer Viertelstunde Fahrt am Fuß der Wallfahrtskirche absetzte. Nach einem kurzen Aufstieg hatte er das Portal erklommen. Er trat ein und versuchte, das Innere der Kirche auf sich wirken zu lassen, war aber in Gedanken bei Jana. Die immer noch nicht reagiert hatte. Seine Uhr zeigte zwölf, Zeit für die Mittagspause, auch im Mozarteum. Da könnte sie doch …? Sein Handy blieb stumm.

Armando zündete eine Kerze an, schickte Isabel eine liebevolle Botschaft und ging hinaus. Draußen fasste er einen Beschluss. Wenn sie bis siebzehn Uhr nicht geantwortet hatte, würde er am selben Abend zurückfahren.

Zurück in der Stadt blickte er zur Festung hinauf. Einmal im Leben sollte ein Salzburg-Besucher dort gewesen sein, dachte er, die Sicht war an diesem Tag prachtvoll, und es waren vergleichsweise wenige Touristen unterwegs. Er ging zu Fuß durch die Altstadt zur Talstation und fuhr mit der Zahnradbahn nach oben.

Er lief über holpriges Kopfsteinpflaster, besichtigte die historischen Räumlichkeiten, bewunderte den Blick auf die Stadt und fuhr wieder hinunter. Es war vier Uhr nachmittags, und seine Stimmung erreichte einen Tiefpunkt. Am liebsten wäre er sofort geflüchtet.

Als ihre Antwort kurz darauf endlich kam, las er sie widerstrebend.

Entschuldige, dass ich mich erst jetzt melde, schrieb sie, *wir hatten eine Sitzung der Dozenten, die sich bis jetzt hingezogen hat. Wir könnten uns um 19 Uhr im ‚Fridrich' treffen, das ist eine Weinbar in der Steingasse. Oder lieber woanders? Aber was machst du in Salzburg?*

Wo, war ihm vollkommen egal, er wollte sie nur wiedersehen, ihre Stimme hören, ihren Duft einatmen, ihre Haut berühren. Und ihr alles erzählen. Damit sie endlich verstand.

Ich werde um 19 Uhr dort sein, antwortete er ihr.

Noch fast drei Stunden. Das Salzburg-Programm für diese Jahreszeit schien ausgeschöpft. In seinem Hotelzimmer lag ein Prospekt, der die bekanntesten Sehenswürdigkeiten beschrieb, Armando blätterte darin und fand doch noch etwas, das sein Interesse weckte. In wenigen Minuten erreichte er den Eingang des Mirabellgartens. Die Gartenanlagen mit ihren Wasserspielen und den allegorischen Figuren würden im Frühling erneut ihren ganzen Zauber entfalten, doch jetzt war das Wasser der Springbrunnen abgestellt, und die Figuren warteten unter ihrer hölzernen Umkleidung auf das Ende des Winterschlafs.

Es war nicht gerade ein Szenario, das Besucher anlockte, dennoch genoss Armando die melancholische Ruhe, die über diesem Ort lag, sie passte zu seiner inneren Verfassung. Er schritt die Alleen entlang, bis er vor dem Schlösschen stand, Schloss Mirabell, und setzte sich auf eine Bank.

Müdigkeit erfasste ihn, wäre es nicht noch immer kalt gewesen, hätte er auf dieser Bank einschlafen können. Eine Weile döste er vor sich hin, er war inzwischen bereit, sich in sein Schicksal zu ergeben, falls Jana ihm das sagen würde, womit er mehr denn je rechnete.

Mit steifen Knochen stand er auf und spazierte langsam zu seinem Hotel zurück. In der Halle trank er einen Tee, um sich aufzuwärmen, ohne einen Blick für das Geschehen um ihn herum. Bevor er in sein Zimmer hinauffuhr, bat er den Portier, ihm für den nächsten Abend Flugverbindungen von Zürich nach Buenos Aires herauszusuchen. Oben angekommen, hörte er schon das Telefon. Bedauerlicherweise gehe am nächsten Abend keine Maschine mehr nach Argentinien, jedenfalls kein Direktflug. Armando bedankte sich und legte auf.

Nie zuvor war er in einer Situation gewesen wie dieser, und er hatte viele Frauen gekannt, zu viele. Frauen, die den verwegenen Desperado in ihm sahen und das erotisch fanden. Frauen, die ihn wieder auf den rechten Weg bringen wollten. Die Staatsanwältin, die ihn unbedingt in ihrem Bett haben wollte und ihm Strafminderung anbot, das junge Mädchen aus reichem Hause, das alles für ihn aufzugeben bereit war ... Er konnte sich kaum noch an all ihre Namen und Gesichter erinnern.

Und nachdem sich dank Isabel sein Geschick gewendet hatte, kamen andere, um an seine Tür zu klopfen, weibliche Glücksritter und Profiteurinnen, ebenso verführerisch wie raffiniert. Nur waren sie bei Armando da Silva an den Falschen geraten. Wenn er Lust dazu hatte, verbrachte er eine Nacht mit einer Frau, um sie am anderen Tag fortzuschicken. Das sprach sich herum, und bald hatte er Ruhe vor ihnen.

Als es um Jana ging und er erfuhr, sie sei so etwas wie eine Ziehtochter Enriettas gewesen, hatte das genügt, ihn gegen sie einzunehmen. Doch schon bei seinem ersten Telefonat mit ihr war etwas anderes in ihm angerührt worden, vielleicht durch ihre Stimme, und nachdem sie mit wenigen Worten klargestellt hatte, dass sie keine vorgefasste Meinung hegte, war er neugierig geworden.

Durch den privaten Ermittler, den er beauftragt hatte, um Emilios Schritte zu überwachen, wusste er von den

Umständen, die sie tagelang in dieser Wohnung im Seefeldquartier festgehalten hatten und die auch die Anwesenheit Emilios erklärten. Armando kannte seine Wirkung auf das andere Geschlecht, und im Fall von Jana hätte er nicht gezögert, diese als Waffe einzusetzen, obwohl sie letztlich gegen Emilio gerichtet gewesen wäre.

Bis er ihr begegnet war. Er sah sie wieder vor sich, wie sie an jenem Abend im Restaurant mit vorsichtigen Schritten auf ihn zugekommen war und wie angestrengt sie versucht hatte, sich Behinderung und Schmerzen nicht anmerken zu lassen. Sie schien sich ihres Äußeren nicht bewusst zu sein, denn sie hatte nicht die Selbstgewissheit ausgestrahlt, wie er sie von anderen schönen Frauen kannte. Nur die offenbar sorgfältig gewählte Kleidung hatte ein wenig Eitelkeit erkennen lassen, zumindest den Wunsch, zu gefallen.

Und dann waren da ihre Augen gewesen. In ihrem Blick hatte er unbestechliche Urteilsfähigkeit gelesen und etwas sehr Verletzbares. Diese Frau, war ihm von Anfang an klar gewesen, würde ihm keine Rolle vorspielen, sie war echt. Umgekehrt hatte er gespürt, dass sie, was bis dahin nur wenigen gelungen war, hinter seine Maske sehen konnte.

Er hätte ihr sofort die Wahrheit sagen müssen, vermutlich wäre es dann anders gekommen. Aber er hatte sich nicht nur in diese Frau namens Jana verliebt, er hatte auch herausfinden wollen, ob sie bereit war, sich über das hinwegzusetzen, was Emilio Volpe ihm vorwarf. Ein Krimineller zu sein. Nicht wert, Enriettas Erbe anzutreten.

Kein guter Plan, dachte er jetzt. Jana würde ihm nicht erleichtert um den Hals fallen, wenn er ihr erzählte, was nach seiner Entlassung aus dem Gefängnis geschehen war. Sie würde wütend werden, sehr wütend sogar. Und das zu Recht. Durch sie hatte er erlebt, wie es sich anfühlte, angekommen zu sein, eine Erfahrung, die ihn so sehr verstört hatte, dass er ihr nach der ersten gemeinsamen Nacht gleich wieder ausgewichen war und einen geschäftlichen Termin vorgeschützt hatte. Später, als sie ihn mit der Entscheidung konfrontiert hatte, ihr Leben in Salzburg wieder aufzunehmen, war ihm nichts Besseres eingefallen, als ihr Ängste vorzuhalten, die in Wahrheit seine eigenen gewesen waren.

Armando verstand genug von Frauen, um zu wissen, dass es meistens Eindruck machte, wenn ein Mann bereit schien, mit einigem Aufwand um sie zu kämpfen, bei Jana jedoch war er sich dessen nicht so sicher. Außerdem hatte er nichts getan, um sie zurückzuhalten, bevor sie sich in Zürich trennten. Inzwischen war sie in ihre alten Strukturen zurückgekehrt, und es gab einen neuen Mann, mit dem sie sich offenbar wohlfühlte.

Er war ihr nachgereist, weil der Wunsch, sie noch einmal zu sehen, zu drängend geworden war, und weil er sich eingebildet hatte, danach könne alles gut werden. Was genau er damit gemeint hatte, war ihm keineswegs klar. Er wusste nur, dass etwas in ihm sie brauchte, vielleicht sogar verzweifelt brauchte, und dass er es hasste, wenn er über sein Schicksal nicht selbst bestimmen konnte.

20

Die Weinbar, die Jana als Treffpunkt vorgeschlagen hatte, war offenbar eine Institution. „Gute Adresse", sagte der Hotelportier bei der Wegbeschreibung kennerhaft, „und sehr schön gelegen in der historischen Steingasse, nicht weit vom Hotel entfernt, es wird Ihnen gefallen, Señor da Silva."

Armando fand ohne Schwierigkeiten dorthin, er war absichtlich etwas zu früh, um ein Gefühl für den Ort zu bekommen, an dem er Jana wiedersehen würde. Der Wirt, ein reiferer Mann mit weltläufigen Manieren, hieß ihn willkommen und schien erfreut über den neuen Gast. Armando beschloss, ihn in die weitere Planung einzubeziehen. Er sei mit einer Freundin verabredet, ob sie eine ruhige Ecke haben könnten, sie hätten einiges zu besprechen. „Selbstverständlich, Señor, Sie sind Spanier, oder? Ich habe es gleich an Ihrem Akzent gehört. Aus Südamerika? Auch gut. Diese ruhige Ecke dort ist Ihre, bitte sehr."

Armando bedankte sich, blieb jedoch erst mal an der Bar sitzen. Er sah sich um. Es war noch früh, und bis auf ein junges Paar, das sich leise an einem der Stehtische unterhielt, war er der einzige Gast. Gedämpftes Licht, Frank Sinatra, eine Atmosphäre, die zum Entspannen einlud, aber Armando sah abwechselnd auf seine Armbanduhr und auf die Tür.

Mit dem sicheren Gespür des erfahrenen Psychologen, wie es nur jahrelanges Training in der Gastronomie hervorbrachte, stellte der Wirt ein Glas Wein auf den Tresen. „Hier, kosten Sie mal, das ist unser bester Weißburgunder aus dem Burgenland, ein hervorragender Jahrgang.“

Armando schnupperte, nahm einen Probeschluck und nickte anerkennend. Er bestellte eine Flasche davon. Zu einem anderen Zeitpunkt hätte sich eine angenehme Unterhaltung mit dem Mann hinter dem Tresen entwickeln können, dessen Augen verrieten, dass er in diesem Leben schon vieles gesehen hatte. Doch für Armando konzentrierte sich jetzt alles auf den Moment, in dem Jana hereinkommen würde. Sie war inzwischen zwanzig Minuten zu spät. Er trank einen weiteren Schluck, vermied aber den Blick auf die Tür. Der Wirt stellte einen Teller mit hauchdünn geschnittenem Schinken vor ihn hin und schenkte nach. Die Musik wechselte zu Sambaklängen, João Gilbertos *Girl from Ipanema* schwebte jetzt anmutig durch das Gewölbe.

Und von einem Moment auf den anderen wusste Armando da Silva nicht mehr, was er hier eigentlich tat. Er wartete auf eine Frau, die sich verspätete oder vermutlich gar nicht mehr kommen würde. Die ihm irgendwann eine SMS mit dem Inhalt schicken würde, es sei besser, sich nicht wiederzusehen. Die sich wieder in ihrem alten Leben eingerichtet hatte und mit einem neuen Mann schlief. Und die nicht zu ahnen schien, was sie für ihn bedeutete. Er bat um die Rechnung, es sei wohl etwas dazwischengekommen, sagte er entschuldigend.

Eine Hand legte sich mit leichtem Druck von hinten auf seine Schulter. „Tut mir leid, dass ich jetzt erst da bin,

Armando, ich komme direkt aus dem Institut, und mein Handyakku war leer, ich konnte dir nicht Bescheid geben."

Langsam drehte er sich um und stand auf. Jana trug eine Pudelmütze und denselben dicken Schal wie am Abend zuvor in jenem Lokal, ihre Wangen waren gerötet. Sie sah sehr jung aus, fast wie eine der Schauspielschülerinnen, die sie unterrichtete. Wortlos nahm Armando ihr die Mütze ab, wickelte sie aus dem Schal und half ihr aus dem Mantel. Nie hatte er sie unwiderstehlicher gefunden als in diesem Moment. Sie standen sich gegenüber, ohne sich zu umarmen und ohne den Blick voneinander zu lassen.

Der Wirt war um den Tresen herumgegangen und näherte sich in diskretem Abstand. „Hallo, Jana, schön, dich zu sehen."

„Guten Abend, Kurt. Das ist Armando, aber ihr habt euch ja schon kennengelernt."

Die beiden Männer nickten sich zu, der Wirt hatte eine undurchsichtige Miene aufgesetzt. Mit einladender Geste deutete er auf die freigehaltene Nische, brachte Schinken und Wein. Aus den Augenwinkeln sah Armando, dass der Mann namens Kurt das Geschehen zwischen Jana und ihm beobachtete, bis neue Gäste kamen und das Lokal sich immer mehr füllte.

Sie saßen sich gegenüber, keiner von ihnen sagte etwas. Armando betrachtete die Frau, der er in diese Stadt nachgereist war. Unter den Hüllen aus Mütze, Schal und Mantel wirkte sie zerbrechlich, sie schien Gewicht verloren zu haben.

„Du hast abgenommen."

„Ja." Sie lächelte zum ersten Mal. „Hier gibt es keinen Zimmerservice."

„Wirklich nicht? Das wundert mich."

Janas Lächeln erlosch. Und in Armando meldete sich wieder die kleine Stimme. Idiot, schimpfte sie, willst du es von Anfang an vermasseln?

„Entschuldige", sagte er, „das war kein guter Einstieg."

„Einstieg? In was? Und was machst du überhaupt in Salzburg?"

Er versuchte, Zeit zu gewinnen, die Antwort fiel ihm nicht leicht. „Salud."

Sie erwiderte den Toast nicht. „Erklär es mir", sagte sie, „schließlich kommt das für mich etwas plötzlich. Bist du hier in … Geschäften?"

Armando atmete tief ein und stieß die Luft in einem langen Seufzer wieder aus. „Nein, Jana, ich bin nicht in Geschäften hier, ich bin deinetwegen gekommen."

Sie starrte auf die Tischplatte. „Warum?" Sie hob den Blick.

Es war der Moment der Wahrheit, er würde es ihr erklären müssen, jetzt oder niemals.

Und er begann zu sprechen, stockend zunächst, unsicher, womit er beginnen sollte. Dann, als er merkte, wie genau sie zuhörte, steigerte er sich in einen Erzählfluss, der ihn immer weiter forttrug, zurück zu den Anfängen im Hause Volpe, zu Enrietta, Ernesto und Consuelo, schließlich zu Emilio. Eine schwer glaubhafte Geschichte vielleicht, aber es war seine Geschichte, die er durchlebt und durchlitten hatte, und die er jetzt auch sich selbst nochmal erzählte.

Sie ließ ihn reden, während er es vermied, sie anzusehen, um nicht abgelenkt zu werden. Als er seine Zeit im Gefängnis erwähnte, griff sie nach ihrem Weinglas und trank hastig ein paar Schlucke. Und als er von Isabel de Silva zu sprechen begann, schimmerte es feucht in ihren Augen.

„… bald darauf starb meine Großmutter und machte mich zu einem sehr wohlhabenden Mann."

Aus Janas Zügen war die Farbe gewichen. „Das ist eine ebenso schreckliche wie wunderbare Geschichte, aber warum erfahre ich all das erst jetzt? Wir hätten vielleicht eine Chance gehabt."

Armando beugte sich vor und ergriff ihre Hand, die sich kalt anfühlte und seinen Druck nicht erwiderte. „Und die haben wir jetzt nicht mehr?"

„Ich weiß nicht", murmelte sie.

„Warum ich es verschwiegen habe? Darauf gibt es keine einfache Antwort, Jana. Vielleicht war es ein Test, ein Experiment, vielleicht wollte ich einfach nur herausfinden, wie weit deine Liebe zu einem Mann geht, den du für einen Gangster halten musstest. Aber in dem Moment, wo du sagtest, dass du am nächsten Tag nach Salzburg zurückkehren wollest, war mir klar, dass dieser Versuch gescheitert war. Dabei hatte es so hoffnungsvoll begonnen …, es fühlte sich wie ein kleines Wunder an."

„Nur wie ein kleines Wunder?" Janas Augen waren dunkel geworden. „Was wäre denn dann ein großes Wunder, Armando?"

Er schwieg, ohne auf die Provokation einzugehen. „Wir könnten versuchen, das gemeinsam herauszufinden."

Er sah sie lange an. Und als sie nicht reagierte: „Leb wohl, Jana, viel Glück bei allem."

Er stand auf, ging zum Tresen und bezahlte die Rechnung. Aus dem Augenwinkel sah Armando, dass Jana reglos in der Nische saß und auf die Tischplatte starrte. Er wechselte einen raschen Blick mit Kurt, in dessen Gesicht er Ratlosigkeit zu lesen glaubte. Wortlos brachte der Wirt des *Fridrich* ihn zur Tür, klopfte ihm auf die Schulter, und im nächsten Moment stand Armando draußen in der Gasse.

Die Bar des *Hotel Sacher* war von der Art, wie er es mochte, traditionell und anheimelnd. Als er eintrat, herrschte wenig Betrieb, auch das behagte ihm. Armando setzte sich auf einen der Hocker. „Señor da Silva, was kann ich Ihnen bringen?"

Armando studierte die Flaschen vor der beleuchteten Wand. „Einen Carlos Primero, bitte."

Der Barkeeper nickte, schenkte großzügig ein und servierte das Getränk. Er war geschult genug, um nicht zu fragen, ob der Gast einen angenehmen Abend verbracht habe, ein Blick in dessen Miene hatte genügt. „Zum Wohl."

Armando dankte und führte das Glas an die Lippen. Der Brandy traf weich auf seine Geschmacksnerven, entfachte ein wohliges Feuer in der Kehle. Erleichtert, in diesem Moment nichts mehr denken und vor allem, nichts mehr fühlen zu müssen, blieb er eine Weile still sitzen, während andere Gäste kamen und gingen.

Die Sehnsucht nach Jana, als sie sich in Zürich getrennt hatten, war ein unbekanntes Gefühl gewesen, das ihn kalt erwischt hatte, doch er hatte geglaubt, es werde schwächer werden, um irgendwann ganz zu verblassen. Bis ihre Abwesenheit schmerzte, wenn er es am wenigsten erwartete und sich sicher gewesen war, es überwunden zu haben.

Und jetzt, nachdem er ihretwegen, und nur ihretwegen, in die Stadt gekommen war, in der sie lebte, und nachdem er ihr die ganze Wahrheit offenbart hatte, war ihr nichts anderes eingefallen, als ihm mit Spott und Ablehnung zu begegnen.

Kopfschüttelnd bestellte Armando einen weiteren Brandy, danach würde er schlafen können. Am anderen Morgen wollte er frühzeitig aufbrechen.

Er ging zum Nachtportier, um seinen Zimmerschlüssel abzuholen.

„Señor da Silva", der Mann deutete mit einer diskreten Bewegung zur Hotelhalle, „dort wartet eine Dame auf Sie."

Armando wandte sich um und spähte in die angezeigte Richtung, er sah niemanden. „Ich verstehe nicht, sind Sie sicher?"

„Ganz sicher. Als die Dame nach Ihnen fragte, sagte ich, Sie seien in der Bar, aber sie bestand darauf, in der Halle auf Sie zu warten." Der Mann wirkte etwas irritiert. „Und hätte sie das Hotel inzwischen verlassen, wäre sie an mir vorbeigekommen."

Armando bedankte sich für die Auskunft und ging zurück in die Halle. Er sah sich um, bis er in einer Ecke eine schmale und zerbrechlich wirkende Gestalt mit zerstrubbeltem Haar und geröteten Wangen bemerkte, die langsam aufstand.

„Ich hätte wissen müssen, dass du immer für eine verdammte Überraschung gut bist“, murmelte er und schloss Jana in die Arme. Sie hielten sich fest, als hätten sie Angst, sich wieder loszulassen, streichelten einander mit der Unbeholfenheit derer, die zu lange auf diesen Moment gewartet hatten und stammelten Worte, deren Sinn nur sie verstanden.

„Lass uns zu dir gehen“, flüsterte er, er wollte diese Nacht nicht wieder in einem Hotel mit ihr verbringen. Am Empfang gab er Bescheid und verlängerte seinen Aufenthalt um einen weiteren Tag.

Eng umschlungen steuerten sie auf den Makartsteg zu, die gebogene Brücke mit den unzähligen Liebesschlössern. Schweigend schritten sie gemeinsam durch die Dunkelheit, den Lichtern auf der anderen Seite des Flusses entgegen. Mitten auf der menschenleeren Brücke blieb Jana stehen. Sie löste sich von Armando, trat ans Geländer und blickte nach oben zur Festung, an der das rote Warnsignal für den Flugverkehr blinkte. Die Umrisse der Burganlage, eine der weltweit meistfotografierten Sehenswürdigkeiten, hoben sich schwach gegen den Nachthimmel ab.

„Ich weiß, dass du die Schönheiten dieser Umgebung wahrnimmst“, sagte sie leise, „aber für dich ist das wahrscheinlich trotzdem nur eine Kulisse. Ich bin hier geboren und aufgewachsen, ich kenne jeden Winkel, es ist mein Zuhause. Sei ehrlich, Armando, du findest das alles doch viel zu klein und zu eng, das ist nicht deine Welt.“

Er starrte auf den Fluss hinunter. „Ich weiß es nicht. Du bist das Einzige, was mich mit dieser Stadt verbindet, ohne dich würde ihr Zauber für mich abstrakt bleiben."

Er betrachtete sie von der Seite, ihre zusammengezogenen Schultern, den gesenkten Kopf, die ineinander verschränkten Hände, die unruhig zuckten. „Jana." Er zog sie an sich. „Jetzt ist Schluss mit solch kleinmütigen Zweifeln", er hoffte, genügend Strenge in seine Stimme zu legen, „morgen früh entschuldigst du dich im Mozarteum mit Erkältung oder sonst was, dann haben wir einen ganzen Tag Zeit, um miteinander zu reden." Armando war nie der gesprächige Typ gewesen, schon gar nicht gegenüber Frauen, aber mit Jana war ohnehin alles anders. „Lass uns gehen."

21

Als er Jana in ihre Wohnung folgte, geschah etwas mit Armando da Silva, das er nicht erwartet hatte. Und jetzt suchte er nach Worten, die er nicht fand.

„Hast du es dir hier so anders vorgestellt, oder weshalb hat es dir die Sprache verschlagen?" Ihr Ton war scherzhaft, obwohl er Unsicherheit heraushörte.

Rasch trat er ans Fenster und tat, als betrachte er die Aussicht. „Es muss sehr inspirierend sein, direkt an einem Fluss zu wohnen", murmelte er, er meinte es nicht so banal, wie es für sie klingen musste. Und als sie ihn noch immer fragend ansah, zwang er sich zu einem Kompliment über die geschmackvolle Gestaltung und die behagliche Atmosphäre, die sie geschaffen habe.

Beides war richtig, aber bedeutungslos. Was war es also? Spürte er noch immer die negativen Schwingungen, die Emilio hinterlassen hatte? Die Präsenz dieses Johannes, mit dem Jana zuletzt ihre Nächte verbracht hatte? Simple Eifersucht also auf andere Männer und auf Janas Leben ohne ihn? War es so einfach?

Falls sie seine Befangenheit bemerkte, tat sie alles, um es zu überspielen, es durfte nicht sein in diesem Moment, nachdem sie sich wiedergefunden hatten. Sie entzündete Kerzen, die den Raum in weiches Licht tauchten und trügerischen Glanz verbreiteten, sie sorgte für Musik von einem Jazzsender, der gefühlvolle Balladen spielte, sie brachte Wein von der Sorte, wie er ihn mochte, sie setzte sich neben ihn auf die Couch und nahm seine Hand in ihre. Dabei blieb es, mehr Nähe wagte sie offenbar nicht. Er spielte das Spiel mit, so gut er konnte, dankbar, dass sie nicht nachfragte. Denn was hätte er antworten sollen? Dass unvermittelt alles anders war, seitdem er mit ihr in diesen Räumen allein war? Dass er lähmendes Unbehagen empfand, das er nicht erklären konnte, weder sich noch ihr?

Armando lobte das Bouquet des Weins, die Atmosphäre des renovierten Altbaus, die Aussicht auf die Salzach mit ihren Lichtern, strich über ihre Hand und wünschte sich weit fort.

Jana mied seinen Blick. Nur einmal, als sie sich unbeobachtet glaubte, sah er ihre Augen, die dunkel und verhangen waren und voller Fragen. So saßen sie eine Weile in gemeinsamem Schweigen nebeneinander, beide wussten, dass es in diesem Moment nichts zu sagen gab außer ein paar hingeworfenen Bemerkungen über Nichtigkeiten.

Als der Wein ausgetrunken und der letzte Blues verklungen war, stand Jana auf und begann die Lichter zu löschen. Armando verfolgte ihre Bewegungen. Was bedeutete die Gelassenheit, die daraus sprach? Ergebenheit in ein Schicksal, das sie in diesem Moment nicht verstand? Oder eher Zuversicht, dass ein neuer Tag neue Erkenntnisse bringen würde? Was es auch war, es genügte, um in Armando erneut die Gewissheit entstehen zu lassen, dass er sich ihr anvertrauen konnte. Und hätte sie ein Gästezimmer, würde sie es mir jetzt anbieten, dachte er, während sie dabei war, eine zweite Bettdecke für ihn vorzubereiten. Sie zeigte ihm das Bad und verschwand in der Küche.

Als Armando am frühen Morgen erwachte, lag er unter Kissen und Decke vergraben, in sicherer Entfernung von der Frau, die, wie er geglaubt hatte, sein Leben geworden war. Sie drehte ihm den Rücken zu, das Gesicht unter den Haaren verborgen, ihr Atem ging gleichmäßig.

Vorsichtig setzte er sich auf, sie schien tief zu schlafen. Er wusste nur noch, dass sie nach ihm ins Bett gekommen war, als er schon fast eingeschlafen gewesen war. Leise hatte sie gute Nacht gesagt, ohne ihn zu berühren, daran konnte er sich erinnern.

Armando sah auf seine Armbanduhr, es war nicht mal sechs, zu früh, um an einem solchen Morgen schon aufzustehen, sie waren erst kurz nach Mitternacht schlafen gegangen. Er legte sich wieder hin und war sofort erneut eingeschlafen.

Drei Stunden später fand er nur mühsam in den hellen Tag, der zwischen den Vorhängen hereinschien. Er lag auf dem Rücken, fest eingehüllt in seine Decke. Jana war nicht mehr auf ihrem Platz. Aus dem Bad kamen die typischen Geräusche, das Plätschern einer Dusche, das Summen eines Föns, Schränke, die geöffnet und wieder geschlossen wurden.

Im Moment, als sie aus dem Bad kam, drehte er sich zu ihr um.

„Guten Morgen“, sagte sie ruhig.

Er sah sie an, ihre Augen waren umschattet, die Lider leicht geschwollen.

Sie setzte sich zu ihm auf die Bettkante. „Frühstück? Starken Kaffee, Eier im Glas, Toast?“

„Jana."
„Ja?"
„Danke, Jana."
Sie stand auf und wandte sich ab. „Also Frühstück."
Nie zuvor hatte er deutlicher gespürt, wie nahe sie einander waren, und nie hatte er weniger verstanden, was seit der gestrigen Nacht in ihm vorging. Sie hätte allen Grund gehabt, ihn auf der Stelle vor die Tür zu setzen und das auf Nimmerwiedersehen, nicht, ohne vorher eine theaterreife Szene mit allem Drum und Dran hinzulegen.
Stattdessen hatte sie ihm ein Nachtlager angeboten und jetzt auch noch ein üppiges Frühstück. Und das alles ohne erkennbaren Groll. War sie ein Wesen nicht von dieser Welt, eine Heilige oder einfach nur eine Verrückte?
„Ich habe mich im Institut entschuldigt", sagte sie später, als sie in der Küche Kaffee einschenkte.
„Wollen wir aufs Land fahren?", schlug Armando vor.
Jana betrachtete ihn nachdenklich. „Das ist ein weit gefasster Begriff, hier ist überall Land. Meinst du in die Berge oder an einen der Seen?"
„Keine Ahnung, ich kenne mich nicht aus, aber ans Wasser wäre mir lieber."
Sie nickte.
Er werde den Wagen aus der Hotelgarage holen, sagte er, in einer Stunde sei er zurück.

Im Hotel ließ er sich die Seenlandschaft des Salzkammerguts erklären. Man gab ihm eine Broschüre mit, der Fuschlsee sei ein sehr romantisches Kleinod, hieß es, die Fahrt dorthin lohne sich auf jeden Fall, und man sei nicht länger als eine halbe Stunde unterwegs. Falls er mehr Zeit habe, könne er an den Attersee fahren, dort hätten sich viele Künstler angesiedelt, es herrsche ein ganz spezielles kreatives Flair. Armando bedankte sich. Ein romantisches Kleinod, dachte er, als er im Wagen saß und über die Staatsbrücke fuhr, war es das, was er sich jetzt wünschte? Oder das spezielle kreative Flair an diesem Attersee?

Als er vor Janas Zuhause anhielt, wusste er, dass er sich nichts von all dem wünschte, dass er allein sein wollte. Und als er vor ihr stand, sah er, dass sie es ebenfalls wusste.

„Du musst es nicht erklären", sagte sie leise. „Nun fahr schon los."

Er hob die Hand wie zum Gruss, hilflos und erleichtert, dann gab er Gas.

Wie gut das tat. Bei weit geöffneten Fenstern den Fahrtwind im Haar zu spüren, dazu die Musik des Klassiksenders voll aufzudrehen, eine Sonate von Beethoven, ohne Ziel gemächlich einer Landstraße zu folgen, nichts konnte in diesem Moment besser sein.

Er war ein Egoist, ein Verräter, ein Unverbesserlicher, einer, der dieser Frau nicht würdig war und nie sein würde. Gut, dass sie das beide rechtzeitig erkannt hatten, Jana war noch einmal davongekommen. Und er ebenso. Es hat einen großen Vorteil, mit Frauen von solcher Intelligenz zu tun zu haben, dachte er, man muss nicht so viele Worte machen und wird trotzdem verstanden.

Sie hingegen blieb für ihn voller Widersprüche. Hatte sie ihn vermisst, nachdem sie in ihr altes Leben zurückgekehrt war? Würde sie ihn vermissen, wenn sie erneut auseinandergingen? Aber sie hatte ja Johannes, der schon für alles sorgen würde. Nein, korrigierte er sich, das war ein unfreundlicher Gedanke, einen wie ihn, Armando, würde es in ihrem Leben auch nur dieses eine Mal geben. Die aufsteigenden Bilder ihrer gemeinsamen Nächte in Zürich versuchte er zu verdrängen, das ist Vergangenheit, *mi amor,* dachte er. Armando sah die freie Straße vor sich und drückte aufs Gaspedal, erst im letzten Moment konnte er dem entgegenkommenden Wagen ausweichen, dessen Fahrer panisch hupte. Das war knapp gewesen, er fuhr an den Straßenrand, hielt an und lauschte auf seinen hämmernden Herzschlag.

Er wischte sich den Schweiß von der Stirn und atmete langsam und gleichmäßig. Ruhiger geworden, startete er den Wagen erneut und fuhr weiter. Nach wenigen Kilometern machte er bei einem Wirtshaus halt, wusch sich im Waschraum Gesicht und Hände und bestellte in der Gaststube einen Kaffee. Er erkundigte sich, wo er gelandet sei. Kurz vor Fuschl, erklärte die junge Frau vom Service, die ihn neugierig musterte.

Der Fuschlsee, natürlich.

Der Anblick war mehr, als er erwartet hatte, ein schmales, lang gestrecktes Gewässer mit spiegelglatter Oberfläche von leuchtend smaragdfarbener Tönung, eingebettet in weich abfallende, dunkel bewaldete Gebirgshänge, davor, auf einer Landzunge, ein spätgotisches Schlösschen wie aus einer Märchenlandschaft. Armando stieg aus dem Wagen, ging ein paar Schritte und setzte sich auf eine Mauer. Weiter unten, in einem kleinen, mit Schilf bewachsenen Hafen, lagen Segelboote fest vertäut und in Planen gehüllt.

Er nahm die Szenerie in sich auf, ahnte sogar noch in der Ruhe des späten Winters, welche Magie sie entfalten würde, sobald die Natur erwachte. Wie in einem lebenden Bild sah er sie vor sich, die Schwimmer, die Segler, die Sonnenhungrigen, die Hotelgäste, all die Menschen, für die dieser Ort ein Refugium paradiesischen Friedens war.

Armando wandte sich ab, er verstand dieses Bild, aber in seinem Inneren erreichte es ihn nicht. Ein Mann in Forstkleidung kam gestikulierend auf ihn zu. Was er hier wolle, das Hotel sei bis März geschlossen. Er sei auf der Durchfahrt, entschuldigte er sich in mühsamem Deutsch, er habe nur einen Blick auf den See werfen wollen.

Armando fuhr weiter, kam an Ortsschildern vorbei, die ihm nichts sagten und ließ sich treiben. Irgendwann und irgendwo würde er eine Entscheidung treffen müssen, spätestens bei Anbruch der Dunkelheit. Er hatte im Hotel in Salzburg ausgecheckt, als man ihm den Wagen aus der Garage gebracht hatte, sein Gepäck war im Kofferraum verstaut, er war frei.

Es geht mir gut, werde unterwegs übernachten. Melde mich morgen wieder. Armando, schrieb er an Jana. Das musste erst mal genügen.

22

„Nein, Johannes“, Jana wurde ungeduldig, „du verstehst das falsch, Armando ist nicht mehr hier. Aber ich brauche trotzdem etwas Zeit für mich.“

Erleichtert legte sie auf, nachdem er nicht weiter darauf bestanden hatte, sie sofort zu sehen, für Johannes schien nur wichtig zu sein, dass Armando sich nicht mehr in ihrer Nähe aufhielt.

Morgens hatte sie sich an ihrem Arbeitsplatz für diesen Tag abgemeldet, um Zeit zu haben für Armando. Aber als sie später in sein Gesicht sah, war ihr klar, dass er ohne sie aufbrechen wollte. Sie hatte ihn gehen lassen, ohne Fragen zu stellen, sie glaubte, die Antworten zu kennen.

Jana stellte sich vor, wie er jetzt mit dem Auto durch eine fremde Landschaft unterwegs war, dieser Inbegriff des einsamen Wolfes, den die Liebe gefunden hatte, obwohl er nicht dafür bereit gewesen war. Noch nicht und vielleicht nie. Der ihr nach Salzburg gefolgt war, um ihr seine Geschichte zu erzählen und um Gewissheit zu erlangen. Über sie, über das, was mit ihnen in Zürich geschehen war, und, mehr als alles andere, über sich selbst. Kurze Zeit hatte sie geglaubt, alles werde gut, noch auf der Brücke, wo er so entschlossen ihre Hand genommen hatte. Bis zu dem Moment, in dem er ihre Wohnung betrat.

In Zürich waren sie sich in Hotels begegnet, hatten sich in Restaurants getroffen oder irgendwo in der Stadt, sie waren Reisende gewesen in einer Durchgangssituation, und keiner von ihnen hatte einen Ort gehabt, der nur ihm gehörte. Sich in ihrem Zuhause wiederzufinden, obwohl Armando sich das für diese Nacht gewünscht hatte, musste in ihm etwas ausgelöst haben, was ihm Angst machte, sobald er die Schwelle überschritten hatte. Und sei es nur, dass er von diesem Ort nicht mehr einfach so entfliehen konnte. Da erst hatte sie wirklich hinter die Maske geblickt, hatte die Furcht in seinen Augen entdeckt und den Schmerz nie verheilter Wunden.

Nachts, als er sich längst in den Schlaf geflüchtet hatte, war sie näher zu ihm gerückt, um wenigstens etwas von seiner Wärme und seinem Geruch zu spüren. Vielleicht hätte sie sich unter der Bettdecke an ihn schmiegen und ihn berühren sollen, vielleicht wäre er dann jetzt nicht ohne sie unterwegs. Stattdessen war sie ruhig neben dem Mann, den sie liebte, liegen geblieben, um auf seinen Atem zu lauschen. In diesem Moment von ihm zurückgewiesen zu werden, hätte sie zerstört.

Und jetzt, nach einer weiteren Nacht, in der sie von ihren eigenen Dämonen heimgesucht worden war, versuchte Jana gar nicht erst, sich die Zukunft vorzustellen. Armando hatte am Vorabend eine SMS geschickt, wohl, um sie erst mal zu beruhigen, mehr war aus der knappen Nachricht nicht herauszulesen gewesen.

Wie lange würde dieses Roadmovie dauern? Das Salzkammergut konnte für jemanden, der sich darauf einließ, eine Gegend sein, der man schwer widerstand. Doch bei Armando war sie sich nicht sicher. Gut möglich, dass eine gegenteilige Wirkung eintrat, dass ihn all die Schönheit zwar berührte, ihm seine momentane Misere aber nur umso stärker vor Augen führte. In dem Fall müsste er auch von dort flüchten. Nur wohin?

Vielleicht würden sie sich nie wiedersehen.

Das Telefon zeigte im Display Leuthards Nummer an. „Andreas?“, sagte sie leise, bemüht, ihre Stimme zu kontrollieren.

„Ich wollte dir berichten, was sich hier in Zürich inzwischen getan hat. Und ich möchte wissen, wie es dir geht. Du klingst bedrückt, ist alles in Ordnung?“

„Armando war hier, er hat mich in Salzburg besucht.“

Leuthard schwieg einen Moment. „Und mir hat dieser Schlawiner gesagt, er wolle nach Italien, er brauche einen Tapetenwechsel. War es … ein gutes Treffen?“

Spontan entschied sie, nicht um die Dinge herumzureden. „Er hat mir seine Geschichte erzählt, die wahre Geschichte.“

„Vor seiner Abreise hat er mich zum Essen eingeladen, dabei habe ich schon so einiges erfahren. Vermutlich weißt du inzwischen sehr viel mehr darüber.“

„Wahrscheinlich, aber du erwartest doch wohl nicht, dass ich etwas davon preisgebe.“

„Natürlich nicht“, sagte der Advokat hastig, dabei brannte er offenbar vor Neugier. Zum ersten Mal spürte sie bei ihm nicht nur professionelles Interesse, seine nächsten Worte bestätigten das. „Jana, so seltsam du das finden magst, Armando da Silvas Schicksal berührt mich, vor allem, seitdem ich mehr darüber weiß. Abgesehen davon, dass dieser ganze Fall etwas Bizarres hat.“

„Du hast mich gefragt, ob es ein gutes Treffen war, Andreas. Ich kann darauf keine klare Antwort geben. Er ist mir nach Salzburg gefolgt, um mir seine Geschichte zu erzählen. Als wir uns nach zwei gemeinsamen Nächten in Zürich getrennt hatten, waren wir kein Liebespaar, aber wir hätten es vielleicht werden können. Und hier …"

„Bei dir hat ihn seine Vergangenheit eingeholt." Andreas Leuthard klang nachdenklich. „Ich kenne mich in Psychologie nicht besonders aus, Jana, aber es gehört kein Fachwissen dazu, um zu verstehen, was ihm in seiner Kindheit angetan wurde. Diese Erfahrungen werden ihn tief geprägt haben." Er schnaubte entrüstet. „Und jetzt hat Enrietta ihn auch noch posthum verleugnet." Nach kurzer Pause: „Ich hätte dieses Mandat nicht angenommen, wenn ich all das gewusst hätte."

„Wirklich nicht?"

„Du zweifelst, weil es so lukrativ ist? Nein, Jana, wirklich nicht."

Zu ihrem Erstaunen hörte sie sich sagen: „Ich glaube dir."

„Hast du von Emilio gehört?", fragte er.

„Kurz bevor Armando in Salzburg aufgetaucht ist, hatte sich Emilio bei mir angekündigt. In Zürich waren wir sehr freundschaftlich auseinandergegangen, daher hatte ich ihn eingeladen, mich hier einmal zu besuchen. Vor etwa einer Woche kam er an, er schien bester Laune. Er besichtigte die Stadt und war offenbar begeistert von den vielen neuen Eindrücken. Am zweiten Abend wollte er unbedingt meine Wohnung kennenlernen. Zuvor hatte er etwas geheimnisvoll getan, er habe mir Wichtiges zu erzählen, deutete er an."

„Ich kann mir schon denken, worum es ging", murmelte Leuthard, „es ist das, was ich dir jetzt offiziell mitzuteilen habe. Aber ich wollte dich nicht unterbrechen, wie ging es weiter?"

„An dem Abend sagte er mir, er habe sich jetzt endgültig entschlossen, das Erbe auszuschlagen. Um sogleich hinzuzufügen, dass er dann auch nicht wegen falscher Angaben belangt werden könne. Mir gefiel seine Ehrlichkeit, er versuchte gar nicht erst, seine Motive schönzureden. Allerdings hatte er von Anfang an betont, dass er auf dieses Erbe nicht angewiesen sei. Wie auch immer", Jana seufzte, „das war leider noch nicht alles. Plötzlich schien die ganze Geschichte wieder in ihm hochzukommen, es begann mit einer Hasstirade gegen Armando, der dieses Erbe nicht verdient habe, und dann wurde es persönlich, sehr persönlich. Ich erspare mir die Details, aber es kam zu einem heftigen Streit, bei dem er Armando erneut verunglimpfte, bis ich ihn aufforderte zu gehen."

„Und das tat er?"

„Ja, obwohl er es wohl nicht gewohnt ist, von einer Frau vor die Tür gesetzt zu werden, er war todbeleidigt. Seitdem habe ich von ihm nichts mehr gesehen oder gehört, und ich bin froh darüber. Damals wusste ich ja noch nicht einmal, was Armando mir hier anvertrauen würde, Emilios Auftritt in meiner Wohnung erscheint in diesem Licht umso abscheulicher."

Jana überließ Leuthard erst mal seinen Gedanken.

Leuthard nahm den Faden wieder auf. „Wo ist Armando jetzt? Oder unterliegt das auch der Geheimhaltung?“

„Sei nicht albern, Andreas. Armando hat sich davongemacht, als es ernst zu werden drohte. Er ist geflüchtet, vor sich, vor mir, vor der Situation. Zurzeit dürfte er auf einer Selbstfindungsreise durch unser schönes Salzburger Land sein. So hatte er es zumindest geplant. Vielleicht ist er längst ganz woanders, um zu neuen Ufern aufzubrechen, wo er sich wieder in Sicherheit fühlen kann, was weiß ich? Zuletzt hat er gestern Abend eine SMS geschickt, da hielt er sich wohl noch hier in der Gegend auf.“

„Du tust so, als wärst du sehr gefasst, aber ich höre etwas anderes aus deiner Stimme heraus. Im Grunde bist du so verbittert, dass du nicht weißt, wohin mit deiner Wut und deiner Enttäuschung, ist es nicht so?“

„Mag sein“, gab sie kleinlaut zu.

„Dann nenn mir einen guten Grund, weshalb du diesen Mann damit nicht konfrontierst. Spür ihn auf, stell ihn zur Rede, pack ihn, schüttle ihn, schrei ihn an, überhaupt, Jana, du bist schließlich Schauspielerin, ja, ich weiß, das ist Vergangenheit, aber das verlernt man ja nicht, und dann fragst du ihn, weshalb er gerade dabei ist, sein Lebensglück zu verspielen und deins dazu, obwohl auch jemand wie er wissen müsste, dass eine solche Gelegenheit wahrscheinlich nie wiederkehrt. Und wenn er dir dann damit kommt, dass er sich das nicht zutraut, sagst du ihm, dass es zwar legitim ist, vor der Liebe Angst zu haben, dass hier aber nur Tapferkeit hilft. Weil ihn das sonst immer verfolgen wird. Und weil Leben bedeutet, zu tun, nicht, zu unterlassen.“

Erschöpft hielt der Anwalt inne.

Was war mit Andreas passiert? Jana brauchte einen Moment, bevor sie antworten konnte. „Für einen Juristen, der behauptet, nicht viel von Psychologie zu verstehen, war dein Plädoyer sehr überzeugend. Danke, Andreas, ich werde darüber nachdenken." Es war ihr ernst damit.

„Es gibt noch etwas, was ich dir sagen möchte, Jana." Er zögerte, bis er mit festerer Stimme fortfuhr: „Ich habe mich von meiner Frau getrennt."

Sie suchte nach einer passenden Erwiderung, als er schon weitersprach: „Es gibt seit einiger Zeit eine neue Frau in meinem Leben."

Jana schwieg einen Moment. „Wer ist sie?", fragte sie dann. „Und was macht sie?"

„Sie betreibt ein sehr erfolgreiches Restaurant in der Zürcher Innenstadt. Seit über einem Jahr esse ich dort zu Mittag. Sie hat lange braune Haare, die sie während der Arbeit unter ihrer hohen Mütze versteckt, ihre dunklen Augen leuchten, wenn sie mich ansieht, ihr Körper ist weich und nachgiebig, und sie liebt es, für mich zu kochen."

Jana lächelte, sie hatte vorerst keine Fragen mehr.

23

Armando verbrachte eine unruhige Nacht in einem kleinen Hotel mitten im Wald, er hielt die Stille dort kaum aus. Nachdem er zuletzt in einen komatösen Schlaf gefallen war, wurde er durch Vogelgezwitscher geweckt. Es war bereits neun, er schreckte hoch. Er würde sich beeilen müssen, um noch ein Frühstück zu bekommen.

In der holzgetäfelten Stube, wo die Mahlzeiten serviert wurden, war er wie am Vorabend der einzige Gast. Die Wirtsleute hatten ihn herzlich in Empfang genommen, eigentlich sei das Hotel nach der Winterpause erst in zwei Tagen offiziell wieder geöffnet, aber sie würden für ihn eine Ausnahme machen, denn er werde so schnell keine andere Übernachtungsmöglichkeit finden, das nächste Hotel sei eine Stunde entfernt.

Die Wirtin wünschte ihm einen guten Morgen, das kenne man schon, dass die Städter in dieser paradiesischen Ruhe endlich einmal tief und lange schlafen konnten, das Frühstück sei unterwegs.

Nachdem er sich gestärkt hatte, kam man ins Gespräch. Wie er sich zu ihnen verirrt habe? Und von woher er komme? Bereitwillig erklärte er, er sei Argentinier und mache eine Reise durch Europa. Zuletzt sei er in Salzburg gewesen und von da aus weiter drauflos gefahren. Den Fuschlsee habe er schon kennengelernt, welche anderen Seen ihrer Meinung nach noch einen Abstecher lohnten?

Die Wirtin rief ihren Mann, der seinen Laptop mitbrachte. Die Saison beginne gerade erst wieder im Salzkammergut, aber für jemand, der eher die Abgeschiedenheit fern des touristischen Getriebes suche, sei das ein Vorteil. Der Wirt begann, im Netz zu recherchieren, die unerwartete Aufgabe schien ihm zu gefallen, und eine halbe Stunde später hatte er für Armando einen kompletten Reiseplan erarbeitet.

„Hier“, sagte er stolz und reichte Armando den Ausdruck, „das ist ein Überblick, in dem Sie die wichtigsten Seen mit einer ausführlichen Beschreibung finden und dazu die Adressen der Hotels und Restaurants, die schon geöffnet sind.“

Armando bedankte sich gebührend und wollte noch wissen, welchen Zielen die beiden den Vorzug geben würden. Der Wirt war für den Attersee, der mit dem kreativen Flair, fiel es Armando ein, seine Frau betrachtete den Gast nachdenklich. Ob er jemals vom Toplitzsee gehört habe?

Armando verneinte. Man vermute dort den legendären Schatz, über den sich nach wie vor das Gerücht halte, die Nazis hätten ihn kurz vor Kriegsende in den Tiefen des Sees versenkt, erklärte sie. Taucher und Schatzsucher aus aller Welt seien davon angezogen worden, doch das sogenannte Nazi-Gold habe man bis heute nicht gefunden, auch eine großangelegte Suchaktion seitens des österreichischen Staates habe nichts ergeben.

Eine spannende Geschichte, sagte Armando, der sich jetzt erinnerte, vor Jahren etwas darüber gelesen zu haben. Ob sich die Fahrt dorthin denn trotzdem lohne?

Oh ja, sagten die beiden einstimmig, schon wegen der

einzigartigen Lage des Sees und seiner Umgebung, denn auch ohne diese Legende sei es ein Ort, der irgendwie … sie suchten nach dem passenden Wort, irgendwie geheimnisvoll wirke.

Armando bedankte sich nochmals und verabschiedete sich. Als er schon im Wagen saß, lief die Wirtin ihm nach. Er ließ die Fensterscheibe herunter und sah ihr entgegen.

„Ich wollte Ihnen noch etwas mit auf den Weg geben", sagte sie.

„Ja?"

„Sie werden beim Toplitzsee zwar keinen Goldschatz finden, dafür aber vielleicht etwas anderes, was für Sie wichtig sein könnte. Ist nur so ein Gefühl, verzeihen Sie meine Direktheit. Alles Gute."

Er winkte, bevor er um die Kurve bog, sie winkte zurück.

Obwohl Armando für Naturschönheiten empfänglich war, gehörte er nicht zu denen, die darüber ins Schwärmen gerieten. Wenn ihn etwas besonders anrührte, behielt er es für sich, er mochte es nicht, solche Erlebnisse mit anderen teilen zu müssen. Jetzt stand er nach einer halbstündigen Wanderung allein am Ufer des Sees, von dem die Hotelwirtin gesagt hatte, er könne dort etwas finden, was für ihn wichtig sei.

Was hatte sie damit gemeint, diese Frau, die ihn nie zuvor gesehen hatte und nichts von ihm wusste?

Menschen, die auf dem Land und mit den Rhythmen der Natur lebten, sind zu einer anderen Wahrnehmung fähig, Armando wusste das. In Argentinien hatte er sich oft in die Berge geflüchtet, um klarer denken zu können, und die Menschen, denen er in dieser Abgeschiedenheit begegnet war, hatten keine Fragen gestellt.

Argentinien. Wie weit weg war seine Heimat in dem Moment am Ufer eines Bergsees im Salzkammergut. Was kümmerte ihn dieser Mythos vom angeblich dort versenkten Goldschatz der Nazis, das alles interessierte ihn nicht, es hatte nichts mit ihm zu tun. Er war gekommen, weil die Wirtin eines einfachen Landhotels etwas in ihm erspürt hatte, vor dem er immer wieder geflüchtet war, eine Last, die er nicht loswurde, wohin er auch ging.

Armando stand allein am Ufer und blickte in das Wasser, dessen Tiefe man nur erahnen konnte, es würde seine Geheimnisse wohl auf ewig bewahren. Wie die menschliche Psyche, dachte er. Feuchtigkeit stieg vom See auf. Obwohl er wetterfest gekleidet war, begann er zu frösteln.

Und dann wusste er es. Eigentlich hatte er es immer gewusst, sein ganzes bisheriges Leben lang, es war ein Grundgefühl gewesen, das ihn nie verlassen hatte. Ohne Consuelo wäre er verloren gewesen, sie hatte ihn geliebt und versucht, einen anständigen Menschen aus ihm zu machen. Und sie hatte alles getan, um es zu lindern, dieses Leiden, mit dem er aufgewachsen war, die Einsamkeit des Jungen, der von der Mutter, mit der er unter demselben Dach lebte, nicht einmal angesehen wurde.

Doch dagegen gab es kein Heilmittel, diese Wunde würde bleiben.

Viel später, als das Gefängnis längst hinter ihm gelegen und er das Erbe seiner Großmutter angetreten hatte, war für ihn ein neues und in vieler Hinsicht besseres Leben möglich geworden, es hatte ihn frei gemacht und unabhängig, mehr konnte er nicht erwarten. Für mich, dachte er mit einem letzten Blick auf den grün schimmernden Toplitzsee, gibt es keinen Schatz, die Begegnung mit Jana ist eine Verheißung gewesen, die sich nicht erfüllen lässt.

Als er sich zum Gehen wenden wollte, überfiel ihn eine Beklemmung, dann ein Schwindelgefühl, bis er taumelte. Halt suchend griff Armando in das Schilfgras am Ufer, während seine Beine nachgaben. Er sank auf die Knie und fiel auf die Seite. Sein Puls raste, Schweiß überzog seinen Körper, während sein Herz hämmerte. Er verstand nicht, was geschah, konnte nur diesen einen, peinigenden Gedanken fassen: Würde er hier, in dieser gottverlassenen Gegend, an einem Herzinfarkt sterben?

Doch so unerwartet ihn die Panik überfallen hatte, zog sie sich zurück, Herzschlag und Puls beruhigten sich. Er zitterte noch, konnte sich aber langsam aufrichten.

Er sei auf dem Rückweg nach Zürich, schrieb Armando an Jana, seine Reise durch das Salzburger Land habe vieles für ihn geklärt. Er werde sich nach seiner Ankunft ausführlich bei ihr melden.

Im Hotel fand er eine Nachricht von Leuthard vor, der ihn bat, sofort Kontakt zu ihm aufzunehmen. Und die von ihm beauftragte Detektei hatte eine Rechnung geschickt und fragte an, ob weitere Ermittlungen gewünscht würden. Armando wies den Betrag an und bedankte sich, der Auftrag sei erledigt.

Im Büro von Leuthard hinterließ er, dass er wieder in Zürich sei, und bat um Rückruf, der kurz darauf erfolgte. Sie verabredeten sich noch für denselben Abend, Leuthard sagte, er müsse am anderen Tag in einer geschäftlichen Sache verreisen, und es sei dringend, dass sie sich vorher trafen.

Armando zog sich in sein Hotelzimmer zurück und begann, an Jana zu schreiben.

Liebste Jana,
mi amor wage ich dich nicht mehr zu nennen, obwohl es die Wahrheit ist. Ich weiß, dass ich dir vieles zu erklären habe, was mir wohl nur unzureichend gelingen wird. Vielleicht wirst du dennoch ein letztes Mal nachsichtig mit mir sein.
Als wir uns nach den beiden Telefonaten persönlich kennenlernten, wurde mir schnell klar, dass ich mich mit meiner ersten Einschätzung deiner Person nicht geirrt hatte. Und ich war sofort bezaubert von dir, von deiner Erscheinung, deiner Verletzlichkeit und deiner Tapferkeit. Nie zuvor bin ich einer Frau wie dir begegnet, ich glaube, ich liebte dich von Anfang an.
Aber, jetzt greife ich vor und schreibe dir das, was eigentlich am Ende dieser Zeilen stehen sollte: Ich hatte nie zuvor geliebt, ich wusste nicht, wie das geht. Und machte alles falsch. Fast alles zumindest. Statt mich dir anzuvertrauen und dir meine wahre Geschichte zu erzählen, ließ ich dich im Glauben, du habest dich mit einem Gangster eingelassen, der inzwischen im großen Stil krumme Geschäfte macht. Wohlwissend, in welchen Konflikt dich das stürzte.

Aus purer Eitelkeit, um deine Gefühle zu testen.
Mit den bekannten Folgen. Dein Entschluss, nach Salzburg zurückzukehren, war die einzig richtige Konsequenz, ich hatte dem nichts entgegenzusetzen, wenn ich nicht alles beichten wollte. Denn es ging nicht nur um meine Biografie, sondern ebenso um das falsche Bild von mir selbst, das ich so lange bewahrt hatte, bis ich nicht mehr merkte, wie illusionär es war.
Ich bin dir nach Salzburg gefolgt, weil ich es nicht ertragen habe, dich gehen zu lassen. Und weil ich nicht wollte, dass du mich noch immer für einen Kriminellen hältst. Es war nicht leicht, dich zu überzeugen, aber dann schien alles gut, wir fanden uns erneut. Um uns wieder zu verlieren. Und das jetzt wohl endgültig.
Die schreckliche Wahrheit ist, dass du es mit jemandem zu tun hast, der vor seinem Schicksal davonläuft. Der sich nicht zutraut, eine ihm fremde Welt zu betreten. Und der nicht daran scheitern will, denn es geht dabei um dich. Klug, wie du bist, weißt du das längst, ich habe es in deinen Augen gesehen, als ich mich allein auf den Weg machte und dich zurückließ.
Das letzte Ziel meiner Reise durch das Salzkammergut war ein Ausflug an den Toplitzsee. Dort, an diesem verwunschen wirkenden Ort, um den sich so viele Legenden ranken, ist es mir klar geworden.
Vaya con dios, der Gott, an den ich schon in meiner Kindheit nicht glauben konnte, soll dich beschützen, falls es ihn dennoch gibt. Mi amor.
Armando

Armando starrte auf das Papier, bis die Buchstaben vor seinen Augen zu tanzen begannen.

Er faltete den Briefbogen zusammen, verstaute ihn im Kuvert und brachte ihn nach unten zur Rezeption. Wie lange ein Brief nach Salzburg brauche?

Der Portier klebte eine Marke auf den Umschlag. Maximal zwei Tage dauere das mit der sogenannten A-Post. Wenn es sehr eilig sei, könne er den Brief auch zur Hauptpost bringen lassen.

Nicht nötig, wehrte Armando ab und bedankte sich.

24

Leuthard erwartete ihn bereits, er hatte ein alteingesessenes Lokal in der Nähe von Armandos Hotel vorgeschlagen. Als Armando hereinkam und auf den Anwalt zusteuerte, spürte er sofort, wie angespannt Leuthard wirkte.

„Was ist los?", fragte er. „Sie haben es ziemlich dringlich gemacht."

„Das ist es auch, aber lassen Sie uns zuerst etwas bestellen, damit wir danach weniger gestört werden."

„Jetzt sagen Sie schon", drängte Armando hinterher, „was ist denn passiert?"

„Emilio … er ist verschwunden." Und als Armando die Brauen hochzog: „Niemand weiß, wo er sich aufhält, er ist wie vom Erdboden verschluckt. Der Anwaltskollege, den Emilio hinzugezogen hat, rief mich gestern an, er könne seinen Mandanten seit zwei Tagen nicht mehr erreichen, ob ich wisse, wo er sei. Ich habe es dann ebenfalls auf seinem Handy versucht, aber es kommt nur eine verwirrende Ansage auf Spanisch."

„Sehr seltsam", murmelte Armando, er hatte keine Ahnung, was das zu bedeuteten hatte. „Müsste man ihn nicht als vermisst melden? Vielleicht ist ihm ja etwas zugestoßen?"

„Eine Suche wird erst gestartet, wenn ihn seit zweiundsiebzig Stunden niemand mehr gesehen hat."

„Haben Sie seine Frau in Argentinien angerufen? Vielleicht weiß sie etwas."

„Noch nicht, ich wollte bis morgen warten, weil ich noch immer hoffe, dass er sich meldet."

Armando erwog kurz, ob er die ihm bekannte Detektei einschalten sollte, verwarf den Gedanken aber rasch. Wenn überhaupt, wäre das Sache der Polizei. Im Grunde ging ihn Emilios Verschwinden gar nichts an.

„Haben Sie irgendeine Vermutung?"

Leuthard schüttelte den Kopf und blickte in sein Weinglas.

„Und wenn er bereits wieder auf dem Weg nach Argentinien ist? Das Erbe hat er ja ausgeschlagen. Oder ist das noch nicht amtlich?"

„Das ist ja das Problem, er hat zwar mir gegenüber seine Absicht erklärt und auch Jana gegenüber, als er sie in Salzburg besucht hat. Aber er muss natürlich den Weg über die zuständige Behörde nehmen. Ich habe inzwischen mit dem Bezirksgericht gesprochen." Der Anwalt räusperte sich. „Ich kenne dort den zuständigen Richter."

„Ja?" Armando wurde ungeduldig.

„Ich will Sie nicht mit juristischen Formalitäten langweilen, ich kann Ihnen momentan nur sagen, dass Emilio dabei ist, die ohnehin verworrene Situation erneut zu verkomplizieren. Seine Anschuldigungen gegen Sie müssten von Rechts wegen nachgeprüft werden, immerhin bezichtigt er Sie krimineller Aktivitäten. Sie werden sich aber vorstellen können, dass ein hiesiges Bezirksgericht nicht gerade erfreut ist, einer so vagen Beschuldigung nachgehen zu müssen, noch dazu, wenn es sich um ein Geschehen im fernen Argentinien handelt."

Armando nickte. „Und weiter?"

„Ich habe bei Gericht angedeutet, dass Emilio das Erbe ausschlagen will, was zunächst für eine gewisse …, nun ja, für Erleichterung gesorgt hat. Aber damit ist das Ganze ja noch nicht vom Tisch. Und als ich gestehen musste, dass er sich plötzlich wie in Luft aufgelöst hat, war die Irritation groß." Leuthard seufzte.

„Dann ist das jetzt der Moment, in dem Sie den Rest meiner Geschichte erfahren sollten, Señor Abogado."

Ein unvoreingenommener Beobachter der nun folgenden Szene hätte angesichts von Leuthards wechselndem Gesichtsausdruck eine eigene Geschichte dazu erfinden können, dachte Armando zwischendurch, zumindest einer, der mit genügend Fantasie begabt war.

Kurz bevor Armando mit seinem Bericht beim Geschehen am Toplitzsee angelangt war, bestellte Leuthard eine weitere Flasche Wein, sein Gesicht war gerötet, das etwas zerknautschte Jackett hatte er schon vor längerer Zeit abgelegt. Er zog ein nicht mehr sehr frisches Taschentuch hervor und betupfte sich die Stirn.

Armando hielt inne, blickte auf das Jackett, dann auf das Taschentuch und sah sein Gegenüber fragend an.

„Ihnen bleibt wohl kaum etwas verborgen", der Anwalt grinste schief, „ich lebe neuerdings nicht mehr in dem, was man einen geregelten Haushalt nennt. Die Frau, mit der ich seit Kurzem mein Leben teile, hat einen anspruchsvollen Beruf, da muss ich mich jetzt selbst um diese Dinge kümmern. Und ich muss erst lernen, wie das geht." Bevor

Armando etwas erwidern konnte: „Zurück zu Ihnen, wir waren inzwischen am Toplitzsee im Salzkammergut angelangt. Was ist dort geschehen? Oder möchten Sie diesen Teil Ihrer Geschichte lieber auslassen?"

Entweder hatte Armando den Anwalt von Anfang an unterschätzt, oder die unerwartete Veränderung von dessen Lebensumständen brachte ganz neue Seiten zum Vorschein. *Cherchez la femme,* wieder einmal?

„Sie haben mich durchschaut. Ich stand dort allein am Ufer, weit und breit war niemand außer mir zu sehen. Die Sonne ging gerade unter, und es wurde immer stiller. Es fühlte sich an, als wäre ich der einzige Mensch auf der Welt."

Armando schwieg einen Moment. „Ich blickte wie in einen Spiegel, mein ganzes Leben zog an mir vorbei. Es riss mir die Beine unter den Füßen weg, Panik überkam mich. Doch so schnell sie gekommen war, so schnell verschwand sie wieder."

Eine Weile sagte keiner von ihnen etwas. Bis Leuthard sich aufrichtete. „Ich habe Ihnen sehr genau zugehört. Und Sie haben mir eine der erstaunlichsten Geschichten erzählt, mit denen ich während meiner langen Laufbahn bisher zu tun hatte. Eine tragische Geschichte, die schließlich doch noch zu einem versöhnlichen Ende geführt hat. Durch das Erbe Ihrer Großmutter, das Ihnen seitdem ein Leben in Anstand und Würde ermöglicht hat."

Armando nickte, ohne Leuthard anzusehen.

„Ich verstehe nur nicht", fuhr Leuthard fort, „wie es möglich ist, dass Emilio nie von Ihrem Erbe erfahren hat."

„Unsere Wege trennten sich, als ich das Haus von Ernesto

Volpe endgültig verließ. Emilio studierte längst Medizin an einer amerikanischen Universität und kam nur manchmal während der Semesterferien zu Besuch. Später sah ich ihn nochmals bei der Beisetzung von Consuelo, aber wir sprachen kein Wort miteinander. Emilio blieb dann nach dem Examen noch eine Weile in den USA, wo er sich auf plastische Chirurgie spezialisierte. Irgendwann kehrte er nach Argentinien zurück, wo seine eigentliche Erfolgsgeschichte begann."

„Woher wissen Sie das alles, wenn Sie doch keinerlei Kontakt mehr hatten?"

„Gut informiert zu sein, gehörte von Anfang an zu meiner Überlebensstrategie."

Leuthard betrachtete ihn nachdenklich. „Während Emilio Sie längst abgeschrieben hatte, in seiner Welt existierten Sie nicht mehr."

„Eigentlich war das schon immer so gewesen, ich hatte für ihn nie wirklich existiert. Das Einzige, was ihn danach noch interessierte, war die Nachricht von meiner Verhaftung und dem daraus folgenden Gefängnisaufenthalt, beides musste ihn mit tiefer Befriedigung erfüllt haben, es stand ja alles in der Zeitung. Der Sohn der inzwischen so erfolgreichen Schriftstellerin war ein Krimineller geworden, besonders die argentinische Boulevardpresse stürzte sich darauf. Und sie grub die ganze unselige Geschichte wieder aus, den Skandal von damals, als Enrietta mit dem berühmtesten Sänger des argentinischen Tango seit den Zeiten des legendären Carlos Gardel eine Affäre begonnen hatte, die alle Beteiligten ins Unglück stürzte."

„Sie haben Ihren leiblichen Vater bisher kaum erwähnt. Wie war Ihre Beziehung zueinander?"

Armando presste die Lippen aufeinander. „Zu dem Mann, der mein leiblicher Vater war, gab es keine Beziehung. Er schwängerte Enrietta, die alles für ihn aufgab, brannte mit ihr durch und ließ die Ehefrau im Stich, mit der er zwei Kinder hatte. Die Ehefrau unternahm einen Selbstmordversuch, die Medien veranstalteten ein großes Trara, und er kehrte reumütig zu seiner Familie zurück. Doch sein Stern war dadurch im Sinkflug. Die Frau konnte ihm nicht verzeihen und verließ ihn ihrerseits bald darauf für einen anderen. Die öffentliche Meinung war gegen ihn, und als Künstler konnte er sich als erledigt betrachten, nachdem sein Plattenvertrag nicht verlängert wurde. Eins führte zum anderen."

„Was wurde aus ihm?"

„Er begann zu trinken und trat für wenig Geld in heruntergekommenen Kneipen auf, nur ein paar alte Freunde unterstützten ihn gelegentlich noch finanziell. Er starb früh an einem Herzinfarkt."

„Und Sie sind sich nie begegnet? Er hat nie den Kontakt zu Ihnen gesucht?"

„Nein", Armando blickte in Leuthards ungläubige Augen, „wozu auch? Er hätte riskiert, meine Faust im Gesicht zu spüren. Und außerdem, geschätzter Señor Abogado, waren er und Enrietta sich unabhängig voneinander in diesem einen Punkt wohl immer einig gewesen: Ich war die Frucht einer unheilvollen Verbindung, keiner von ihnen wollte später daran erinnert werden. Was lag für diese beiden da näher, als meine Existenz zu ignorieren?"

Leuthard umklammerte sein leeres Weinglas. „Ich verstehe trotzdem nicht, wie …“

„Vor beinahe fünfzig Jahren herrschte in Südamerika eine bigotte Doppelmoral, und die Situation der Frauen war noch viel schwieriger als heute. Was keine Entschuldigung für Enriettas Verhalten ist und für das dieses Tangosängers, der mich gezeugt hat. Es ist nur der Versuch einer Erklärung. Denn an irgendetwas muss man sich halten können, sonst verliert man den Verstand.“ Leise setzte er hinzu: „Sonst könnte man nicht mehr weiterleben.“

Beide schwiegen. Armando war erschöpft, innerhalb weniger Tage hatte er zwei ganz unterschiedlichen Menschen und aus ebenso unterschiedlichen Motiven seine Geschichte erzählt. Für ihn war es beide Male erneut ein Blick in den Abgrund gewesen. Bei Jana hatte er versucht, ihr Bild von ihm zurechtzurücken, und auch wenn es ihm zuletzt vielleicht gelungen war, sie zu überzeugen, hatte es sich nicht wirklich stimmig angefühlt.

In Leuthard hatte er einen Zuhörer anderer Art gefunden. Einen, der nicht wertete und nicht urteilte, aber der Wahrheit auf den Grund kommen wollte. Vielleicht war diese Einschätzung Jana gegenüber nicht fair. Doch Armando hatte in diesen Tagen gelernt, welche Herausforderung es bedeutete, wenn man sich einem Menschen anvertraute, auf dessen Liebe man hoffte.

Als sie das Lokal verließen und auf der Gasse standen, fragte Armando: „Die Frau, die Ihr Leben verändert hat, wie ist sie?“

„Sie macht mich glücklich.“

Ginge es nach Leuthards persönlichen Gefühlen, konnte dieser Emilio Volpe bleiben, wo der sprichwörtliche Pfeffer wuchs, allen sonstigen Beteiligten dieser Geschichte wäre damit ein Gefallen getan. Aber er fühlte sich verpflichtet, sich um die Angelegenheit zu kümmern. Bevor er zu seinem Geschäftstermin aufbrach, versuchte er, einen Kontakt zu Volpes Ehefrau in Buenos Aires herzustellen. Nach einigen vergeblichen Recherchen landete er bei der dortigen Anwaltskammer, wo er einem Kollegen sein Anliegen vortrug, er machte es sehr dringlich und erhielt die Nummer ihrer Arztpraxis.

Endlich war er mit Elena Volpe verbunden, die Stimme klang angenehm. Leuthard stellte sich vor und schilderte die Situation. Frau Dr. Volpe zeigte keine Anzeichen großer Betroffenheit. Sie könne sich dieses Verschwinden auch nicht erklären, und sie wisse nicht, wann ihr Ehemann nach Argentinien zurückkehren werde. In sachlichem Ton fragte sie, ob jetzt die Polizei eingeschaltet werde? Ob es wirklich keine Hinweise auf seinen Aufenthaltsort gebe?

Letzteres musste Leuthard verneinen, er werde jedoch eine Suche in die Wege leiten. Im Falle neuer Informationen werde sie natürlich sofort informiert. Die erforderlichen Kontaktdaten wurden ausgetauscht, und nach den üblichen Höflichkeitsfloskeln war das Telefonat beendet. Eine erstaunliche Frau, diese Elena Volpe, dachte Leuthard. Ihre Reaktion ließ nur zweierlei Schlussfolgerungen zu. Entweder war sie ungewöhnlich beherrscht, was kaum zu glauben war, oder ihr Verhältnis zu Emilio war so distanziert, dass die Ehe nur noch eine Formsache war. Was es wohl eher traf.

Er telefonierte mit den zuständigen Behörden und gab an, dass Emilio Volpe seit mehr als zweiundsiebzig Stunden von keiner Person aus seinem Umkreis mehr gesichtet worden sei, worauf er offiziell als vermisst galt. Aus einem Impuls heraus rief er danach Jana an. Vielleicht würde ihr etwas einfallen, eine Weile war zwischen ihr und Volpe so etwas wie freundschaftliche Nähe gewesen. Zuletzt hatte sie ihn zwar nach einem heftigen Streit in Salzburg aus der Wohnung rausgeworfen, aber vielleicht hatte er ihr gegenüber irgendwann zuvor Andeutungen über seine weiteren Pläne gemacht.

Sie schien aufrichtig bestürzt. „Oh mein Gott, Andreas, das hört sich nicht gut an. Warte mal, bevor wir uns zuletzt so in die Haare geraten sind, hat er etwas erwähnt. Genau weiß ich es nicht mehr, aber sinngemäß hat er gesagt, dass es demnächst in seinem Leben eine große Veränderung geben werde. Er wirkte, als sei er in einer Aufbruchstimmung, richtig euphorisch war er. Und jetzt weiß ich es wieder, als ich nämlich sagte, dass er doch in Argentinien eine Familie und seine Klinik habe, meinte er nur, er sei dabei, alles zu regeln, und er wolle sich jetzt erst mal eine Weile in Europa umsehen. Hilft dir das weiter?“

Leuthard dachte nach. „Es ist immerhin ein erster Hinweis. Danke, Jana, ich melde mich wieder.“ Er wollte schon auflegen, doch dann konnte er der Frage nicht widerstehen. „Gibt es Neuigkeiten von Armando?“

Sie antwortete nicht sofort. „Er hat mir geschrieben, es ist ein handschriftlicher Brief, der in Zürich abgestempelt worden ist.“

„Ist es die Art Brief, die du dir gewünscht hast? Entschuldige, blöde Frage, ich ziehe sie sofort zurück."

„Lass nur, wir sind gemeinsam schon so tief in das Thema eingestiegen, da gibt es keine blöden Fragen mehr. Es ist ein wundervoller Brief, aber in der Schule hätte man früher gesagt, dass er das Thema verfehlt hat. Verstehst du, was ich meine?"

Er glaubte zu verstehen, murmelte aber nur etwas Unverbindliches.

„Ist er noch in Zürich?" Der beiläufige Ton in Janas Stimme täuschte ihn nicht.

„Ja, er ist noch hier. Ich kenne seine weiteren Pläne nicht, aber vielleicht wäre es gut, wenn er in dieser Situation noch etwas bleiben kann. Ist nur so ein Gefühl." Leuthard lächelte in sich hinein. Und staunte über sich selbst.

Er überlegte kurz, dann schickte er Armando eine SMS.

Armando rief bald darauf zurück. Leuthard hörte Geräusche im Hintergrund, Stimmengewirr, Autolärm, Vogelgezwitscher.

„Wo sind Sie?", fragte Leuthard.

„Bei Frühlingserwachen auf einer der schönsten Terrassen in der Innenstadt, das sollte Sie neidisch machen, Sie sind wohl längst unterwegs zu einem Geschäftstermin. In Ihrer SMS schrieben Sie von neuen Entwicklungen, was meinten Sie damit?"

Leuthard berichtete von Elena Volpe.

„Hoffentlich zieht sie endlich die richtigen Schlüsse und trennt sich", meinte Armando. „Und was haben Sie sonst herausgefunden?"

„Ich habe mit Jana gesprochen.“ Leuthard wartete, und die Reaktion kam schnell.

„Wieso Jana? Was hat sie damit zu tun?“

„Jana hat mit Emilio überhaupt nichts mehr zu tun, aber sie hat sich an etwas erinnert, das weiterhelfen könnte.“ Er berichtete von seinem Telefonat mit ihr. „Und vielleicht fällt Ihnen dazu noch mehr ein, etwas aus Emilios Vergangenheit.“

„Sie meinen etwas aus seiner Jugend, genauer gesagt aus der Zeit, die wir damals gemeinsam im Hause Volpe verbracht haben?“

„Ja, obwohl ich natürlich nicht weiß, wonach man hier suchen muss. Aber er sprach ja anscheinend von einer Lebensveränderung und davon, dass er alles Bisherige hinter sich lassen will …“

„Was zweifellos das Beste wäre. Für ihn, für mich, für uns alle.“

„Ich kann Sie gut verstehen, aber ich werde den Dingen nachgehen.“

„Ich weiß.“

„Denken Sie bitte darüber nach. Womöglich gibt es für Emilio Volpe eine Art geheimen Traum, den er jetzt verwirklichen will.“

„Woran denken Sie dabei?“

„Keine Ahnung“, gab Leuthard zu, „ich kenne diesen Mann kaum, Sie dagegen …“

„Er ist überhaupt nicht der Typ für so etwas wie geheime Träume“, widersprach Armando heftig, „er war immer ein Streber, der nur seine Karriere als Arzt im Sinn hatte.“

„Wenn Sie sich dessen so sicher sind“, meinte Leuthard resigniert.

25

„Monsieur …, sind Sie wach?“

Emilio blinzelte. Eine hell gewandete Erscheinung mit weißen Flügeln am Kopf stand über ihn gebeugt. „Das Licht“, murmelte er.

„Dem Herrn sei Dank“, sagte die Erscheinung, „er ist wieder bei Bewusstsein.“ Zu wem sprach sie? Und wer war sie?

„Danke, Schwester“, war eine zweite Person zu hören, „ich kümmere mich jetzt um ihn.“

Rasch schloss Emilio wieder die Augen. Wo war er? Langsam bewegte er eine Hand und versuchte, etwas zu ertasten. Bis ihm eine andere Hand zuvorkam.

„Bitte tun Sie das nicht“, eine tiefe Stimme drang durch den Nebel in Emilio Volpes Kopf.

Erschrocken riss er die Augen auf. Er sah in ein besorgtes Gesicht, das zu einem ebenfalls weiß gekleideten Mann gehörte.

„Wo bin ich?“, stammelte er. Erst jetzt fiel ihm auf, dass Französisch gesprochen wurde, eine Sprache, die er leidlich beherrschte.

„Sie sind Spanier?“

„Nein, aus Argentinien. Aber bitte, wie bin ich hierhergekommen? Was ist passiert?“

„Sie befinden sich im Spital der Barmherzigen Schwestern in Paris, und ich bin Dr. Lejeune.“

„In Paris? Aber wieso?“

„Sie können sich nicht daran erinnern, was Sie nach Paris geführt hat?"

„Nein", flüsterte Emilio. Panik stieg in ihm auf. Er wollte sich im Bett aufrichten, bemerkte aber die Infusionsnadel. Rasch sank er in die Kissen zurück.

„Können Sie mir sagen, wer Sie sind? Wie ist Ihr Name?"

„Mein Name ist Emilio Volpe, ich komme aus Buenos Aires."

„Was sind Sie von Beruf?"

„Ich bin Arzt, plastischer Chirurg. Aber diese Angaben können Sie aus meinem Ausweis ersehen."

„Einen Ausweis konnten wir bei Ihren Sachen leider nicht finden, keine Brieftasche und kein Handy. Der oder die Angreifer haben all Ihre persönlichen Dinge mitgenommen."

„Ich verstehe nicht … Ich wurde Opfer eines Angriffs?" Emilio begann vor Schreck zu zittern.

„Bitte beruhigen Sie sich. Über die genauen Umstände der Tat ist bis jetzt nichts bekannt. Ich kann Ihnen nur berichten, dass Passanten Sie mit einer stark blutenden Kopfwunde auf der Straße gefunden haben und sofort die Rettung verständigten. Worauf Sie hierher gebracht wurden."

„Wie lautet Ihr Befund?", flüsterte Emilio.

„Sie waren zunächst nicht ansprechbar. Wir haben als Erstes die Wunde versorgt", Dr. Lejeune deutete auf den Verband an Emilios Kopf, „danach die üblichen Untersuchungen durchgeführt."

„Und?"

„Die neurologische Untersuchung hat keine Auffälligkeiten ergeben, aber es handelt sich eindeutig um eine Gehirnerschütterung. Mit einer retrograden Amnesie. Letzteres deutet auf ein mittelschweres Schädel-Hirn-Trauma hin, obwohl dem CT zufolge keine schwerwiegenden Verletzungen vorliegen."

Dr. Lejeune wartete einen Moment, bis er fortfuhr: „Wenn Sie selbst Mediziner sind, erinnern Sie sich sicher, nach welchen Kriterien die Schwere einer Gehirnerschütterung ermittelt wird."

„Natürlich", sagte Emilio. „Sie haben sich überzeugen können, dass ich die Augen geöffnet habe, dass ich mich bewegen kann, und dass ich ansprechbar bin. Auf der Glasgow-Koma-Skala erreiche ich damit zwischen 13 und 15 Punkten."

Der französische Arzt nickte sichtlich zufrieden, falls er zunächst Zweifel an Emilio Volpes Angaben gehabt hatte, war er jetzt eines Besseren belehrt worden.

Dennoch, murmelte Emilio, könne er sich weder erinnern, was ihn nach Paris geführt habe, noch wie es zu diesem Überfall gekommen sei, und das spreche doch für eine schwerere Verletzung.

„Ich lasse Sie jetzt erst mal allein", sagte der Arzt, „wenn Sie etwas brauchen, klingeln Sie bitte nach der Schwester. Sie sind hier übrigens auf der Privatstation, ich nehme an, das ist Ihnen recht?"

Emilio nickte und bedankte sich. Rahmengenähte Schuhe und maßgefertigte Anzüge kamen bei den Patienten, die hier eingeliefert wurden, sicher nicht so oft vor.

„In einem solchen Fall sind wir verpflichtet, die Polizei

zu informieren“, sagte Dr. Lejeune, schon an der Tür, „man wird Ihre Angaben überprüfen, aber das ist ja auch nur in Ihrem Sinne. Ich schaue später wieder nach Ihnen.“ Er lächelte verhalten und verschwand.

So fühlt sich das also an, dachte Emilio. Seiner Identität beraubt lag er hilflos in einem Pariser Krankenhaus, ohne Papiere, ohne Geld, ohne Erinnerung daran, wie es dazu gekommen war.

Ein paar Stunden später, in denen er zwischen Wachsein und Halbschlaf gedöst hatte, erschien Dr. Lejeune wieder, diesmal mit entspannter Miene. „Die von Ihnen gemachten Angaben zu Ihrer Person sind bestätigt worden. Die Behörden haben auch Ihre Frau verständigt. Wenn es Ihnen recht ist, rufe ich sie morgen an, sie ist ja ebenfalls Kollegin, wie ich erfahren habe. Ich kann sie dann über die medizinischen Details informieren.“

Elena. Heiße Scham überkam Emilio, ein Gefühl, an das er sich erst jetzt wieder erinnerte, es musste ihm irgendwann abhandengekommen sein. Doch jetzt war alles wieder da, die zunehmend quälenden Telefonate mit ihr wegen …

„Ist alles in Ordnung, Herr Kollege?“, erkundigte sich Dr. Lejeune und trat ans Bett seines Patienten. „Gibt es etwas, das Sie plötzlich beunruhigt?“ Er fasste nach Emilios Handgelenk. „Der Puls ist erhöht. Sollen wir …“

„Nein, nicht nötig“, stieß Emilio mühsam hervor, „mir war nur gerade, als ob ein paar Erinnerungsfetzen zurückkehren.“

„Gut, aber forcieren Sie nichts, Sie wissen, dass Sie erst einmal viel Ruhe brauchen. Für die Nacht geben wir Ihnen etwas zum Schlafen. Und morgen sieht die Welt hoffentlich schon wieder anders aus.“

Während Emilio darauf wartete, dass das Schlafmittel wirkte, starrte er in die Dunkelheit. Immer wieder kehrten seine Gedanken zu Elena zurück. Er meinte, ihre Stimme zu hören, die ihn ermahnte und davor warnte, Armando zu unterschätzen. Die ihm Schwäche vorwarf und ihn ihre Verachtung dafür spüren ließ. Das war beim letzten Mal gewesen, als er mit ihr gesprochen hatte, danach hatte er nur noch eine SMS geschickt und angekündigt, er werde bis auf Weiteres in Europa bleiben und sich wieder melden.

In den Telefonaten davor war es auch um Jana gegangen, Elena hatte herauszufinden versucht, welche Rolle sie für ihn spielte. Was er zum damaligen Zeitpunkt selbst nicht gewusst hatte. Jana, die ihn später in Salzburg vor die Tür gesetzt hatte, daran erinnerte er sich vage. Was danach geschehen war, entzog sich jedoch seiner Erinnerung, so sehr er sich bemühte. Im nächsten Moment war er eingeschlafen.

Am nächsten Morgen fühlte er sich besser, der Schlaf hatte ihm gutgetan. Als das Frühstück gebracht wurde, spürte er, wie hungrig er war. Die Schwester im typischen Habit ihres Ordens lächelte ihn unter ihrer Flügelhaube an, während sie das Tablett abräumte. „Bravo, Monsieur, die Lebensgeister kehren zurück. Können Sie aufstehen?“

Er nickte, mit wackligen Knien ließ er sich ins Bad helfen; bald darauf erleichtert, wieder im Bett zu liegen.

Die Tür ging auf, und Dr. Lejeune kam herein. „Guten Morgen, Herr Kollege, wie ich sehe, machen Sie Fortschritte." Er zog einen Stuhl heran. „Wie steht es mit Ihrem Erinnerungsvermögen?"

Emilio setzte sich auf. „Das ist schwer zu erklären. Ich weiß alles über mein bisheriges Leben, über meine Familie und meinen beruflichen Werdegang und über die Klinik in Buenos Aires, die ich leite. Ich weiß auch noch, dass ich mich wegen einer Erbschaftsangelegenheit in Zürich aufgehalten habe, und dass es dort einige …, nun ja, Probleme gab. Aber das liegt schon wie in einem Nebel, es bleibt verschwommen. Ich habe nach wie vor keine Ahnung, weshalb ich hier nach Paris gereist bin und wie es zu dem Überfall gekommen ist."

Dr. Lejeune schüttelte den Kopf. „Das ist sehr ungewöhnlich. Bei einer retrograden Amnesie erinnert sich der Patient oft nicht an die unmittelbaren Umstände, die zu seiner Verletzung geführt haben, das ist ein bekanntes Phänomen und vergeht wieder. In Ihrem Fall hingegen reichen die Gedächtnisausfälle weiter zurück." Er schwieg einen Moment. „Ich würde gern einen Kollegen von der Neurologie hinzuziehen. Ich bin nämlich Internist und kenne mich auf dem Gebiet nicht genügend aus."

„Selbstverständlich", stimmte Emilio zu. Und ob er ein paar Telefonate führen könne? Es gebe einige Menschen, die sich Sorgen um ihn machten.

Aber ist das wirklich so?, überlegte er, während er vom

Apparat auf seinem Nachttisch Elenas Mobilnummer wählte. Dr. Lejeune hatte gesagt, dass die Polizei sie inzwischen verständigt habe. Aber bisher hatte sie keinen Kontakt zu ihm aufgenommen, wie eine besorgte Ehefrau es sofort getan hätte.

Das Rufzeichen ertönte mehrmals, bis sich die Mailbox einschaltete. „Elena", sagte er hastig, „du hast ja erfahren, was passiert ist. Bitte ruf mich im Krankenhaus zurück, bevor ...", er zögerte einen Moment „... bevor der Arzt, der mich behandelt, es bei dir versucht, es ist ein Dr. Lejeune. Es wäre ...", erneut zögerte er, „... es wäre mir peinlich." Er nannte den Namen des Krankenhauses und die Telefonnummer. Nachdem er aufgelegt hatte, wurde ihm klar, dass Elena diese Auskünfte von den französischen Behörden längst erhalten haben musste.

Als Nächstes wählte er die Nummer von Andreas Leuthard, der sich schon nach dem ersten Läuten meldete. „Großer Gott", sagte er, „was ist passiert, wo sind Sie?"

Emilio schilderte ihm in wenigen Worten die Geschehnisse.

„Eine scheußliche Geschichte", erwiderte der Jurist lediglich und stellte ein paar sachliche Fragen. Er erwähnte, dass er inzwischen Elena Volpe kontaktiert habe, und schlug vor, mit ihr zu besprechen, wie es jetzt weitergehen solle.

„Sie haben keinen Ausweis mehr, ich würde mich daher mit dem argentinischen Konsulat in Verbindung setzen, damit Sie einen vorläufigen Pass erhalten. Außerdem wäre zu klären, wie Ihre Rückreise nach Zürich organisiert werden kann."

„Nach Zürich?", fragte Emilio konsterniert.

„Natürlich, was dachten Sie denn? Sie haben mir vorhin erzählt, dass Sie sich nicht daran erinnern können, was Sie nach Paris geführt hat. Was auch immer Sie dort wollten, ist mir ehrlich gesagt, ziemlich egal. Aber Sie werden noch einmal nach Zürich kommen müssen, um bei den zuständigen Behörden niederzulegen, dass Sie Ihren Anteil an Enrietta da Silvas Erbe ausschlagen, wie Sie es angekündigt haben. Eine notwendige Formalität."

„Ja, ich verstehe", murmelte Emilio.

Aber Leuthard war noch nicht fertig. „Der Kollege von mir, den Sie in Zürich beauftragt haben, gegen Armando da Silva vorzugehen, hat mich gefragt, wo Sie sind. Sie sollten ihm Bescheid geben."

Nach kurzem Schweigen fügte Leuthard hinzu: „Ich möchte Ihnen noch einen Rat geben. Soviel ich weiß, geht es beim Mandat des Kollegen darum, dem Pflichtteilberechtigten Armando da Silva nachzuweisen, nach wie vor in kriminelle Aktivitäten verwickelt zu sein."

„Und?"

„Sie sollten es sich gut überlegen, ob Sie das weiterverfolgen wollen, Herr Dr. Volpe. Mir liegen inzwischen Informationen vor, dass es sich nicht so verhält. Ich habe diese Informationen nachgeprüft und würde den Tatbestand vor jedem Gericht beeiden."

Emilio hielt den Atem an. „Aber … woher stammt dann das Vermögen, das Armando offensichtlich seit seiner Entlassung aus dem Gefängnis angehäuft hat?"

„Ich bin nicht befugt, Ihnen darüber Auskunft zu erteilen. Gute Besserung, Sie hören dann wieder von mir. Ihre Frau wird sich sicher bald bei Ihnen melden." Leuthard hatte aufgelegt.

Emilio verstand nichts mehr. Was war in Leuthard gefahren? So kühl und reserviert hatte er den Anwalt noch nie erlebt. Und was sollte er von den Informationen über Armando halten? Ein Jurist wie Leuthard würde sich niemals so äußern, wenn er nicht absolute Gewissheit hätte, das allerdings war Emilio klar.

Woher also stammte Armandos Vermögen? Von einer der zahlreichen Frauen, die sich ihm an den Hals geworfen hatten? Als Emilio damals davon gehört hatte, dass Armando nach dem Gefängnisaufenthalt zu Wohlstand gelangt war, hatte es für ihn immer nur eine einzige Erklärung gegeben. Die jetzt von Andreas Leuthard zunichte gemacht worden war.

26

„Was hat sie gesagt? Wird Elena nach Paris kommen, um ihn abzuholen und dann hierher zu bringen?“

Jana saß bei Andreas Leuthard im Büro, es gebe im Zusammenhang mit dem Erbe für sie noch einiges abzuwickeln, das ihre Anwesenheit erfordere, hatte er ihr per Mail geschrieben. Er trat ans Fenster, sie folgte seinem Blick. „Wann haben wir nach diesem langen Winter zuletzt so ein Blau gesehen?“, murmelte er und deutete nach draußen.

„Keine Ahnung“, sagte sie, „ist das nicht jeden Frühling so?“

Statt zu antworten, zog er das Fenster auf und lehnte sich ein Stück hinaus. „Diese Luft, Jana, und diese Farben überall …“

„Andreas?“

„Ja …?“ Er schloss das Fenster.

„Als Naturschwärmer kannte ich dich bisher noch nicht“, Jana lächelte. „Was eine neue Liebe alles bewirken kann! Wie heißt sie eigentlich?“

„Katalyn, ihre Vorfahren stammen aus Ungarn. Alles fing damit an, dass sie für mich gekocht hat“, sagte er versonnen. „Tafelspitz mit allen Schikanen, Kalbsrahmgulasch mit Knödeln, Zwiebelrostbraten Esterhazy, Kaiserschmarrn … Soll ich fortfahren?“

„Besser nicht, man nimmt ja schon vom Zuhören zu. Und wo haben diese kulinarischen Ereignisse stattgefunden? Oder ist diese Frage zu intim?“

„Keineswegs. Zunächst in ihrem Restaurant, wo sie meist selbst am Herd steht. Inzwischen kocht sie manchmal auch nur für mich allein. Dort, wo wir jetzt zusammen wohnen."

„Du bist also tatsächlich zu ihr gezogen und hast alles hinter dir gelassen? Ganz schön mutig."

„Sie ist mein größtes Glück", sagte er leise, „hoffentlich behält sie mich."

„So etwas darfst du nicht einmal denken. Sonst ziehst du genau das an, was du fürchtest."

„Du hast sicher recht, liebe, kluge Jana."

Sie las es in seinen Augen. Beide wussten, wie klug man für andere sein konnte, und wie hilflos für sich selbst.

Er zog sein Handy aus der Tasche. „Hier, das ist sie."

Jana betrachtete das Foto. Es zeigte eine Frau, die um die fünfzig sein mochte, keine gefällige Schönheit, aber äußerst anziehend mit wachen dunklen Augen und einem sanften Mund, nur das feste Kinn verriet Willensstärke.

„Ich verstehe dich", murmelte Jana, während Leuthard das Handy wieder einsteckte.

„Du hast nach Elena gefragt", nahm er das anfängliche Gespräch wieder auf, „und nach meinem letzten Telefonat mit ihr habe ich wenig Hoffnung, dass sie zu einer solchen Geste bereit sein wird."

„Sie muss sehr, sehr wütend auf Emilio sein", folgerte Jana, „wenn sie nicht mal in einer solchen Lage bereit ist, ihm zu Hilfe zu kommen."

„Es sieht ganz danach aus, vermutlich will sie sich scheiden lassen."

Jana blieb eine Weile still und dachte nach. „Aber jemand muss das doch übernehmen", sagte sie schließlich, „jemand, der Emilio nach Zürich bringt."

„Ich habe mit dem Arzt gesprochen, der ihn behandelt, ein Dr. Lejeune. Der sagt, Emilio sei physisch schon wieder in ganz guter Verfassung, er könne sich jedoch noch immer nicht daran erinnern, weshalb er nach Paris gekommen sei. Es war auch von weiteren Abklärungen die Rede."

„Ich mache es", Janas Stimme klang entschlossen, „ich fahre hin und hole ihn hierher."

„Das würdest du tun? Nachdem ihr im Streit auseinandergegangen seid? Er hat sich dir gegenüber unmöglich benommen. Warum also?"

„Vergiss nicht, Andreas, dass ich ihm Einiges verdanke. Nach meinem Sturz hat er sich sehr um mich gekümmert, und ich könnte mich jetzt revanchieren. Außerdem hätte ich dadurch die Möglichkeit, mehr über seine momentane Verfassung zu erfahren." Und als Leuthard skeptisch blieb: „Wir wollen doch alle, dass diese Geschichte abgeschlossen wird. Nur Emilio steht dem weiter im Wege. Wenn ich ihn hierherbringe, kannst du noch mal mit ihm reden."

Leuthard nickte ergeben. „Ich werde Emilio darauf vorbereiten, dass du ihn abholst. Hoffentlich ist er einverstanden, sonst haben wir ein neues Problem."

Diese Besorgnis war unbegründet.

„Ich bin froh, wenn ich hier rauskomme", sagte Emilio, als Leuthard ihn anrief, „obwohl es mich wundert, dass Jana mich abholen will. Wir hatten zuletzt einen ziemlich heftigen Streit, vermutlich wissen Sie davon."

„Ich denke, dass sie sich Ihnen gegenüber verpflichtet fühlt", erwiderte Leuthard in neutralem Ton, „Sie hatten ihr ja damals nach ihrem Unfall sehr geholfen. Ich rufe Sie wegen der Einzelheiten nochmal an. Jana wird morgen am späten Nachmittag in Paris eintreffen."

Er hatte inzwischen alles Nötige veranlasst. Jana sollte vor dem Rückflug am nächsten Tag mit Volpe beim argentinischen Konsulat vorsprechen, wo man einen provisorischen Reisepass für ihn ausgestellt hatte. Außerdem würde sie für Volpe einen größeren Betrag an Bargeld mitbringen, damit er sich wieder frei bewegen konnte.

Jana sollte Volpe im Spital abholen und nach Erledigung der Formalitäten in ein Hotel in der Innenstadt bringen, dort waren zwei Einzelzimmer für sie reserviert worden. Mit dieser Planung hatte sich Leuthard der Empfehlung von Dr. Lejeune angeschlossen, der seinen Patienten offenbar noch immer nicht für sehr stabil hielt und dessen Entlassung nur zögernd zugestimmt hatte.

„Es könnte schwierig für dich werden", hatte Leuthard gewarnt, „traust du dir das zu, Jana?"

„Aber ja, was soll passieren? Emilio wird froh sein, ein vertrautes Gesicht zu sehen, auch wenn es sich um meines handelt, und ins normale Leben zurückkehren zu können. Mach dir bitte keine Sorgen."

Halbwegs überzeugt, hatte Leuthard dann Dr. Lejeune versichert, es gebe keine besser geeignete Person als Frau Horwarth, sich des Patienten anzunehmen. Wer diese Dame denn sei, hatte der Arzt wissen wollen. Frau Horwarth und Herr Dr. Volpe seien einander freundschaftlich verbunden, schwindelte Leuthard, sie hätten in der Erbangelegenheit, von der die Rede gewesen sei, gleichgeartete Interessen. Mehr dürfe er aufgrund seiner Schweigepflicht nicht dazu sagen. Der Arzt gab sich damit zufrieden und sagte, er freue sich, Madame Horwarths Bekanntschaft zu machen.

Schwieriger wurde es, als Armando da Silva von der Aktion erfuhr. „Was hat sie sich bloß dabei gedacht?“, fauchte er ins Telefon. „Und wie konnten Sie das zulassen?“

„Ich hätte es Ihnen auch verschweigen können“, erwiderte Leuthard in mildem Ton, „aber Sie hätten es ja doch irgendwann erfahren. Außerdem weiß Jana, was sie tut, und ich vertraue ihr, dass sie das hinkriegt. Sie etwa nicht?“

Armando schwieg so lange, dass Leuthard nachfragte. „Was ist, sind Sie noch dran?“

„Ja, ich sorge mich eben um sie, bei einem Kerl wie Emilio weiß man nie. Mir ist übrigens doch noch etwas zu ihm eingefallen, etwas aus der Vergangenheit. Ich glaube, ich erwähnte das schon einmal, aber es könnte jetzt wirklich wichtig sein. Während der Jahre, die wir gemeinsam im Hause Volpe verbrachten, bestand Emilios bevorzugte Beschäftigung darin, alles Mögliche in seiner Umgebung zu zeichnen, Tiere, Gegenstände, was auch immer, und am liebsten zeichnete er Gesichter, darin war er richtig begabt. Als ich irgendwann hörte, dass er sich auf plastische Chirurgie spezialisiert hatte, kam mir das in den Sinn und erschien mir folgerichtig. Emilio ist jetzt wieder aufgetaucht, aber vielleicht können Sie mit dieser Information trotzdem etwas anfangen.“

„Danke, Armando, ich melde mich bei Ihnen, sobald Jana und Emilio wohlbehalten in Zürich angekommen sind."

27

Jana war klar, dass sie sich auf keine leichte Mission eingelassen hatte. Als sie am Mittag in Paris eintraf, hatte sie sich noch keine Strategie für den Umgang mit Emilio Volpe zurechtgelegt. Es gab zu viele Differenzen.

Wie würde er jetzt auf sie reagieren? Seit der schrecklichen Szene zwischen ihnen in Salzburg hatte sie es vermieden, daran zu denken. Er hatte provoziert, dass sie ihn vor die Tür gesetzt hatte. Aber warum? Es wäre nicht nötig gewesen. Zum damaligen Zeitpunkt sprach nichts dafür, dass sie und Armando sich jemals wiedersehen würden, und sie hatte Emilio auch von Johannes erzählt.

Jana versuchte, sich an den genauen Auslöser der Szene zu erinnern, die hatte begonnen, als sie sich nach der Rolle von Consuelo erkundigte, was bei ihm für Irritation sorgte. Vermutlich, weil Emilio erkannte, dass er nicht über alles im Hause seines Vaters informiert gewesen war. Und als sie das Schmuckstück erwähnte, das Consuelo mitgebracht hatte und das zuerst bei Armando und später bei ihr, Jana, gelandet war, könnte das bei Emilio eine Art emotionalen Kurzschluss ausgelöst haben. Sinn machte das für einen so vernünftigen Menschen wie Jana nicht, aber was hieß das schon angesichts der vielfältigen Verstrickungen, die nicht erst im Hause Volpe ihren Anfang gefunden hatten?

Während sie im Taxi saß, das sie zum Krankenhaus der Barmherzigen Schwestern bringen sollte, sponn Jana den

Gedanken weiter, um die losen Enden zusammenzubringen. Sie überlegte, wie wenig Emilio ihr über die Zeit berichtet hatte, nachdem Enrietta den südamerikanischen Kontinent verlassen hatte. Erstmals wurde ihr bewusst, wie tief es ihn getroffen haben musste, dass die über alles geliebte Ersatzmutter im fernen Europa schon bald das Interesse an ihm verloren hatte, immer seltener schrieb und den Kontakt schließlich ganz einschlafen ließ.

Für einen kreativen Menschen wie Enrietta war der von Emilio eingeschlagene Lebensweg vermutlich eher langweilig gewesen, die Gemeinsamkeiten hatten sich längst erschöpft. Ernesto Volpe, dem Enrietta so vieles zu verdanken hatte, war gestorben, es gab keinen Grund mehr, Rücksichten zu nehmen. Verbrannte Erde nannte man das, denn zurück blieben ein traumatisierter Sohn und jemand wie Emilio, der bis heute nicht verstanden hatte, welche Rolle er in Enriettas Gespinst gespielt hatte. Stattdessen wurde er nicht müde, sie als eine Lichtgestalt zu verehren, die sie in Wahrheit nie gewesen war, im Gegenteil, nach heutigen Erkenntnissen der Psychologie würde man sie als narzisstisch gestörte Persönlichkeit betrachten.

Menschen wie sie konnten über die, die ihnen nahe waren, großes Unheil bringen. Armando mit seinem feinen Sensorium musste das von Anfang an gespürt haben, denn offenbar hatte er nie versucht, um ihre mütterliche Liebe zu kämpfen, wie ein anderes Kind es vielleicht getan hätte. Und so hatte es dank Isabel da Silva wenigstens eine Consuelo gegeben, durch die er erfahren hatte, was Wärme und Zuwendung bedeuteten, ihr müssten viele Kränze geflochten werden, dachte Jana. Emilio hingegen war in seiner Lebenslüge stecken geblieben, letztlich war er das eigentliche Opfer, weil er nichts, wirklich nichts begriffen hatte und auch nur benutzt worden war.

Seufzend stieg Jana aus dem Taxi.

Dr. Lejeune empfing sie mit französischer Höflichkeit und bat sie zunächst in sein Büro. Jana akzeptierte den angebotenen Kaffee, sie wollte Zeit gewinnen, um den Arzt ein wenig ausfragen zu können. Doch schon bald hatte er sie seinerseits in ein Gespräch verwickelt, sie hatte seinen Charme ebenso unterschätzt wie seine Neugier.

Ja, sagte er, solche Angriffe auf Touristen kämen leider sehr oft in dieser Stadt vor, aber bedauerlicherweise könne sich sein Kollege noch immer nicht an die Umstände der Tat erinnern, das sei ungewöhnlich angesichts des sonst eher unauffälligen medizinischen Befunds einer leichteren Gehirnerschütterung. Und eine weitere neurologische Untersuchung habe auch keine neuen Erkenntnisse gebracht. Ob es im Leben des Kollegen in letzter Zeit besondere Aufregungen gegeben habe?, tastete sich der Arzt vor. Er erlaube sich diesen offenen Ton, denn Monsieur Leuthard habe mit größter Hochachtung von der verehrten Madame Horwarth gesprochen. Sie und der Docteur Volpe stünden sich ja wohl freundschaftlich nahe. Erwartungsvoll blickte er sie an.

Kaum zu glauben, dachte Jana, da war es schon, das Stichwort. Sie tat, als müsse sie sich kurz überwinden, dann beugte sie sich vor und murmelte etwas von einer äußerst schwierigen familiären Situation, die mit einer Erbschaft zusammenhänge. Emilio Volpe habe zuletzt unter starkem emotionalem Druck gestanden.

„Et voilà!", rief Dr. Lejeune. „Ich dachte mir so etwas."

Jana sank wieder in ihren Besuchersessel. „Vielleicht hätte ich Ihnen das nicht anvertrauen dürfen", sagte sie mit matter Stimme und merkte, wie die Schauspielerin mit ihr durchging, „aber es tut so gut, mit jemand wie Ihnen darüber sprechen zu können. Wir machen uns nämlich alle große Sorgen um Herrn Volpe." Sie ließ offen, um wen es sich bei den anderen Personen handelte.

„Ich verstehe", erwiderte Dr. Lejeune nachdenklich.

Es gehe nicht darum, dass er sein Arztgeheimnis verletze, sagte Jana rasch, aber vielleicht könne er ihr sagen, welchen Eindruck er von seinem Patienten gewonnen habe? Wie sei eine solche Amnesie zu erklären? Besonders vor dem Hintergrund dessen, was sie soeben angedeutet habe?

Das sei schwer zu beantworten, die Hirnforschung habe zwar große Fortschritte gemacht, es seien aber noch viele Rätsel zu entschlüsseln. Was gleichermaßen für die menschliche Psyche gelte. Beides sei nicht sein Fachgebiet.

Ob er ihr trotzdem raten könne, wie sie jetzt mit der Situation umgehen solle, versuchte Jana es erneut. Wäre es besser, die Amnesie momentan nicht zu erwähnen?

„Ich denke, das wird sich alles fügen, wenn mein Kollege wieder mit vertrauten Personen wie Ihnen zusammen ist, ich würde jedenfalls nichts forcieren. Seitdem er wusste, dass Monsieur Leuthard sich um die Formalitäten kümmert und dass Sie ihn abholen würden, wirkt Monsieur Volpe ruhiger. Mehr kann ich Ihnen leider nicht sagen."

Jana schluckte, vielleicht hatte sie etwas zu dick aufgetragen, der Arzt war kein Dummkopf.

„Er ist jetzt nicht länger mein Patient, er hat sich selbst entlassen.“ Dr. Lejeune murmelte etwas auf Französisch in die Gegensprechanlage, kurz darauf wurde diskret an die Tür geklopft. Dr. Lejeune stand auf und nahm Emilio Volpe in Empfang. „Bitte kommen Sie herein, Herr Kollege, Madame Horwarth erwartet Sie.“

Mit zögernden Schritten bewegte Emilio sich vorwärts, als sei er noch nicht wieder ganz in der Normalität angekommen, doch kaum, dass er Jana erblickte, leuchteten seine Züge auf. „Jana! Ich bin so froh, dass du hier bist, um mich abzuholen!“

Sie ging auf ihn zu und umarmte ihn mit gebotener Behutsamkeit, schließlich hatte er erst vor Kurzem sein Krankenbett verlassen.

„Lass dich anschauen“, sie trat ein Stück zurück. „Das sieht aber noch gar nicht so gut aus“, fand sie und deutete auf den Kopfverband.

„Eine reine Vorsichtsmaßnahme“, erwiderte er achselzuckend.

Dr. Lejeune, der dieses Wiedersehen aufmerksam verfolgt hatte, schaltete sich ein: „Die Wunde ist weitgehend verheilt, aber Sie fliegen ja erst morgen zurück, und auf Reisen sollte man kein Risiko eingehen.“

Jana nickte. „Wie fühlst du dich, Emilio? Bereit, dich dem Leben da draußen wieder zu stellen? Was du hinter dir hast, ist eine schlimme Geschichte.“ Sanft drückte sie seinen Arm.

„Gemeinsam mit dir schaffe ich das schon“, sagte er in einem Ton, der Zuversicht wie auch Tapferkeit ausdrücken sollte.

Zweifellos, dachte sie, aber in welchem Stück befanden sie sich hier gerade? Die Begrüßungsszene unter dem wachsamen Blick von Dr. Lejeune wirkte auf Jana plötzlich seltsam surreal, als wisse sie selbst nicht mehr, was Realität und was gespielt war.

„Ich fürchte, wir müssen jetzt aufbrechen“, sagte sie in bedauerndem Ton, „wir haben gleich noch einen Termin beim argentinischen Konsulat wegen des provisorischen Passes für Herrn Dr. Volpe. Danke für alles, was Sie für unseren Freund getan haben, ich habe mich trotz der Umstände sehr gefreut, Ihre Bekanntschaft gemacht zu haben.“

Sie streckte dem französischen Arzt die Hand entgegen, der sich mit einem angedeuteten Kuss darüber beugte. „Madame …“

Die beiden Männer klopften einander zum Abschied auf die Schulter.

„Danke, lieber Herr Kollege“, sagte Emilio, dessen Worte sich aufrichtig anhörten, „ich war bei Ihnen bestens aufgehoben. Alles Gute für Sie!“

„Für Sie ebenfalls! Ich schicke Ihre Krankenakte an die angegebene Mailadresse und wünsche Ihnen baldige Genesung. Schauen Sie doch mal vorbei, falls Sie trotz dieser Geschehnisse mal wieder nach Paris kommen sollten, hier ist meine Karte.“

„Wer weiß“, antwortete Emilio lächelnd.

Nach herzlichem gegenseitigem Händeschütteln war er

mit Jana auf dem Weg zum Ausgang. „Lass uns bloß schnell von hier verschwinden“, sagte er leise, „bei aller Sympathie wurde mir der Doktor zuletzt etwas zu wissbegierig.“

„Wir müssen uns ohnehin etwas beeilen, das Konsulat wird bald schließen.“

„Und was geschieht danach?“

„Dann kümmern wir uns um ganz praktische Dinge. Da davon auszugehen ist, dass du nach wie vor nicht weißt, was dich in diese Stadt geführt hat und ob du hier vor dem Überfall in einem Hotel abgestiegen warst, brauchst du ein paar Sachen, wir können diese Einkäufe zunächst über meine Kreditkarte abwickeln, in Zürich kannst du dir dann alles andere besorgen. Außerdem habe ich von Leuthard Bargeld für dich mitgebracht, bis du neue Kreditkarten hast.“

Emilio nickte.

Jana schrieb eine SMS an Leuthard, bisher habe alles gut geklappt. Emilio besitze jetzt ein Dokument, mit dem er fürs Erste reisen könne, als Nächstes würden sie ein paar persönliche Dinge für ihn besorgen. Bei dieser knappen Erklärung beließ sie es, sie würde sich später wieder melden.

Bei einem Besuch in der *Galeries Lafayettes* stattete sich Emilio mit der Reisetasche eines bekannten Lederwarenherstellers aus, die er mit Hemden und Unterwäsche von bester Qualität füllen ließ. In der Parfümerieabteilung erstand er Toilettenartikel, und am Ende dieser Einkaufstour war Janas Kreditkarte mit einer vierstelligen Summe belastet.

„War es das?“, fragte sie verdrossen. „Hast du jetzt alles,

was der Mann von Welt so braucht?“ Letztlich war es ihr egal, ihre zunehmend trübe Laune hatte andere Gründe.

„Möchtest du dich nicht im Hotel etwas hinlegen?“, fragte sie Volpe auf dem Weg dorthin.

„Ja, das mache ich, ich bin doch noch etwas wackelig. Und, Jana …“

„Ja?“

Er sah sie von der Seite an. „Was du gerade tust, wird für dich nicht leicht sein nach … nach all dem. Danke.“

28

Im Hotel verschwanden beide sofort in ihren Zimmern. Jana fühlte sich wie ausgelaugt und schlief ein, sobald sie sich auf dem breiten Bett ausgestreckt hatte.

Als das Hoteltelefon sie weckte, war es halb sieben, Emilio rief an. „Hast du Pläne fürs Abendessen?"

Nein, hatte sie nicht. Ob sie nicht zusammen ins Hotelrestaurant gehen könnten? Sie zögerte, eigentlich hatte sie sich etwas aufs Zimmer bestellen wollen. Sie seien doch noch einmal so etwas wie eine Schicksalsgemeinschaft, beharrte er, vermutlich zum letzten Mal.

Er erwartete sie vor der Bar, was sie von einem Aperitif halte. Jana fühlte sich benommen nach dem tiefen Schlaf und stimmte zu. Wie es ihm jetzt gehe, wollte sie wissen, als sie sich ihrer Mission wieder bewusst wurde. Er sei noch etwas durcheinander, sagte er, Gedächtnisverlust sei eine beunruhigende Erfahrung. Da er nicht bereit schien, in das Thema einzusteigen, beließ sie es erst mal dabei. Schweigend nippten beide an ihren Gläsern. Worüber sollten sie auch reden? Nachdem Emilio dafür gesorgt hatte, dass es kein Thema mehr gab, dem sie sich einigermaßen unbefangen nähern konnten? Jeder Versuch würde aufs Neue dorthin zurückführen, wo ihre gemeinsame Geschichte begonnen hatte, zu Enrietta. Zu Enriettas Vermächtnis.

Als sie bei Tisch saßen, überraschte Emilio sie mit der Frage, wie ihre weiteren Pläne seien. Sie verstehe nicht, sagte sie mit hochgezogenen Augenbrauen.

„Ich dachte nur …“, murmelte er.

„Was?“

„Ich dachte, weil du doch demnächst eine wohlhabende Frau sein wirst, dass du vielleicht in deinem Leben noch mal etwas anderes versuchen möchtest, als hoffnungsvollen Schauspieleleven zu einer Karriere zu verhelfen.“ Touché, der Punkt ging an Emilio.

„Was denkst du denn“, fragte sie Emilio, der ihren Blick gelassen erwiderte, „was eine Frau wie ich mit einem solchen Vermögen anfangen sollte?“

„Du hättest jedenfalls viele Möglichkeiten. Ich weiß, du liebst das Theater, aber das bedeutet doch nicht, dass du dich auf ewig mit einer Lehrtätigkeit an Salzburg binden musst. Und nun sieh mich nicht so finster an, ich will dir dein geliebtes Salzburg nicht ausreden. Höchstens ein bisschen, damit du mal mehr von der Welt siehst, es gibt für jemand deines Alters da draußen noch vieles zu entdecken.“

Sie betrachtete ihn, wie er ihr mit entspannter Miene gegenüber saß, und von einem Moment auf den anderen wurde es ihr klar. Ihr Atem ging schneller. „Es stimmt gar nicht, dass du dich nicht erinnern kannst, weshalb du nach Paris gekommen bist, ist es nicht so?“

„Ich wusste, dass du es merken würdest“, er lächelte, „dich zu unterschätzen, wäre ein großer Fehler.“

Sie war so verblüfft, dass sie nicht einmal wütend wurde. „Warum? Ich meine, warum dieses Täuschungsmanöver? Und was ist nun der wahre Grund für diese … diese Flucht?“

„Welche deiner Fragen soll ich zuerst beantworten?“

„Egal, nur rede endlich Klartext mit mir.“

„Zunächst möchte ich richtigstellen, dass es keine Flucht war, ich hätte mich selbstverständlich bei Leuthard gemeldet, wenn ich nicht Opfer dieses Angriffs geworden wäre und damit handlungsunfähig."

Jana nickte widerwillig, das klang plausibel. „Na gut. Was wolltest du also in dieser Stadt?"

„Das, Jana, ist eine lange Geschichte."

„Erzähl mir die verkürzte Version, damit wir hier weiterkommen und bevor ich richtig sauer werde."

„Wie du willst. Weißt du noch, wie ich in Salzburg angedeutet habe, dass ich vor einer großen Lebensveränderung stehe? Ja, natürlich weißt du es noch. Und du hast dich bestimmt gefragt, was damit gemeint war. Ich wollte dir später davon erzählen, aber aus Gründen, die wir beide kennen, kam es dann nicht mehr dazu."

Er machte eine Pause, Jana wartete und zwang sich, ruhig zu bleiben.

„Damit du verstehst, muss ich doch etwas weiter ausholen. Als ich nach Zürich kam, war ich mit meinem bisherigen Leben sehr zufrieden, alles schien bestens eingerichtet, mein beruflicher Werdegang, mein erfolgreiches Lebenswerk, meine Ehe mit den kleinen Freiheiten, die ich mir immer wieder genommen habe. Was dann über uns beide hereinbrach, stellte für mich all diese Gewissheiten infrage. Ich begann zu zweifeln, ob ich mich nicht längst in einer Einbahnstraße befand, aus der es kein Entkommen mehr gab. Zu meiner großen Bestürzung entdeckte ich, wie öde dieses Leben geworden war, das keine Überraschungen mehr für mich bereithielt."

Ohne den Blick von ihm zu lassen, hatte Jana sich vorgebeugt, die Hände ineinander verschränkt.

„Armando", fuhr er fort, „hat mich immer für einen pedantischen Streber gehalten, und vermutlich hat er damit recht. Ich wusste von Anfang an, was ich wollte, der Weg lag klar geebnet vor mir, und mit Disziplin und Willenskraft schaffte ich alles, was ich wollte. Die plastische Chirurgie war mein Ziel gewesen …"

„Weshalb gerade dieses Fachgebiet?", unterbrach Jana erstmals.

„Weil ich formen wollte, etwas gestalten wollte", rief Emilio mit plötzlich funkelnden Augen. „Ich habe schon als Kind immer gezeichnet, und als Enrietta mir dabei einmal über die Schulter sah, ermutigte sie mich weiterzumachen, ich sei begabt darin, fand sie." Atemlos hielt er inne, sprach aber gleich weiter. „Von da an ließ mich der Gedanke nicht mehr los, später einmal Künstler zu werden, doch je älter ich wurde, desto weniger traute ich mir ein solches Dasein zu, ich fürchtete die damit verbundenen Risiken und musste mir eingestehen, dass ich dafür zu feige war. Mein Vater riet mir, Medizin zu studieren, das sei eine sichere Sache, außerdem lagen mir die Naturwissenschaften. Es war dann Enrietta, die auf die Idee kam, ich könne mich auf plastische Chirurgie spezialisieren, was zu der Zeit noch ein junges Fachgebiet war."

Jana erinnerte sich vage an den Namen eines später sehr berühmten Schönheitschirurgen aus Brasilien, mit dem diese Entwicklung begonnen hatte.

„Dreißig Jahre lang habe ich diesen Beruf nun ausgeübt,

und meine Tätigkeit schien eine ideale Verbindung zu sein zwischen dem, was ich mir immer ersehnt hatte, und dem, was jetzt möglich war. Jedes Gesicht war eine Herausforderung, jede gelungene Operation machte die Patienten glücklich."

„Was heißt das?", fragte Jana verunsichert. „Gab es auch Operationen, die schiefgingen?"

„Nein, dazu ist es nicht gekommen. Aber manche Frauen haben sehr unrealistische Vorstellungen, und ich weigere mich dann, sie zu operieren."

„Was für einige deiner Kollegen offenbar nicht gilt", murmelte Jana, „wenn man sich anschaut, was die in den Gesichtern ihrer Opfer anrichten. Eine schwierige Branche, in der du da unterwegs bist, Emilio."

„Ganz recht, Jana, und als langweiliger, korrekter Pedant ist mir das bald klar geworden. Schönheitschirurg kann sich jeder mit einem Arztexamen nennen, diese Bezeichnung ist leider nicht geschützt, deshalb gründete ich bald nach meiner Niederlassung mit eigener Praxis eine berufsständische Vereinigung der Plastischen Chirurgen Argentiniens, deren Vorsitzender ich noch immer bin." Und mit einem lächelnden Seitenblick auf Jana: „Ich hoffe, du bist jetzt ein bisschen beindruckt."

„Ja, bin ich. Aber auch verwirrt. Denn ich verstehe noch immer nicht, was das mit deiner Reise nach Paris zu tun hat."

„Der Rest ist schnell erzählt. Sobald ich erkannt hatte, dass ich in mein altes Leben nicht zurückwill, war ich auf der Suche. Nach meiner Rückkehr aus Salzburg begegnete ich in meinem Hotel in Zürich einem französischen Kollegen, den ich von einigen Kongressen her kannte, einem lebenslustigen, gescheiten Kerl, mit dem ich mich immer gut verstanden habe. Vielleicht war es, was man Zufall nennt, vielleicht auch schicksalhafte Fügung, wer weiß das schon."

„Und dann?", flüsterte Jana.

„Dann bin ich seiner Einladung gefolgt, ihn in Paris zu besuchen. Und als ich aus dem Flugzeug stieg, wusste ich, was ich tun würde. Nach einem feuchtfröhlichen Abend im Kreis der Großfamilie meines Kollegen fuhr ich am nächsten Tag zur Akademie der Schönen Künste, wo ich mich als Gasthörer eingeschrieben habe. Aber das ist erst der Anfang, ich möchte richtig Kunst studieren, einen Makler, der für mich eine Wohnung sucht, habe ich schon beauftragt."

Es blieb lange still an ihrem Tisch.

Nachdem man ihnen zu verstehen gegeben hatte, sie seien die letzten Gäste, verließen sie das Restaurant und standen jetzt vor der Tür.

„Lass uns ein paar Schritte gehen", bat Emilio, „die Luft ist so mild, sie riecht nach Frühling und nach Neuanfang."

Für dich vielleicht, dachte Jana und wusste nicht, ob sie neidisch sein oder sich für Emilio freuen sollte. Beides stimmte wohl.

Sie liefen nebeneinanderher, stumm, jeder in Gedanken. Als sie an einer kleinen Bar vorbeikamen, aus der sie Stimmen und Lachen hörten, schlug Emilio vor, dort noch etwas zu trinken. Jana willigte ein, die Geschichte war noch nicht zu Ende erzählt.

29

„Jetzt sag mir endlich, was dieses alberne Theater mit dem Gedächtnisverlust sollte! Weshalb hast du dich angeblich nicht mehr daran erinnern können, was dich vor dem Überfall nach Paris geführt hat?“

Jana und Emilio saßen in der Nische einer jener Bars, wie sie es wohl nur in Paris noch immer gab, etwas angestaubt, als sei dort nie das Mobiliar ausgetauscht worden, mit einer Kundschaft, für die dasselbe galt, und dieser entrückt wirkende Ort war genau das, was beide in dem Moment brauchten. Zufrieden nuckelte Jana an den Resten eines Gin Tonic und zog geräuschvoll die Luft aus dem Strohhalm. Noch einen, bedeutete sie dem Mann hinter der Theke.

„Und komm mir nicht wieder damit, dass das eine lange Geschichte ist, ich bestehe diesmal auf einer kurzen und schlüssigen Antwort. Also?“

Emilio versenkte den Blick in seinem Rotweinglas, als er aufsah, wirkte er weder schuldbewusst noch peinlich berührt. „Es war so“, begann er in einem Ton, als habe er es mit einer begriffsstutzigen Schülerin zu tun, „ich wachte in diesem Krankenhaus auf und erlebte etwas, was ich mir zuvor niemals hatte vorstellen können, ich wusste zwar, wer ich war, aber es gab keinerlei Beweise dafür, ich war ein Nichts, ein Niemand. Erst als meine Angaben überprüft worden waren, änderte sich das, ich war wieder jemand. Allein das war eine verstörende Erfahrung. Dann kam der nächste Schock. Ich stellte fest, dass sich in meinem Umfeld niemand wirklich für mich interessierte und dass es keinen Menschen gab, dem ich am Herzen lag. Elena hat mit einer Gleichgültigkeit reagiert, die ich ihr nicht übelnehmen kann, ich habe ihr zu viel zugemutet. Von dir will ich gar nicht erst reden, ich habe es selbst vermasselt. Armando hasst mich immer schon, und als mich dann auch noch Andreas Leuthard am Telefon kühl abkanzelte, als sei ich ein Fremder für ihn, musste ich es mir eingestehen: Niemand mag mich, niemand will mit mir etwas zu tun haben."

Jana hatte das Kinn in der Hand aufgestützt und betrachtete Emilio von der Seite. „Und was folgt daraus?"

„Mir kam der Gedanke, mich erst mal hinter den Folgen dieses Überfalls zu verschanzen. Dann müsste ich keine Auskünfte über meine Pläne geben und würde auch sonst in Ruhe gelassen. Um eine Weile nicht mehr angreifbar zu sein, um abtauchen zu können." Er grinste schief. „Das war vielleicht ein ziemlich kindischer Gedanke, aber gib zu, dass ihr euch dann doch Sorgen um mich gemacht habt, als sich meine Amnesie nicht besserte."

„Ich glaube, du verwechselst da etwas", sagte Jana und vertiefte sich in ihren zweiten Gin Tonic. „Es stimmt, dass wir uns gesorgt haben, aber weniger um dich als Person, wenn ich ganz ehrlich sein darf. Seitdem du in Zürich aufgetaucht bist, hast du nur Probleme bereitet, Emilio, sieh dem endlich ins Auge. Und mit diesem vorgetäuschten Gedächtnisverlust hast du es nicht besser gemacht."

Er schwieg lange. „Du hast recht. Ich habe mich wie ein Idiot verhalten."

„Das ist zu harmlos ausgedrückt“, erwiderte sie trocken, „aber diese Einsicht ist schon mal ein Anfang.“

„Jana …“, er wand sich, „… wäre es möglich, dass das unter uns bleibt?“

„Was?“, fragte sie genüsslich, sie glaubte zu wissen, wovon er sprach, wollte ihn aber nicht so schnell vom Haken lassen.

„Ich meine, müssen andere unbedingt erfahren, wie das mit der Amnesie wirklich ist?“

Es würde ihm nur recht geschehen, wenn er sich damit gründlich blamierte, aber wenn er tatsächlich auf dem Weg zu Einsicht und Reue war, wollte sie diesem Läuterungsprozess nicht im Wege stehen. „Ich werde darüber nachdenken“, sagte sie vage, ein bisschen Buße musste sein.

Er drückte ihre Hand, und als sie in seine Augen sah, kam ihr dieser Emilio Volpe zum ersten Mal wie ein großes Kind vor, das in einer eigenen Welt lebte und die Spiele der Erwachsenen nie wirklich begriffen hatte. Jetzt, mit Ende fünfzig, wollte er sich allen Ernstes auf die freie Wildbahn wagen und sich als Künstler versuchen, zwar mit einem soliden finanziellen Hintergrund, aber mit dem vollen Risiko des Scheiterns. Ein später Emanzipationsansatz, mit dem er vieles von dem hinter sich lassen würde, was ihm Sicherheit gegeben hatte, die Ehe mit der starken, verständnisvollen Elena, die berufliche Anerkennung, die gesellschaftliche Stellung mit ihrem verästelten Netzwerk.

„Das, was du hier in Paris vorhast, macht dir das keine Angst? Du gibst dein ganz bisheriges Leben dafür auf. Hast du dir das wirklich gründlich genug überlegt?“

Offenbar froh, endlich mit ihr darüber sprechen zu können, richtete Emilio sich ein Stück auf, Jana spürte, wie sich sein Körper spannte. „Ja, es macht mir Angst, was glaubst du denn? Und natürlich habe ich wieder und wieder darüber nachgedacht, aber all das Grübeln hat jedes Mal zum selben Ergebnis geführt. Ich will es, Jana, und egal, was daraus wird, habe ich es dann wenigstens versucht."

Sie glaubte ihm jedes Wort. Was auch immer zuletzt zwischen ihnen gestanden hatte, der Emilio, den sie in diesem Moment erlebte, hatte keine Ähnlichkeit mehr mit dem verblendeten, hasserfüllten Ignoranten, dem sie in Salzburg nach ihrem Streit die Tür gewiesen hatte.

Als habe er ihre Gedanken erahnt, fragte er: „Und was geschieht jetzt mit dir und Armando? Liebst du ihn?"

Sie brauchte etwas Zeit, bevor sie antwortete. „Ich fürchte ja. Aber wir haben keine Zukunft miteinander." Zu mehr war sie nicht fähig, ihre Kehle wurde eng, hinter ihren Augen brannten die vielen ungeweinten Tränen der letzten Nächte.

„Jana", begann Emilio vorsichtig, „ich bin wohl die am wenigsten geeignete Person, um mit dir über Armando zu sprechen, und vielleicht hätte ich jetzt auch nicht fragen sollen. Aber Leuthard hat zuletzt etwas erwähnt, was mich seitdem umtreibt. Er hat mich davor gewarnt, weiter gegen Armando vorzugehen, er habe neue Informationen über ihn und seine finanzielle Situation, die alles in einem ganz anderen Licht erscheinen lasse. Armando sei seit vielen Jahren ein sehr wohlhabender Mann, dessen Vermögen aus absolut zweifelsfreier Quelle stamme, sagte er. Leuthard berief sich allerdings auf sein Anwaltsgeheimnis, als ich Näheres wissen wollte."

Jana lächelte matt. „Und jetzt willst du von mir erfahren, was dahintersteckt, und nutzt aus, dass ich etwas betrunken bin. Aber ich erzähle es dir, denn du solltest es wissen. Obwohl all das zwischen dir und Armando nichts mehr ändern wird."

Schweigend, manchmal mit angehaltenem Atem hörte Emilio ihr zu, während sie von Isabel da Silva, von Consuelo und vom Pakt mit Emilios Vater Ernesto sprach.

Als sie geendet hatte, blieb Emilio lange still.

„Danke", sagte er irgendwann.

Auf dem Rückweg zum Hotel nahm sie seinen Arm.

Zwei SMS erreichten Jana am anderen Morgen auf dem Weg zum Flughafen, eine war von Andreas Leuthard. Ob alles in Ordnung sei, erkundigte er sich besorgt, sie habe sich doch nochmals melden wollen. Alles bestens, antwortete sie, ohne mehr zu erzählen, bei pünktlichem Abflug seien sie mittags in Zürich. Die andere Nachricht war von Armando, sie war so kurz wie unerwartet: *Ich fliege übermorgen nach Argentinien zurück, können wir uns vorher noch einmal sehen?*

Sie zögerte mit der Antwort, dann schrieb sie: *Wozu soll das gut sein? Damit du mir erneut das Herz brichst? Das muss jetzt aufhören.*

Darauf blieb Janas Handy stumm.

Sie landeten ohne Verzögerung am Flughafen in Kloten, und Jana gab Leuthard Bescheid, dass sie sich mit Emilio Volpe auf dem Weg in die Anwaltspraxis befinde.

30

Andreas Leuthard spürte es in dem Moment, als Jana und Emilio Volpe seine Räume betraten, etwas zwischen ihnen war anders geworden, etwas Atmosphärisches. Volpe trug einen Verband um den Kopf, was ihm etwas Verwegenes verlieh, und um Janas Augen lagen tiefe Schatten, als habe sie wenig geschlafen. Beide gingen sehr freundschaftlich miteinander um.

Leuthard war verwundert, ließ sich aber nichts anmerken. Nach dem üblichen Geplänkel über die immer mühsamer werdenden Flugreisen und die Kapriolen des Wetters saßen sie bei Espresso und Wasser zusammen, und jeder schien darauf zu warten, dass einer von ihnen das Gespräch eröffnete.

Leuthard räusperte sich, wie man es von ihm kannte. „Herr Dr. Volpe“, begann er, „wir sind natürlich alle sehr froh, dass Sie diese schreckliche Geschichte in Paris einigermaßen überstanden haben.“

Emilio machte eine Handbewegung, als wolle er das Geschehene herunterspielen, dann sah er zuerst den Anwalt, danach Jana an. Sie nickte kaum merklich.

„Ich möchte eine Erklärung abgeben“, sagte er.

Leuthard runzelte die Stirn. „Bitte, sprechen Sie.“

„Zunächst möchte ich mich bedanken für Ihre rasche Intervention, nachdem ich im Krankenhaus gelandet war. Ohne Ihre tatkräftige Unterstützung wäre für mich alles viel schwieriger gewesen.“

Leuthard neigte zustimmend den Kopf, er hatte nur seinen Job gemacht und wurde dafür bezahlt, trotzdem wusste er die Anerkennung zu schätzen.

„Sie sollen die Wahrheit über Paris erfahren", fuhr Emilio fort. „Ich bin dorthin gereist, weil ich einen Plan umsetzen wollte, über den ich zuvor lange nachgedacht habe. Einen Plan, der mein gesamtes Leben verändern wird ..."

Und Andreas Leuthard hörte ein weiteres Mal eine Geschichte, die so anders war als die, die seine Klientel ihm üblicherweise erzählte. Als Volpe seine ersten künstlerischen Versuche in der Kindheit erwähnte, erinnerte sich Leuthard an das, was Armando ihm berichtet hatte, es passte zusammen. Ebenso alles andere, was Volpe jetzt erzählte. Wie er aus der nach einer Gehirnerschütterung normalen kurzzeitigen Amnesie etwas für sich konstruiert hatte, das einen rätselhaften Fall aus ihm machte und ihm zunächst weitere Fragen ersparte.

„Also wirklich, Sie sind doch ein erwachsener Mann", sagte der Advokat kopfschüttelnd, „wie sind Sie nur auf eine solche Idee gekommen?"

„Sie haben vollkommen recht, aber vielleicht bin ich nicht ganz so erwachsen, wie ich es gern wäre. Zu dieser Erkenntnis gehört auch, dass ich mich meinen Lebenslügen stellen muss. Ich habe mich in vielem geirrt, wie ich inzwischen weiß."

Andreas Leuthard warf Jana einen Blick zu, die ihn unschuldig anlächelte. Wir sprechen uns noch, signalisierte er ihr stumm, auch sie würde ihm einiges erklären müssen.

Stumm hörte er den Rest von Emilios Geschichte. Danach holte er tief Luft. „Haben Sie es sich auch wirklich gut genug überlegt, dass Sie diesen Weg gehen wollen?

„Ja, das habe ich“, sagte Emilio ruhig, „es ist nicht das, was Sie vielleicht befürchten, kein Schnellschuss.“

Leuthard sah ihn an und las in seinen Augen eine Entschlossenheit, wie sie nur absolute innere Gewissheit hervorbringen konnte.

„Ich möchte Ihre Zeit nicht zu sehr beanspruchen“, holte Emilio Volpes Stimme, die jetzt sehr sachlich klang, Leuthard in die Realität seines Büros zurück. „Es gibt jedoch noch ein paar Dinge, die ich richtigstellen möchte und die geregelt werden müssen. Auch deshalb bin ich hier. Bitte veranlassen Sie alles Notwendige, was die Ausschlagung von Enriettas Erbe betrifft und verfügen Sie über meine Zeit, soweit meine persönliche Anwesenheit nötig ist. Meine falschen Anschuldigungen gegenüber Armando da Silva nehme ich selbstverständlich zurück, und ich bin bereit, die Konsequenzen zu tragen.“

„Nun“, murmelte Leuthard, der immer weniger verstand, was hier vor sich ging, „in dem Fall gibt es vielleicht eine Geldbuße.“

Volpe erhob sich von seinem Stuhl, Leuthard und Jana standen ebenfalls auf. „Ich bleibe in Zürich, bis alles geordnet ist, Sie können sich auf mich verlassen.“ Der Argentinier streckte die Hand aus, die Leuthard zögernd ergriff. „Es tut mir leid, bitte glauben Sie mir das. Ich habe Ihnen und einigen anderen Menschen das Leben schwer gemacht. Aber …“, er stockte, „… ich wusste so lange so vieles nicht.“

Er wandte sich Jana zu und nahm sie behutsam in den Arm. „Lass dich drücken, ich werde unsere Pariser Gespräche nie vergessen. Gib auf dich acht, du bekommst meine neue Adresse, sobald ich etwas Passendes gefunden habe."

Die Tür schloss sich hinter ihm, und Jana und Leuthard sahen sich an, bevor sie sich wieder setzten.

„Ich bin dir sehr dankbar, Jana, und Emilio Volpe ist es bestimmt auch", Leuthard machte eine Bewegung, als müsse er etwas abschütteln. „Aber jetzt, nachdem Volpe die wahre Geschichte kennt, die von damals und diejenige, die sich vor langer Zeit ereignet hat, als Armando seiner Großmutter begegnet ist ..."

„Du meinst, wie er mit diesem Wissen in Zukunft umgehen wird?"

„Ich an Emilios Stelle würde es nicht wagen, Armando um Verzeihung zu bitten. Auch wenn er es ehrlich meint. Es ist zu spät."

„Damit hast du wohl recht, Andreas." Janas Stimme klang sehr müde.

„Doch ist es für dich und Armando ebenfalls zu spät? Er hat mir gesagt, dass er sich nichts mehr wünscht, als dich vor seinem Abflug noch einmal zu sehen."

„Ich weiß, er hat mir geschrieben. Und ich habe ihm sinngemäß geantwortet, dass dadurch alles nur schlimmer würde und dass ich dafür keine Kraft mehr habe."

„Bist du dir sicher?"

„Ganz sicher."

Leuthard ging zu seinem Schreibtisch, zog eine Schublade auf und holte einen kleinen wattierten Umschlag hervor.

„Den soll ich dir geben, hat er gesagt, nachdem er wusste, dass ihr euch nicht mehr treffen werdet."

Jana nahm den Umschlag entgegen, glitt rasch mit den Fingern darüber und ließ ihn in ihrer Handtasche verschwinden.

„Und jetzt, liebe Jana, bin ich neugierig zu erfahren, was da in Paris gelaufen ist."

In knappen Worten berichtete sie ihm, doch Leuthard merkte, dass sie nicht ganz bei der Sache war. Was er verstand, trotz ihres betonten Desinteresses schien sie innerlich darauf zu brennen, an einem ruhigen Ort das Kuvert zu öffnen.

„Was hast du jetzt als Nächstes vor? Bleibst du noch etwas in der Stadt?"

„Nein, ich fahre noch heute zurück nach Salzburg."

„Und dann?"

„Dann werde ich in Ruhe über etwas nachdenken, was mir Emilio Volpe mit auf den Weg gegeben hat."

„Ausgerechnet er?"

„Ja, ausgerechnet er. Emilio hat mich an diesem denkwürdigen Abend in Paris gefragt, welche Pläne ich habe. Ob ich für den Rest meines Lebens angehende Schauspieler unterrichten wolle, jetzt, wo ich ganz andere Möglichkeiten haben werde."

Andreas Leuthard sah ihr in die Augen und entdeckte einen Funken darin, der ihn alarmierte. „Hat er dich angesteckt mit seiner Aufbruchstimmung? Bitte sei vorsichtig, Jana, du wirst bald ein großes Vermögen besitzen, überleg dir gut, was du damit machst."

Sie verzog das Gesicht. „Du solltest mich inzwischen besser kennen, Andreas, sonst würdest du mich nicht so ermahnen. Dabei müsstest gerade du in deiner jetzigen Lebenssituation mich verstehen."

„Ich sorge mich nur um dich, Jana", sagte er ungewohnt eindringlich, „du weißt noch nicht, was es bedeutet, über solche finanziellen Mittel zu verfügen. Welche Begehrlichkeiten das anlockt. Wie sich die Beziehungen zu Menschen verändern, von denen du geglaubt hattest, sie zu kennen. Dein gesamtes Leben kann sich dadurch sehr verändern."

„Mag sein, aber damit werde ich zurechtkommen", erwiderte sie unbeeindruckt, „denn eines wird sich nicht verändern, und das ist, wie ich Menschen erlebe und wie ich die Welt sehe."

Leuthard verstand es im selben Moment, Jana hatte recht. Sie würde mit dem Geld, das Enrietta da Silva ihr vermacht hatte, das Richtige tun. Und wenn dazu die Vision eines Traums gehörte, an dessen Verwirklichung sie nie geglaubt hatte, weil er in unerreichbarer Ferne gelegen hatte.

„Du weißt, wie schwer ich mich damit tue, Enriettas Erbe anzunehmen, nachdem ich immer mehr über ihre wahre Persönlichkeit erfahren musste. Du, Andreas, dann Emilio und schließlich Armando, ihr alle habt mir zugeredet. Trotzdem ist es keine leichte Entscheidung."

„Und", tastete er sich heran, „was ist es schließlich, was gibt den Ausschlag?"

„Ein Grund ist, dass es zwischen Enrietta und mir nach jenem Zwischenfall in Salzburg, der so lange zurückliegt, nie ernsthafte Konflikte gegeben hatte, unser Verhältnis zueinander war durch nichts getrübt worden."

„Ein wichtiger Grund", sagte Leuthard und sah sie an. „Welchen Grund gibt es noch?"

„Den Unfall", erwiderte sie achselzuckend, „ich meine den, der sich hier in Zürich ereignet hat. Ich wurde mir meiner Situation sehr bewusst, und erstmals bekam ich wirklich Angst. Ich habe keinerlei finanzielle Reserven, was soll aus mir werden, wenn es mir wirklich einmal noch schlechter geht? Kurz gesagt, finde ich schließlich, dass ich es mir nicht leisten kann, auf das Erbe zu verzichten."

Leuthard nickte. „Eine sehr vernünftige Entscheidung."

„Ja", nahm Jana den Faden wieder auf, „und dann war da dieser Abend mit Emilio in Paris, wo plötzlich alles so anders war und er mich nach eigenen Plänen fragte und ich zum ersten Mal überhaupt darüber nachdachte, was ich mit diesem Vermögen machen könnte, außer, dass damit meine Zukunft mehr als abgesichert ist …"

„Und? Hast du schon eine Idee?"

Andreas Leuthard fand ihr Lächeln beunruhigend. Bis sie ihm von dem berichtete, was sie als Vision bezeichnete, und je länger sie davon sprach, desto mehr begann er, daran zu glauben.

„Jana, das ist ein großartiges Projekt, allerdings …"

„Na, sag es schon."

„Es könnte sein, dass es vor allem in den ersten Jahren keinen Profit abwirft."

„Ja, und? Dann ist das eben so. Muss ich mir darüber Sorgen machen? Nicht, wenn ich das Geld richtig anlege und du mir dabei hilfst. Alles, was ich mir wünsche, ist, eine eigene Theatertruppe zu gründen, das habe ich dir gerade zu erklären versucht. Eine, die weltweit unterwegs sein wird. Mit einem ganz eigenen Konzept."

„Falls du ..., ich meine, falls du mal gesprächsweise so etwas wie einen Sparringpartner brauchst, bin ich für dich da."

„Ich weiß." Sie ging auf ihn zu und breitete die Arme aus. „Viel Glück für dein neues Leben, Andreas, ich glaube, du hast dich richtig entschieden."

Einen Moment hielten sie sich fest. „Danke für alles", flüsterte sie, „wir bleiben in Verbindung."

Er nickte und sah ihr nach, während sie zur Tür ging und an der Schwelle innehielt, um ihm noch einmal zuzuwinken.

Jana ging ins nächste Café, suchte sich eine ruhige Ecke und nahm den Umschlag aus der Tasche. Er enthielt einen Brief, sie erkannte sofort Armandos Handschrift mit den energischen Ober- und Unterlängen.

Liebste, mi amor para siempre, las sie, der Phönix, den ich dir geschenkt habe, ist ein Anhänger, der ursprünglich aus zwei Teilen bestand. Er stammt von Isabel da Silva und hat mit einem vermutlich identischen Schmuckstück ein Paar gebildet, die beiden sind eins. Wenn man ganz genau hinsieht, erkennt man die winzige Öse, mit der sie früher zusammengelötet waren, dein Juwelier in Salzburg hat das offenbar nicht bemerkt. Isabel erzählte mir später, sie habe den Schmuck aus dem Nachlass ihrer Mutter, und es müsse dazu eine eigene

Geschichte geben, über die sie aber nichts Genaues wisse, ihre Mutter sei früh gestorben. Bei zwei so gleich gearteten Stücken, die später getrennt wurden, muss es sich um eine romantische Geschichte handeln. Und um eine, die ähnlich traurig ist wie unsere. Ich dachte, du solltest davon wissen. Armando

Jana legte den Brief auf das Tischchen vor ihr, gedankenverloren strich sie ihn glatt.

„Ist hier noch frei?"

Sie blickte hoch, sie hatte ihn nicht kommen sehen. Rasch strich sie sich über die Augen. „Hast du jetzt sämtliche Lokale im Umkreis von Leuthards Kanzlei abgeklappert?"

„Ja, *mi amor*. Also, ist hier noch frei?"

„Wonach sieht es denn aus?"

Sie betrachtete ihn, als wäre es das erste Mal. „Hast du noch ein Hotelzimmer in Zürich?"

„Ja … ja, natürlich."

„Ist es weit von hier?"

„Nein, aber …"

Jana warf ein paar Münzen auf den Tisch, packte seine Hand und sprang auf. „Dann komm."

Handlung und Charaktere des Romans sind frei erfunden. Jede Ähnlichkeit mit lebenden oder toten Personen ist rein zufällig.

Pendragon Verlag
gegründet 1981
www.pendragon.de

Originalausgabe
Veröffentlicht im Pendragon Verlag
Günther Butkus, Bielefeld 2021

Lektorat: Günther Butkus, Ulrike Rodi
Umschlag und Herstellung: Uta Zeißler, Bielefeld
Umschlagfoto: mauritius images / Cavan Images / Val Spring
Satz: Pendragon Verlag auf Macintosh
Gesetzt aus der Adobe Garamond
ISBN 978-3-86532-749-9
Gedruckt in Deutschland

MIX
Papier
FSC FSC® C083411